Copyright © 2024 Ler Editorial

Texto de acordo com as normas do novo acordo ortográfico da língua portuguesa (Decreto Legislativo Nº54 de 1995).

Todos os direitos reservados. Proibida a reprodução total ou parcial, de qualquer forma ou por qualquer meio, mecânico ou eletrônico, incluindo fotocópia e gravação, sem a expressa permissão da editora.

Editora – Catia Mourão
Capa – Joice Dias
Diagramação – Catia Mourão
Revisão – Halice FRS

CIP-BRASIL. CATALOGAÇÃO NA PUBLICAÇÃO
SINDICATO NACIONAL DOS EDITORES DE LIVROS, RJ

M453a

Meireles, Leila
　　Além da vingança / Leila Meireles. - 1. ed. - Rio de Janeiro : Ler, 2024.
　　220 p. ; 14 cm.

　　ISBN 978-65-5055-069-1

　　1. Romance brasileiro. I. Título.

24-89296　　　　　　　CDD: 869.3
　　　　　　　　　　　　CDU: 82-31(81)

Gabriela Faray Ferreira Lopes - Bibliotecária - CRB-7/6643
10/04/2024　　16/04/2024

Foi feito o depósito legal.
Direitos de edição: Ler Editorial

Ler Editorial

Além da Vingança

LEILA MEIRELES

1ª edição
Rio de Janeiro – Brasil

Sumário

005	PAIXÃO DE UM INSTANTE		
007	PRÓLOGO	131	CAPÍTULO 31
009	CAPÍTULO 1	134	CAPÍTULO 32
013	CAPÍTULO 2	138	CAPÍTULO 33
017	CAPÍTULO 3	143	CAPÍTULO 34
021	CAPÍTULO 4	147	CAPÍTULO 35
025	CAPÍTULO 5	151	CAPÍTULO 36
029	CAPÍTULO 6	156	CAPÍTULO 37
034	CAPÍTULO 7	160	CAPÍTULO 38
037	CAPÍTULO 8	164	CAPÍTULO 39
041	CAPÍTULO 9	168	CAPÍTULO 40
046	CAPÍTULO 10	173	CAPÍTULO 41
050	CAPÍTULO 11	178	CAPÍTULO 42
054	CAPÍTULO 12	182	CAPÍTULO 43
058	CAPÍTULO 13	186	CAPÍTULO 44
061	CAPÍTULO 14	190	CAPÍTULO 45
067	CAPÍTULO 15	195	CAPÍTULO 46
071	CAPÍTULO 16	200	CAPÍTULO 47
075	CAPÍTULO 17	204	CAPÍTULO 48
079	CAPÍTULO 18	212	EPÍLOGO
082	CAPÍTULO 19	217	AGRADECIMENTOS
086	CAPÍTULO 20		
090	CAPÍTULO 21		
094	CAPÍTULO 22		
098	CAPÍTULO 23		
102	CAPÍTULO 24		
106	CAPÍTULO 25		
110	CAPÍTULO 26		
114	CAPÍTULO 27		
118	CAPÍTULO 28		
123	CAPÍTULO 29		
127	CAPÍTULO 30		

Paixão de um instante

Viver, sonhar...
Alegrar você, me alegrar
Compreender esse imenso vazio...
Constante
Essa dor alucinante...
Que não quer mais acabar
Entender a razão de ser
Se entregar... sem medo de errar
Refletir sobre a solidão
Passageira ou não...
Buscar fraquezas
Olhar para a vida com mais clareza
Fazer valer na incerteza
A certeza de uma paixão.

Leila Meireles

PRÓLOGO

Pietra

O que está acontecendo? Eu só queria ir até o papai. Mas não é o caminho que leva até ele.
Quero gritar. Preciso pedir ajuda e não consigo. Estou perdida. Eles me prenderam e não sei o que querem de mim.

Começo a vomitar e ele acaba me ajudando, segurando os meus cabelos e baixando a minha cabeça, enquanto xinga todos os palavrões que eu nunca nem tinha ouvido.

Puxa-me, tirando-me da cadeira e arrasta para outro canto da sala, deixando distante da sujeira que fiz. No mesmo momento, os outros dois entram e também berram todos os palavrões que existem.

— Tome! — Joga uma fita adesiva larga e um capuz preto. — É melhor você mesmo tapar a boca dessa porca com a fita, e cubra a cabeça dela com o capuz.

Sinto fraqueza, os olhos pesam e apago. Quando abro novamente os olhos, está tudo muito escuro e um silêncio mórbido. Acho que dormi o dia inteiro. Olho em volta e está tudo do mesmo jeito. A sacola com as roupas, ainda no chão, que joguei. Preciso usar novamente o banheiro, levanto e vou até a porta, não há qualquer ruído. Começo a bater e a chamar por alguém.

Minha vida passa como um filme na minha mente. Os meus pais sempre me protegeram até de forma exagerada, eu achava. Talvez eles já soubessem que algo assim poderia acontecer. Não me deixaram viajar com o meu namorado e fui pega aqui, mesmo sob a proteção deles.

Chorando baixinho, com dor no pé da barriga, fico, pelo menos, de uma a duas horas pensando no que fazer. De repente, a porta abre e me encolho ainda mais. É o outro bandido. Ele traz uma bandeja com um prato de comida e um copo com água.

O banho renova as minhas forças, fazendo-me sentir mais disposta a lutar por minha liberdade, só que agora com inteligência. Volto para o quarto e sento para comer a comida, que dessa vez está fria: arroz, frango com legumes e água. O prato estava bom, como o anterior. Fico me perguntando de onde vem essa comida. Não parece haver movimento de outras pessoas pela casa, além dos dois bandidos, que se revezam para cuidar de mim, um que às vezes aparece e o chefe que não tinha visto mais.

Quando acabo, volto a sentar e dobrar as pernas no sofá. Troquei a blusa por uma das que veio na sacola. A preta. Mas preferi manter o meu jeans. Jamais vestiria aqueles shorts. Lavei os cabelos e usei a escova de dente.

As refeições chegam regularmente. Pelas manhãs: uma caneca com café forte e quente, acompanhado de um pão francês com manteiga. Para o almoço: variava entre uma massa ou arroz com frango ou carne com legumes. E claro, um copo de água. Porém respostas e a liberdade que eu quero, parecem muito distantes. Não ter notícias dos meus pais me leva ao limite.

Passo a noite muito mal, com fortes dores pelo corpo, frio e dor de cabeça, que está me tirando a vontade de viver. Pela manhã, quando entram trazendo o café e para me levar ao banheiro, encontram-me desfalecida, com muita febre e delirando. Tinha perdido a consciência do que acontecia ao redor e falava coisas sem sentido.

Abro os olhos devagar e vejo que está escuro, apenas a luz do abajur, ao lado da cama, está acessa. As cortinas estão fechadas, ouço barulho de chuva. Tenho muitas dores pelo corpo. A cabeça está doendo, pesada. Olho em volta e me assusto. Sentado na poltrona, próxima à cama, está o culpado. No meio de toda a confusão, que agora lembro bem, ouvi os outros chamando o nome dele. Italiano desgraçado. E... bonito. Consigo me lembrar do corpo vestido apenas com uma cueca boxer preta. O peito coberto por uma tatuagem imensa, com a figura de uma fênix. Outras tatuagens nos braços, que não consegui identificar. O homem mais bonito que já vi na vida. E mais cruel. Pensei que tinha mesmo matado o... Meu Deus! Eu também poderia estar morta agora. Ele me salvou.

CAPÍTULO 1

Pietra

— Mãe! Mamãe! Mãe!
— Que gritaria é essa, Pi? O que houve?
— Altina, onde está a mamãe?
— A dona Sandy está no quarto, descansando. Seu pai também está lá. É melhor não incomodá-los. O que você quer?
— Tenho uma ótima notícia para dar a mamãe e ao papai também, claro! Mas, só depois de contar a eles você ficará sabendo, tá, Altina?
— Pietra, por acaso essa boa notícia tem a ver com Levi?
Droga! Sabia que ele ia se antecipar. Fiz cara feia.
— Por que acha isso?
— Porque o seu namoradinho já ligou umas três vezes para saber se você já tinha chegado. Não conseguiu falar contigo no celular.
— Moleque precipitado! Pode deixar, Altina. Vou ligar para ele.

Espero que meus pais concordem com o meu pedido. A minha mãe, especialmente, pode me apoiar. O difícil vai ser convencer o velho Peter. Meu pai é extremamente protetor, deixar que fique distante deles vai ser uma batalha.

Bem, preciso me preparar para enfrentar os dois. Espero, então, a hora do jantar.

Aproveitei, fui para o meu quarto e liguei para Levi. O garoto estava eufórico e acreditava que eu conseguiria convencer os meus pais. Chegou a hora da prova dos nove. Estou seguindo para a sala, onde os dois já estão à mesa do jantar me esperando.

— Filha, a Altina disse que você estava aflita para falar conosco. Aconteceu alguma coisa?

Ainda mato essa criatura da língua grande. A ajudante da minha mãe não consegue guardar nada para ela.

— Bem, já que a nossa querida Altina se antecipou... — Olho para ela que está colocando as vasilhas de comida na mesa. — Lembram quando falei com vocês sobre a proposta que a banda do Levi recebeu de fazer uma apresentação na Itália?

Eles me olham esperando que continue.

— Sim. Ele estava muito animado e até me fez perguntas sobre a cidade de Nápoles, onde vão se apresentar. Vai ser maravilhoso para o início da carreira dele. — Minha mãe consegue tirar um pouco a tensão.

— O que você está achando de tudo isso, Pietra? — Meu pai continua me olhando, sério.

Chegou a hora mais difícil. Olho para os dois e apenas o papai continua me olhando diretamente, aguardando a minha resposta à pergunta dele.

— Bem, Le me chamou para ir com eles a essa apresentação lá na Itália. Não é o máximo?

Agora ferrou! Tem dois pares de olhos em cima de mim e não estão nada animados. A mamãe até parou de servir o prato do papai, que por sua vez, parece que vai infartar, de tão vermelho que está.

— Que conversa é essa, Pietra? Como assim, esse rapaz te chamou? — O velho está quase espumando.

— Calma, meu bem. Filha, explica essa história direito.

— Então, cada componente da equipe pode levar um acompanhante, com as passagens pagas. Só vamos precisar bancar a hospedagem, alimentação essas coisas. E Le me chamou para ser a acompanhante dele. Não é legal? Duas semanas inteiras, revisitando a cidade de Nápoles, ouvindo as músicas e os ritmos maravilhosos deles.

— Pietra! Você é apenas uma garota de dezessete anos! Acha que simplesmente pode viajar para outro país com o namoradinho, ficar duas semanas por lá e está tudo bem? — papai brada, indignado.

Vai ser mais difícil do que imaginei.

— Mas qual é o problema, pai? Vocês conhecem bem Levi. Conhecem toda a família dele. O que tem de mais? Não confiam em mim?

— Confiamos sim, filha. Confiamos até demais. Pois sabemos a jovem ajuizada que você é. Mas tudo tem limite. Sempre

conversamos e você sabe que esse rapaz não chega a ser o ideal de namorado que os pais possam querer para a única filha.
— Meu pai fica sério e fala com firmeza. — Você acha mesmo que é o momento para fazer uma viagem desse porte com o seu namorado, Pietra?
— Ah, papai, não quero fazer algo que você ou a mamãe não concordem. Só queria que confiassem em mim.
Eles precisam entender que os amos, sou bem tranquila, mas não quero ser colocada numa redoma. Levanto-me da mesa.
— Pietra! Só estamos tentando proteger você, filha! É natural a gente se preocupar com uma situação dessas. — A mamãe levanta também e me abraça pelos ombros. Continua: — Levi é um rapaz independente, que vive a vida ao bel prazer. Trancou a faculdade. Só se interessa pela banda de música e não tem compromisso com ninguém ou nada. Não é implicância minha e do seu pai, sabe disso. São duas semanas sem ir à faculdade e longe da gente.
— Filha, nós nos programamos e viajamos todos no final do ano para a Itália. Como já fomos algumas vezes.
— Até quando vão me tratar como uma garotinha de dez anos, hein? Querem saber? Se não permitem que viaje com Levi é só dizer! Mas não me prometa viagem alguma, papai que não sou mais uma criança. Com licença! Perdi a fome.
— Pietra!
— Deixe-a, Peter. Ela vai ficar aborrecida por um tempo, mas depois entenderá que só queremos protegê-la.
— Tenho muito medo de perder vocês, Sandy. Algumas vezes, sonho que chego a casa e não encontro nem você nem Pietra. Desapareceram. Não imagina o meu desespero. A dor que sinto dentro do peito. Acho que morro se perder vocês.
Ainda pude ouvir um pouco da conversa dos meus pais. A questão é que eles não conseguem se livrar dos traumas que passaram na vida. Principalmente o meu pai, a quem eu só conheci aos oito anos de idade.
Fui para o meu quarto e liguei para Levi contando que meu pai não permitiu que viajasse. Meu namorado ficou bem aborrecido.
— *Vai ficar deixando seus pais te tratarem como uma criancinha até quando, gata? Já tá na hora de escolher: ou é a filhinha mimada do seu Peter ou é a minha garota.*

— Está sendo ridículo, Levi! Não sou mimada coisa nenhuma. Apenas tenho pais cuidadosos. Você sempre gostou do jeito dos meus pais comigo. Até reclamava dos seus nunca se interessarem por você.
— *Pietra! Na boa, se não vai, paciência. Só não reclame depois quando vir fotos dos shows e as fãs agarrando a gente.*
Filho da mãe vingativo. Ele falou isso só para me irritar.
— Legal. Aproveite bastante. Quando voltar, me procure e aí vemos se ainda existe namoro. Boa viagem!
Encerrei a ligação e joguei o celular longe na cama. Concordava com Levi em partes, estava cansada de ser tratada como uma criancinha de cinco anos de idade.
Encolhi-me na cama e fiquei pensando numa maneira de fazer os meus pais mudarem de ideia e deixarem ir viajar com o meu namorado.
— Filha... — Minha mãe abriu a porta do quarto e ficou parada me olhando.
— Entre, mamãe.
Dona Sandy é uma mulher linda, de apenas trinta e oito anos, sócia/proprietária de uma empresa de eventos. Uma mulher firme, determinada e forte, que me criou sozinha até o momento que reencontrou o meu pai.
— Não quero que você fique com raiva de nós, querida. Reconheço que nessa idade a maioria dos jovens tomam suas próprias decisões e até muitos já moram sozinhos. Como Levi, que é independente desde os quinze, dezesseis anos. Você não é diferente de nenhum desses jovens, filha. Apenas a nossa história é que nos faz mais protetores.
— Mãe, ouvi papai falando de um medo que tem de desaparecermos. De uns sonhos.
— Você sabe de algumas coisas do meu relacionamento com o seu pai, mas acho que precisa conhecer a minha história.

CAPÍTULO 2

Sandy

Fui levada para a Itália, aos doze anos de idade, pelos patrões do meu pai, um casal de italianos que tinham uma fábrica de tecidos aqui em São Paulo. A minha mãe faleceu e o casal pediu ao meu pai para me levar com eles para cidade de Nápoles, de onde vieram.

Colocaram-me para estudar e, aos dezenove anos, realizaram meu casamento com um americano amigo do filho deles. Tom Davis era dez anos mais velho que eu e conhecia o filho do casal de um intercâmbio que fez nos Estados Unidos.

Eu era apaixonada pelo belo rapaz e não foi difícil aceitar me casar com ele, achando que estava vivendo um conto de fadas. E, no primeiro ano foi sim, eu estava feliz. Até a família do meu marido exigir que ele voltasse para os Estados Unidos e que eu tivesse logo um filho. Essa pressão mudou a minha vida. Tom continuou em Nápoles, mas começou a me cobrar o bendito filho para acalmar os pais.

Fui pressionada a trancar a faculdade de História que fazia lá em Nápoles e me dedicar apenas à vida de dona de casa; um apartamento de dois quartos, bem confortável e bonito que o meu marido, engenheiro civil, escolheu e decorou pessoalmente. Tom era um homem bom e tranquilo, até acreditar que eu era defeituosa por não dar o neto que a sua família tanto queria.

Começamos o segundo ano de casamento bem diferente do primeiro. Meu marido se tornou frio, ausente, distante e mesmo eu tendo feito muitos exames, onde ficou comprovado que nada havia comigo, me fazia sentir doente e imprópria para ser esposa dele. Aguentava tudo isso sozinha, sem contar nada para Carlo e Elena Barone, casal que me levou para a Itália.

Até conhecer Peter.

Quando meu marido avisou que um amigo, colega de trabalho, estava na sala e eu deveria ir cumprimentá-lo, quase reajo, negando-me a ir conhecer o tal amigo. Porém, atravessei o pequeno corredor dos quartos e, ao chegar à sala, o vi sentado na poltrona conversando animadamente com Tom, que levantou para me apresentar. Ao virar-se para mim, paralisei diante da beleza brutal do homem. Os olhos verdes demonstraram o mesmo choque me encarando e ficamos assim por bons segundos, até o meu marido fazer as apresentações.

Era um pouco mais jovem que Tom, vinte e seis anos. Alto, forte, olhar profundo. O homem mais bonito que já tinha visto até ali. A empatia foi mútua, logo ficamos amigos, mas meu marido, indiferente seguia me tratando friamente.

Uns dois meses depois, já me sentia novamente uma jovenzinha de dezessete anos, na idade que conheci Tom. Estava claro para quem quisesse, que havia algo mais acontecendo entre mime o jovem engenheiro amigo do meu marido. Peter sempre encontrava um jeito de ir ao nosso apartamento e depois me mandava rosas vermelhas, minha flor preferida. Nem isso incomodava ou gerava qualquer reação do Tom.

Numa tarde, recebi uma ligação de Peter pedindo que fosse até ele. Não quis dizer o que estava acontecendo e até me preocupei que fosse alguma coisa com o Tom. Segui deixando recado com Maria, a minha ajudante na casa, que informasse ao meu marido que tinha ido à casa da dona Elena. No caminho, pensei sobre ter mentido, mas não quis entender a minha atitude naquele momento.

Cheguei num bar, próximo a uma praia, onde encontrei Peter bebendo seu habitual Martini e portando um cigarro entre os dedos. Ele não enrolou e logo disse que estava apaixonado por mim. Que se sentia um calhorda por ter se apaixonado pela esposa do amigo e que, de qualquer forma, eu tinha de saber. Na hora, fiquei em choque pela declaração franca e direta olhando nos meus olhos, senti também uma euforia, uma alegria por estar sendo amada por aquele homem por quem eu também tinha me apaixonado. No entanto, não podíamos ceder, fato que me levou a não confessar meus sentimentos e resolvemos nos afastarmos para evitar magoar o meu marido.

Poucos dias depois, Tom comentou, despreocupadamente, que o amigo estava saindo da empresa, que iria embora. Fiquei muito abalada, mas não podia dizer nada para não chamar a atenção do meu marido. No dia seguinte, logo cedo, recebi rosas *vermelhas e um cartão de Peter se despedindo. Não pensei duas vezes, vesti-me e segui direto para o pequeno apartamento que ele morava. Não o encontrei lá e procurei saber com o porteiro. O senhor nada sabia e me indicou um amigo e vizinho de apartamento que poderia me ajudar. De fato, ajudou, informando onde eu o encontraria. Era um sítio afastado alguns quilômetros da cidade. Um lugar belíssimo. Ele não estava, mas a senhora simpática me recebeu dizendo que não demorava a chegar e que eu o esperasse.*

Lutei com as minhas emoções e medos e ainda assim fiquei. Uns quarenta minutos depois, ele chegou e correu para dentro da sala onde eu o aguardava. Fui sincera e falei tudo que estava preso no meu coração. De como andava o meu casamento. Das minhas tristezas, solidão e de como a presença dele tinha trazido cor para minha vida sempre tão cinza. Nós nos declaramos apaixonados e nos perdemos nesse sentimento arrebatador.

Passei a noite com Peter e ao acordar me dei conta da grande bagunça que havia feito na minha vida. Vesti-me correndo, porém, quando tencionava ir embora, ele me fez encará-lo. Queria que largasse tudo e ficasse com ele em definitivo. Era mesmo o mais razoável a fazer. Mas, eu não passava de uma garota assustada e dividida entre uma paixão e uma vida organizada. Tive medo e decidi seguir o que julgava certo. Voltei para minha casa, para a minha vida morna. No entanto, a que me sentia segura.

A partir daí, tudo desmoronou. Tom já me aguardava no nosso quarto com as minhas malas prontas e nem sequer quis me ouvir. Apenas me mandou sair do apartamento dele, sem direito a nada e ainda com a ameaça de procurar o casal, com quem morava quando me conheceu, e contar que eu era infiel e traiçoeira, chamando-me de adúltera para baixo. Desesperei-me. Tinha sido adúltera mesmo, mas não queria que os velhos soubessem. Senti tanta vergonha e acabei saindo, arrastando a mala, com o pouco que me pertencia e a palavra dele de que não procuraria o seu Carlo e a dona Elena.

Sem rumo e em desespero, andei algumas ruas, até chegar numa praça próxima e me sentar para dar vazão ao meu pranto. A partir dali, estava completamente sozinha. Deixei Peter para trás sem qualquer esperança de que voltaria para ele. Jamais iria procurá-lo. Teria de seguir a minha vida sem atrapalhar mais a vida de ninguém. Para a minha total surpresa, minha ajudante, uma moça só poucos anos mais velha que eu, única amiga real que fiz naquela cidade, Maria foi atrás de mim disposta a seguir comigo para onde eu fosse.

    A atitude daquela moça amorosa, amiga, me deu a força que precisava e seguimos a procura de uma hospedagem, até organizar a cabeça, procurar um trabalho e um lugar para morar. Encontrei, dentro de uma das malas que Tom mesmo arrumou, um envelope com todos os meus documentos e um cheque com um valor que me possibilitou arcar com as despesas por quase três meses. Segundo o meu ex-marido, que deixou escrito numa folha de papel junto ao cheque, tratava-se de uma poupança que o casal, Carlo e Elena, tinham feito para mim e entregue para ele, que aplicou durante aquele tempo, tudo isso sem o meu conhecimento.

    Logo nos primeiros quinze dias depois que Tom me mandou embora, vivendo numa hospedaria, Maria e eu conseguimos trabalho. Ela como acompanhante de uma senhora idosa e eu como caixa num supermercado. Começamos a organizar a vida e, no final de um mês, conseguimos alugar um pequeno apartamento, de apenas um quarto, num bairro afastado. Dois meses depois de o meu casamento acabar, descobri a gravidez que, ao mesmo tempo, me trouxe uma alegria e uma emoção muito grandes, mas, também, uma preocupação e um medo assustadores. Precisava mais que nunca ter forças e trabalhar muito. Não teria a ajuda dos velhos que me levaram para aquele país... do meu marido, nem do pai do meu bebê.

CAPÍTULO 3

Pietra

— Filha, você nasceu a coisa mais linda do mundo. Herdou os mesmos olhos verdes do seu pai, de mim, a cor castanha dos cabelos e a boca. Com isso confirmei o que já imaginava quando soube da gravidez. Que você era filha do Peter.

— Mãe, por que você não procurou seu pai? Não pediu ajuda a ele?

— Meu pai estava aqui no Brasil, vivendo de forma muito simples. Achava que tinha tomado a melhor decisão me deixando ir viver em outro país, que eu estava feliz. Não podia, naquele momento, levar tamanha tristeza para ele, que só o deixaria sofrendo e sem poder fazer nada.

O passado da mamãe trazia muitas emoções para ela. Percebia pelo brilho das lágrimas nos olhos, também, pela voz trêmula. Tinha muito orgulho de ela ser uma mulher forte e determinada.

— Deixar você numa creche foi algo que me doeu muito, filha — ela continua. — Eu precisava trabalhar, para o nosso sustento, e a querida Maria também tinha suas necessidades e por mais que quisesse cuidar de você, ela te adorava, mas não podia ficar sem trabalhar.

— Lembro bem da tia Maria, fazendo todas as minhas vontades, me enchendo de carinho. Também a amo muito.

A amiga querida da minha mãe, que a vida toda tratei como tia, casou e vive feliz, com os dois filhos e o marido, lá em Nápoles, de onde nunca saiu.

— Tenta entender um pouco essa necessidade que eu e seu pai temos de manter você bem pertinho da gente, filha. Você ficou de um aos quatro anos na creche, que infelizmente fechou. Fato que me levou a ter de tomar outra providencia, te levando para um colégio interno. Na mesma época, Maria se casou e o

papai ficou doente. — Ela parece ainda sentir todas aquelas emoções enquanto conta sua história. — O tempo que precisei te deixar afastada de mim dói até hoje.
Não consegue segurar as lágrimas.
— Mãezinha... — Corro para os braços dela, que está sentada na minha cama, e a abraço forte. — Precisa parar de sentir culpa. Já passou. Eu te amo. Amo o papai também. Só quero que vocês deixem tudo que aconteceu no passado.
— Tem razão. — Rapidamente levanta-se, enxuga os olhos e segura as minhas mãos. — Você é a nossa luz, minha filha. E tudo, tudo que vivemos é para vê-la feliz.
— Eu sei, mãe. Pode acalmar o papai, não estou zangada com vocês. Um pouco triste, não posso negar, queria ir nessa viagem. Mas tudo bem. — Afasto-me e pego o meu pijama de abelhinhas, bem menininha, o que acho que nunca vou deixar de ser... — Vou me trocar para dormir, mama. — Beijo-lhe o rosto com carinho. — Boa noite!
Mesmo me sentindo magoada com a decisão dos meus pais, procuro levar na boa, evitando deixá-los tristes.
Chegou o dia da partida do meu namorado para a Itália, resolvo ir me despedir dele no aeroporto, na hora do embarque.
— Altina, a mamãe ainda não chegou? — Já é final da tarde e, normalmente, a hora que a mamãe chega da empresa dela, de eventos.
— Ainda não. Você vai sair, Pi? — Altina trabalha na nossa casa já há alguns anos e existe uma relação íntima entre nós e ela. Avalia-me e continua: — Está linda. Aonde vai a essa hora?
— Vou ao aeroporto me despedir do Le. Avisa a mamãe quando ela chegar.
Caminho para a porta e ela me segue.
— Não acho uma boa ideia você ir atrás desse seu namorado, Pietra. Com certeza os seus pais, que já andam tristes por sua causa, vão ficar aborrecidos.
— Oh, Altina! Além de bisbilhoteira você agora é conselheira, é? Vê se para de falar asneiras e vai cuidar do seu serviço, ou a mamãe troca você por alguém que trabalhe mais e se meta menos.
— Calma, Pietra. Só falei a minha opinião. — Morre de medo de a mamãe arranjar outra ajudante. Ela idolatra a *dona* Sandy.
— E depois, eu não fico ouvindo as conversas dos outros. Estou

fazendo o meu trabalho e vocês ficam conversando perto. Eu não sou surda, não é?

— Não, é só intrometida mesmo. Dê o recado à mamãe, não demoro.

— Melhor não demorar mesmo.

Vou para o aeroporto e logo me arrependo, Levi consegue ser bem babaca. Está lindo e solto, na companhia da irmã do amigo que toca na banda com ele.

— Vim aqui me despedir de você e achando que a minha tristeza por não ir com vocês te deixaria triste também.

Com a cara mais cínica, responde-me com desdém, enquanto a garota ri, debochada.

— Fala sério, Pietra. Se você fosse mais segura e peitasse os seus pais, agora estaria aqui do meu lado para embarcar e com certeza curtindo do mesmo jeito que a gente. — Dá uma risadinha e aponta para a garota que continua acompanhando o nosso papo, com o olhar em desafio. — Mas não encana. Essa é a Let, irmã do Tatá, que você conhece bem. Ele vai levar a gata dele e pediu para eu levar a irmã, já que você não pôde ir.

— Certo. — A raiva está me queimando por dentro, mas não dou esse gostinho ao escroto do meu namorado. — Desejo para você e a... Let — falo com desprezo. — Uma linda viagem. Ah, vou tentar me divertir por aqui também, enquanto você estiver por lá. Boa viagem!

Não paro de seguir em frente enquanto ele ainda chama o meu nome, por duas vezes. Rapidamente saio do hall do aeroporto Internacional de Guarulhos, e chamo um carro pelo aplicativo, de volta para casa. Estava com tanta raiva do Levi e um pouco magoada com os meus pais, por me deixarem passar por uma cena patética como aquela.

Estou chegando a minha casa, quando sou interpelada pelo motoboy que presta serviços para a empresa do meu pai.

— Pietra! Espere!

Ele está em pé, ao lado da moto e um pouco afastado da entrada do edifício onde eu moro. O carro que me deixou já havia seguido, vou ao encontro do funcionário do meu pai.

— Roberto! O que está fazendo aqui? Não deveria estar encerrando o trabalho no escritório?

— É que o seu pai me mandou vir aqui e levar você até ele, lá.

Ele me parece ansioso e eu imagino que é devido ao horário que já tinha terminado suas obrigações.

— O meu pai?! Mas por que ele não ligou pra mim? O que ele quer comigo lá no escritório?

— Isso eu não sei. — O rapaz fica impaciente e eu não quero atrapalhar a vida dele. — Só sei que o doutor Peter pediu para vir te buscar e levar até lá.

— Certo. Vou só trocar de roupas e já des...

— Não! É melhor ir assim mesmo! Vamos!

— O que está acontecendo, garoto? Você está me assustando! Aconteceu alguma coisa com o meu pai? Fala logo, Roberto!

Fico nervosa e pensando o pior. Ele segura as minhas mãos e tenta me acalmar.

— Não aconteceu nada com o seu pai, Pietra. Ele não falou do que se tratava, apenas que a levasse ao encontro dele. Olha só, eu só preciso te levar, tenho aula agora à noite e está me atrasando. — O garoto faz cara feia e me sinto inconveniente, uma vez que ele é funcionário do meu pai e muito conhecido na família.

Sem dizer mais nada, aceno concordando e subo na moto, colocando o capacete. Quando chegasse ao escritório do papai, tudo ficaria esclarecido. Enquanto seguimos, desligo-me um tempo, ainda pensando sobre a atitude do Levi. Apesar de não ser apaixonada realmente, gostava e tinha muito carinho por ele. Sentia-me decepcionada.

De repente, dou-me conta que já estávamos rodando há mais tempo do que o necessário para chegar à empresa do meu pai. Olho em volta e percebo que não estamos seguindo na direção certa. Grito para que ele me ouça:

— Espera! Para onde está indo? Para! Esse não é o caminho para o escritório. Para, Roberto!

— Fica calma, Pietra! Vai acabar caindo e se machucando. Fica calma que tudo dará certo.

CAPÍTULO 4

Pietra

Sinto um frio gelado percorrer o meu corpo e entendo que há algo de muito errado acontecendo. O garoto aumenta a velocidade da moto e começo a ficar com medo. Jogar-me da moto já não é uma opção.

— Para onde você está me levando? — Preciso gritar para ele me ouvir.

— Já vai ficar sabendo. Estamos chegando ao nosso destino.

Poucos minutos depois ele para a moto na garagem de uma casa bem afastada do centro da cidade. Pega no meu braço, sem esperar que eu tire o capacete, e vai me arrastando para o interior da casa.

— O que está acontecendo? Por que me trouxe aqui? O que quer de mim?

Minha voz agora é trêmula e muito assustada. Olho para ele, enquanto tento tirar o capacete, e também parece assustado. Porém continua me levando, pelo braço, para dentro da casa.

— Escute! É melhor você ficar calada. Já vai ficar sabendo.

— É um sequestro? É isso? Você me sequestrou?

Eu estou apavorada e ele não parece muito melhor.

— Olha, dá pra calar a boca um momento? Já disse que vai ficar sabendo. Agora senta aí e fica quietinha. Não quero machucar você.

Roberto me empurra para uma cadeira próxima a uma mesa pequena, quadrada, sem toalha. Estamos numa sala pequena e cercada por umas três portas, todas fechadas. Parece um cômodo preparado para ficar a parte na casa. Não há mais nada além da mesa e da cadeira onde fui jogada pelo motoboy do escritório do meu pai.

Dois minutos depois, uma das portas abre e entram dois homens. São jovens como Roberto, porém com feições mais sérias. Um deles: mais alto e magro, tem olhos escuros e sombrios, me olha de cima a baixo, como uma carne exposta na vitrine do mercado. O outro tem a aparência mais jovem, debochada. É um pouco mais baixo e tem um corpo malhado. Tem a pele mais escura, cabelo crespo alto. São tipos diferentes do Roberto, que é da minha altura, 1,70m, corpo definido sem ser musculoso, olhos escuros, como os cabelos cacheados, mais compridos quase caindo nos olhos. É um garoto bonito, cara boa, sorriso fácil. Quando foi trabalhar para o meu pai, a gente teve uns flertes que acabou não evoluindo e também não chegou a virar uma amizade.

— Nossa! Não imaginei que ela fosse tão linda assim. Ela é mesmo um chuchuzinho. — O mais baixo se aproxima e passa o dedo indicador no meu rosto.

— E agora, o que faremos? — Roberto pergunta, nervoso.

— Posso tomar conta dessa gostosa. — O mais magro de olhar cruel olha dentro dos meus olhos e eu tremo.

— O cara falou para não tocar nela, Reginaldo! — Roberto fala, ficando na minha frente.

— Não fale os nossos nomes, caralho! — O homem era mal-encarado e mal-educado.

Roberto o encara.

— A garota me conhece, babaca. Qual o problema saber o nome de vocês?

— Acho que ela não terá como falar pra ninguém mesmo.

Os três se olham, o mais baixinho ri com deboche, como era a característica dele, e eu começo a chorar.

— Calma, Pietra. Ninguém aqui vai tocar em você. — Roberto se posiciona entre mim e o mais carrancudo e fala para ele. — É melhor você ligar pro cara lá e falar que a mina já está aqui.

— O que será que o bonitão engomado quer com essa gatinha, hein? Acho que ele consegue mulher muito mais bonita com a grana que ele parece ter.

— Cala a porra da boca, Miguel! Ninguém aqui quer saber nada sobre o motivo do cara. Só o que a gente tinha de fazer, tá feito.

— Escutem, por favor! — Eu estou desesperada. — Se é dinheiro o que vocês querem, o meu pai não é milionário, mas tem algum dinheiro que pode dar para vocês. Fale pra eles, Roberto! Você conhece o escritório do meu pai. Você sabe que ele pode dar um dinheiro bom a vocês. E eu não falo nada para a polícia. Eu... eu j-juro.

Começo a chorar e tremer violentamente.

— Aqui! Acho bom calar a porra da boca da patricinha antes que perca a cabeça e a faça gritar só gemidos e o meu nome.

O homem me encara como se fosse me agarrar a qualquer momento. Sinto uma forte dor no estômago e levo a mão à boca, tentando evitar gritar em desespero.

— Deixa de ser cuzão, cara! Você ouviu muito bem o bacana. Não é para tocar num fio do cabelo da garota. E eu também não vou deixar você abusar dela. — Roberto peita o cara que quer enfrentar o motoboy e o outro homem o segura.

— Cara, calma. Não vamos estragar o plano. Vamos lá fora ligar e ver o que fazemos agora. — O outro mais animado, o tal Miguel, sai levando o perigoso que me apavora.

— Roberto, por favor... você me trouxe, mas sei que não me quer mal. Por favor, me leve de volta para a minha casa. Juro que não conto nada ao meu pai e a ninguém. Por favor. Peço para meu pai te dar um bom dinheiro.

— Não viaja, garota! — ele esbraveja pegando e apertando o meu queixo para que o olhe. — Você sempre foi uma patricinha mimada e indiferente às necessidades alheias. Nunca nem olhou direito para mim. Gostava quando eu falava que você era linda e depois nem percebia a minha existência. Olha só, não sei o que o cara quer com você e, na verdade, nem quero saber. Só o que sei é que o dinheiro que vou ganhar por ter trazido você aqui mudará para sempre a minha vida. Vou estudar e ser meu próprio chefe.

Ele se abaixa para que os meus olhos fiquem na mesma altura dos dele e acrescenta:

— Agora presta atenção. Fique bem caladinha e espere. O Reginaldo não é tão educado como eu e sei que desde que colocou os olhos em você, está doido pra te provar. Essa é a especialidade dele, primeiro usa o corpinho e depois machuca bastante. O cara é um animal e você não vai querer conhecer a fome dele.

Começo a vomitar e ele acaba me ajudando segurando os meus cabelos e abaixando a minha cabeça, enquanto xinga todos os palavrões que eu nunca nem tinha ouvido.

Puxa-me, tirando-me da cadeira e arrasta para outro canto da sala, deixando distante da sujeira que fiz. No mesmo momento, os outros dois entram e também berram todos os palavrões que existe.

— Tome! — Joga uma fita adesiva larga e um capuz preto para Roberto. — É melhor você mesmo tapar a boca dessa porca com a fita e cubra a cabeça dela com o capuz.

Após fazer o que lhe mandam, escuto a voz de Roberto questionando o tal Reginaldo sobre ter coberto a minha cabeça.

— Que porra é essa agora? A garota já viu a gente e o caminho até aqui. — O tom é irritado e questionador.

— Você não está sendo pago para questionar nada, rapaz. Apenas faça o que lhe é mandado fazer! — brada uma voz diferente.

Os pelos dos meus braços se arrepiam completamente. A voz é forte, meio rouca, com certeza com um sotaque forte de alguém que não é brasileiro, embora cada palavra tenha sido expressada de forma clara e contundente. Sinto um tremor diferente inundar o meu corpo vindo de dentro. Aquele deve ser o mandante de tudo aquilo. Solto gruídos alto por não poder falar e nem olhar para a cara dele.

— Essa garota é valente, chefe. — Ouço uma risadinha baixa do mais relaxado deles, o tal Miguel.

— Por mim, já tinha dado um trato nela e num instante ficaria macia de dar gosto. — O tal do Reginaldo é mesmo um porco machista e cruel.

— Será um imbecil morto se tocar nela. — Mais uma vez o tom daquela voz baixa, firme, rouca. Tenho certeza que é italiano, o som da voz mesmo falando um português claro, não esconde. Afinal papai e eu somos italianos. — Roberto. Você volta para suas obrigações. Me mantendo informado de tudo. E quantos a vocês dois: sigam com ela para o carro. E nada de conversas. Só vão falar se eu perguntar. *Comprendere*?

Ele era mesmo italiano. Só não conseguia entender porque ele estava fazendo isso. Com certeza era alguém que devia conhecer os meus pais. Embora, tenha percebido se tratar de um homem mais jovem, pela voz.

Seguram meu braço me fazendo levantar e ser arrastada para fora, sem enxergar, com a minha mão à frente tentando não trombar com nada e com medo de cair devido à brusquidão e rapidez com que estou sendo levada.

CAPÍTULO 5

Pietra

Sinto que sou jogada no banco traseiro de um carro, alguém senta junto a mim e puxa minha cabeça para baixo, quase encostando em sua perna, que naquele momento, sem nada dizer, não consigo saber qual deles é.

No mais completo silêncio, sinto apenas o movimento do carro, saindo e pegando velocidade. Estou apavorada, mas me mantenho quieta. Sabia que o mentor de tudo estava naquele carro também e não imaginava do que o homem era capaz.

Apesar da posição incomoda e do terror que estou vivendo, ainda me sinto grata por não terem me jogado na mala do carro ou coisa pior. Durante muito tempo seguimos, não tenho a menor ideia de para onde, e em momento algum o carro é parado.

Calculo quase duas horas, aproximadas, até o carro parar. Consigo me virar, em alguns momentos, mas quando tento levantar o capuz para enxergar alguma coisa, levo um tapa forte e tenho os braços colocados para trás.

Sou tirada de dentro do carro do mesmo jeito que fui jogada. Começam a me arrastar por um caminho que sinto ser de terra ou areia. Sinto também um cheiro forte do mar. Concluo que estou numa das praias ao sul.

Conduzem-me, dessa vez com mais calma, de forma que percebo uma reta e depois viramos duas vezes para a direita e por fim empurrada para uma espécie de sofá. O capuz é arrancado da minha cabeça e o tal Reginaldo quem está comigo numa sala, que parece improvisada: com um sofá, de dois lugares, onde estou sentada. Uma mesa pequena quadrada e uma cadeira. Há, bem no alto, um basculante minúsculo e apenas uma porta. Parece ser uma dispensa ou um cômodo para guardar entulhos. Está visível que foi arrumado para ficar daquele jeito.

— Não tente nenhuma gracinha e seremos educados com a princesinha.

Esse homem me dá ânsia de vômito. Arranca, sem qualquer cuidado, a fita da minha boca.

— Vocês já ligaram para o meu pai? Ele paga o que pedirem. Por favor! Os meus pais não vão aguentar se não tiverem notícias minhas. — Volto a chorar e a implorar para que me levem de volta.

O bandido me olha com raiva e coloca novamente a fita na minha boca.

— Se não ficar comportada, vou amarrar seus braços e suas pernas. Que tal? Cala a porra da boca!

Ele sai do quarto e ouço a chave sendo passada. Puxo as pernas para cima do sofá, fico encolhida num canto, com frio, sede, fome e desesperada. Acredito que apaguei, de tão cansada, e quando abro os olhos o homem asqueroso está mais uma vez a minha frente.

— Está na hora da princesinha comer.

Posso sentir certo descontentamento e um brilho perverso nos olhos dele, algo que espelhava o mais puro ódio. Ele puxa a cadeira para perto do sofá, colocando bem à minha frente. Baixa o rosto até estar próximo do meu e sussurra.

— Por enquanto você é só o brinquedinho do chefe. Mas sei que ele vai se cansar de querer ser o bonzinho da festa. Eu não saio dessa sem provar o que você tem bem aí embaixo dessa calça apertada.

Meu coração dispara. Não estava conseguindo entender o que tudo aquilo queria dizer. O nojento está aborrecido por não poder me tratar como quer? Será isso?

— Vê se come e bebe tudo sem fazer nenhuma sujeira, ou faço você limpar com a língua. — Ele arranca novamente a fita da minha boca.

— E-eu preciso ir ao banheiro — falo baixinho, a voz tremida.

— Puta que pariu! Não sou babá de patricinha de merda! — Ele abre parcialmente a porta e grita pelo outro bandido. — Miguel! — Olha de volta para mim. — É melhor não brincar com a sorte e fazer tudo direitinho. Se eu for te levar para fazer suas necessidades... com certeza vou cobrar o serviço lá mesmo.

— Guarde suas investidas para suas malucas, cara. Se o chefe te escuta dizendo essas coisas para a mina, tu tá ferrado, parceiro. — O Miguel parece ser o mais sensato e temer de fato o tal chefe.

— Não demora ele se cansa dessa bobagem de não tocar na princesinha e aí eu faço o que tô desejando desde que pus meus olhos nela.

Ao sair do quarto, olho em volta e estamos num pequeno corredor com uma porta próxima a qual ele abre revelando um pequeno banheiro: com um vaso simples, uma pia pequena e um chuveiro atrás, separado por uma cortina plástica. Curiosamente está tudo limpo, com papel higiênico e uma toalha de cor azul, colocada no suporte. Entro, tranco a porta com um ferrolho simples e, depois de fazer xixi, lavo as mãos e o rosto com um sabonete líquido de um dispenser pequeno. Após me enxugar, olho tentando ver uma janela ou basculante, mas não tem nada, é completamente fechado. Abro a porta e o tal Miguel está encostado me aguardando. Olho mais uma vez em volta e vejo outra porta no final do corredor.

— Vamos, linda. Aproveite, coma tudo, beba a água e não aborreça o meu amigo Regi, se não quiser ter problemas.

Leva-me de volta para a sala onde estava e sai logo trancando a porta por fora. Vejo o prato com uma massa dentro, parece lasanha, e um copo cheio de água, que está gelada. Sinto certo enjoo em comer aquela comida, mas penso que ficar sem comer só me deixará fraca, pois sinceramente não sei quanto tempo ficarei ali e o que pode acontecer comigo. Sento na cadeira e começo a comer devagar. Para minha surpresa, a comida está morna e gostosa. Como tudo e bebo a água.

Volto a sentar no sofá com as pernas para cima, encolhidas, e acabo adormecendo. Acordo ouvindo vozes e me dou conta que amanheceu. Um pequeno fleche de sol entra pelo basculante. Sento, rapidamente, e vejo que tiraram o prato e o copo. Encostada ao sofá, vejo uma sacola de papel. Puxo e olho dentro. Tem dois shorts jeans, duas camisetas de algodão, uma branca e uma preta, quatro calcinhas de algodão, não muito pequenas, escova de dentes, de cabelo e uma nécessaire contendo: shampoo, condicionador, sabonete líquido, creme dental.

Jogo a sacola com tudo no chão e me desespero. Por que alguém sequestraria uma pessoa e teria a preocupação de

comprar roupas e artigos de higiene para comodidade dela? Só alguém que não tem pressa e nem interesse de libertá-la. Começo a chorar e a gritar, chamando por eles. Não demora, Miguel e Roberto entram correndo na sala.
— O que foi, Pietra? O que aconteceu? — Ele está visivelmente assustado e eu vou pra cima, gritando e batendo no peito e nos braços dele.
— Seu desgraçado! Maldito! Me leve de volta para a minha casa. Eu não vou ficar aqui! Seu filho da puta, traiçoeiro! Não vai falar para os meus pais e nem me devolver para eles, não é?
— Para Pietra! Porra! Para com isso caralho! Está me machucando! — ele grita de volta, tentando segurar os meus braços. Até que o outro reage e me pega pela cintura, jogando-me em cima do sofá. Tento levantar novamente, mas o cara é muito forte e facilmente me imobiliza. — Sua cretina arrogante! Acha o quê? Que dando uma de valentona vai conseguir escapar? — ele grita em cima da minha cara, enquanto o amigo me prende. — Só vai conseguir se machucar e piorar as coisas pra você.

Começo a chorar e a implorar baixinho. Rendida.
— *Che diavolo sta succedendo qui, maledizione?*
— Quê?! Chefe o que disse?

Levanto a cabeça e vejo um homem parado, próximo a porta. Ele é alto, mais alto que todos os outros, num corpo atlético e forte, rosto perfeito, com nariz, boca, olhos, tudo simetricamente perfeitos. Cabelos fartos caindo sobre a testa e cobrindo as orelhas, castanhos escuros, mel é a cor dos olhos grandes, de cílios e sobrancelhas grossas. O homem era um verdadeiro modelo de beleza, vestido num terno escuro, elegante.

Entendi perfeitamente o que ele falou: *Que inferno está acontecendo aqui, maldição?*

É, com certeza, italiano. Os olhos em fogo estão cravados em mim. O tal Reginaldo está logo atrás dele, com um sorriso de escárnio no rosto.

CAPÍTULO 6

Pietra

— Chefe, não foi nada, a moça só está nervosa e assustada. Agora está tudo bem. — Roberto consegue puxar a atenção do homem para ele, que o olha por segundos e logo volta os olhos intensos para mim.

— Fale para a garota como estão os pais dela — ele fala em português claro com pronuncia arrastada. Continua olhando fixo para mim, enquanto fala com Roberto. — Diga a ela o que está acontecendo com eles, para que fique calma.

— Então... Seu pai não foi trabalhar hoje, claro. Fui à sua casa e soube que não dormiram, mas estavam mais calmos, hoje cedo, porque o doutor Boaventura, que é advogado e amigo deles, como você sabe, estava lá, aconselhando. Eles estão te procurando por todos os lugares que costuma ir. Ligando também para todos os seus colegas da faculdade e amigos. — Ele faz uma pausa, olha para o italiano e volta a olhar para mim. — Seu pai está achando que você possa ter ido viajar com o seu namoradinho. O advogado aconselhou a procurar primeiro em todos os lugares e depois, caso não te encontrem, chamar a polícia... — Olha novamente para o chefe. — Caso ninguém ligue pedindo resgate.

— Chega! — E com um gesto de mão manda os outros saírem e sai também, deixando-me sozinha novamente.

Encolho-me no pequeno sofá e choro baixinho de saudade dos meus pais. Durante o tempo em que Roberto narra o que está acontecendo com eles, mantenho meus olhos no homem empertigado a minha frente. Por vezes, percebo um brilho de vitória perpassar pelos olhos castanhos dele.

Por mais que tente, não consigo compreender aonde aquele maldito homem quer chegar. Para mim está claro que não é por dinheiro. O terno que está usando é certamente de alta costura. A preocupação com os produtos, as roupas e a comida bem preparada, servida em prato de louça, copo e talheres de boa marca. Tudo me deixando ainda mais assustada, porque se a questão ali não é dinheiro, com certeza trata-se de algo muito mais cruel.

Sinto fraqueza, os olhos pesam e apago. Quando abro novamente os olhos, está tudo muito escuro e um silêncio mórbido. Acho que dormi o dia inteiro. Olho em volta e está tudo do mesmo jeito. A sacola com as roupas, ainda no chão, onde a joguei. Preciso usar novamente o banheiro, levanto e vou até a porta, não há qualquer ruído. Começo a bater e a chamar por alguém.

— Alguém aí? Oi! Preciso usar o banheiro! Alguém! — Ouço o barulho da chave no trinco e me afasto. Logo, o meu pior pesadelo ali dentro empurra a porta, parando à minha frente.

— Então a princesa quer ir ao banheiro? — Esboça um sorriso lascivo, olhando para o meu corpo.

— Preciso ir... — O homem me assusta de tal forma que não consigo falar. — Ele olha em volta e para os olhos na sacola.

— A princesinha não vai tomar um banho e usar as roupas que o chefe trouxe? — Estende o dedo indicador e passa na lateral do meu rosto. Dou um pulo para trás. — Ao contrário de mim, o mauricinho não gosta de mulher suja. — O nojento fala quase babando. Meu estômago embrulha forte. Volto rápido para o sofá e me sento. Não iria ao banheiro com aquele porco. — O quê? Não quer mais usar o banheiro? — Gargalha, debochado. — Como preferir, alteza.

Sai e fecha a porta. Fico mais assustada e começo a ter uma dorzinha no pé da barriga, ocasionada pela forte vontade de fazer xixi. Encolho-me com as pernas dobradas e os joelhos amparando a minha cabeça.

Minha vida passa como um filme na minha mente. Os meus pais sempre me protegeram até de forma exagerada, eu achava. Talvez eles já soubessem que algo assim poderia acontecer. Não me deixaram viajar com o meu namorado e fui pega aqui, mesmo sob a proteção deles.

Chorando baixinho, com dor no pé da barriga, fico, pelo menos, de uma a duas horas pensando no que fazer. De repente, a porta abre e me encolho ainda mais. É o outro bandido, o Miguel. Ele traz uma bandeja com um prato de comida e um copo com água.

— Olha, melhor comer tudo. O Regi disse que não quer tomar banho e usar as coisas que o chefe trouxe. Acho que ele não vai gostar disso quando voltar.

Então o bandido chefe não estava ali. Talvez fosse a minha chance com aquele que era o mais amigável, digamos assim.

— Preciso ir ao banheiro — falo baixinho.

Ele me olha e se afasta mostrando com a mão para que o siga.

Ando devagar, estou com muita dor. Entro no banheiro, tranco e uso o vaso. Preciso fazer alguma coisa. Não aguento mais continuar vivendo aquele terror. Levanto, lavo as mãos e abro um pouco a porta, colocando só um pouco do meu rosto para fora.

— Miguel... — chamo delicadamente. Ele logo aparece na frente da porta. — Por favor, pode pegar a sacola, vou tomar um banho.

Ele ainda fica uns segundos me olhando. Ergue bem a cabeça, para ver se eu estou mesmo sem roupa, fecho mais a porta, ele ri divertido e resolve fazer o que pedi, achando que estivesse mesmo nua. Fato que, creio eu, lhe serve de garantia que não sairia correndo.

Espero apenas que ele entre na sala e saio correndo na direção contrária, alcançando a única porta que abro, e continuo correndo, até que me deparo com um terreno de areia e, mais a frente, depois de umas árvores e uns coqueiros, está o mar. Fico parada sem saber para que lado correr e, nesse momento, sinto o aperto no meu braço. É Reginaldo, que me atira no chão e começa a falar obscenidades e tenta tirar a minha roupa.

— É isso que você quer, não é sua cadela? Deixar o negócio mais gostoso. Isso, lute! Só está me deixando mais duro de tesão.

— Não! Me largue! Socorro! Socorro! Miguel! Me ajude!

Não consigo respirar direito. O corpo já coberto com areia. Não vejo o outro homem.

— Você pediu por isso, sua cadelinha marrenta.

— Regi! Para com isso! Larga a garota, cara! Vai se encrencar muito se fizer alguma coisa a essa garota.

— Não menos que você que ia deixar a gostosa fugir! — Ele consegue prender os meus braços com as mãos, enquanto os joelhos prendem as minhas pernas.

— Regi! O que está acontecendo aqui?

Ouço a voz de Roberto e consigo respirar. Sei que, apesar de tudo, o funcionário do meu pai não deixaria aquele animal me estuprar. Finalmente, ele sai de cima de mim. Eu estou completamente sem forças. O próprio Roberto se aproxima e me levanta. Segura-me, quando as pernas falham e o meu corpo oscila.

— Ela tentou fugir. O vacilão do Miguel se deixou enganar por essa carinha fingida de inocente. Só estava segurando-a para que não fugisse.

Roberto e Miguel trocam um olhar, sabendo que a intenção do bandido é bem outra. Sou levada de volta para a sala.

— Obrigada — agradeço para Roberto. Estou realmente agradecida por ele ter me salvado.

— Escuta aqui, Pietra. Para de agir como uma idiota. Esse cara não tem medo de nada. E ele já deixou claro o que pretende fazer com você. Só que, ao meu ver, você só está facilitando pra ele.

— Eu não aguento mais... — O choro me toma. — Estou aqui há uns três dias e sei que o meu pai não deixaria de pagar o que fosse, para me resgatar.

— E teria feito isso mesmo, se tivesse sido cobrado resgate por você. Mas, não aconteceu — ele fala, depois passa a mão na cabeça e resmunga, como se tivesse falado demais.

— Como eles estão, Roberto. Fala pra mim! Como estão os meus pais? Eles estão bem? — Aproximo-me e seguro o rosto dele, para que me dê notícias da minha família.

— Eles estão bem. No que é possível. Sua mãe andou passando mal, mas o médico a examinou e disse ser um pico de pressão. Está bem agora. Já entenderam que você não fugiu com o seu carinha, o baterista. O problema é que seu pai chamou a polícia e tá todo mundo sendo investigado. Talvez eu nem possa voltar mais lá.

Ele então me dá as costas e segue para a porta.

— Roberto! Não pode deixar de ir lá. Preciso saber deles.

— E eu me ferro com isso? Negativo, garota.

— E o que esse homem quer com isso tudo? Por que ele está me prendendo aqui? Ele não precisa de dinheiro. Só de olhar pra ele dá pra ver que é rico.

— Isso eu não sei, e nem quero saber. Só quero que ele me pague o que prometeu pra eu sumir no mundo. — Volta-se para mim. — Quanto a você, acho bom ser obediente e não dar mole para o Regi conseguir o que tanto quer. Ah, Pietra, tome um banho. Você está começando a ficar esquisita. Tire essa areia do corpo. Ou é capaz do chefe ordenar que um dos caras dê um banho em você.

— Espera! Eu vou. Por favor, fique você tomando conta enquanto tomo banho. Por favor!

Ele balança a cabeça concordando, corro, apanho a sacola e entro rápido no banheiro.

CAPÍTULO 7

Pietra

O banho renova as minhas forças, fazendo-me sentir mais disposta a lutar por minha liberdade, só que agora com inteligência. Volto para o quarto e sento para comer a comida, que dessa vez está fria: Arroz, frango com legumes e água. O prato estava bom, como a anterior, fico me perguntando de onde vem aquela comida. Não parece haver movimento de outras pessoas pela casa, além dos dois bandidos, que se revezam para cuidar de mim, Roberto que às vezes aparece e o chefe que não tinha visto mais.

Quando acabo, volto a sentar e dobrar as pernas no sofá. Troquei a blusa por uma das que veio na sacola. A preta. Mas preferi manter o meu jeans. Jamais vestiria aqueles shorts. Lavei os cabelos e usei a escova de dente. Mal sento e a porta abre, o infeliz Reginaldo entra.

— O que foi? Falava tanto e agora fica aí calada. Está com medo de mim? — Ri com escárnio. — Não devia. Garanto que vou ser bem mais prazeroso que o engomadinho. Você vai gostar. E agora que está toda cheirosa. Limpinha.

Ele vai se aproximando para cima de mim.

— Por favor... — Fico consumida pelo pavor.

— Por favor, o quê, docinho? Agora sei como é esse corpinho. Não vejo a hora de passar a língua na sua...

— Não. Me deixe em paz! — Sou tomada pelo desespero e soluço alto.

Meu Deus! O pesadelo parece não ter fim. O nojento está com a boca no meu pescoço. Até que, de repente, ele está sendo jogado contra a parede.

— O que pensa estar fazendo, seu imbecil!

O italiano está estrangulando-o com um braço, e, com o outro, torce o braço do asqueroso para trás.

— Eu já te falei que se encostar nela eu te mato. *Maledetto figlio di puttana!*
O homem parece fora de si e aperta cada vez mais o braço na garganta de Reginaldo, que começa a se bater tentando se salvar. Eu só consigo me encolher ainda mais e chorar. O homem xinga todos os impropérios em italiano. Está fora de si. Até que Roberto e Miguel entram correndo e começam a puxar o braço do italiano do pescoço do bandido.
— *Scomparire!* Desapareça! Some de minhas vistas animal! Leve-o daqui. Mas fiquem de olho nele. Ainda vamos conversar.
Então ele fica parado. Respiração pesada. Braços largados ao lado do corpo e punhos cerrados, deixando veias grossas estufadas. Olhar duro a frente, como se não estivesse enxergando nada. Dou-me conta, aí, de que ele está vestido informalmente, de jeans e camisa polo. Parece ainda mais jovem e maior, mais forte. E mais... bonito. E mais mortal. Meu algoz.
Continuo quieta, sem mover um único músculo. Ele consegue me deixar ainda mais apavorada. Não sei o que pretende, quais as suas motivações para me manter naquele inferno. A quem ele quer punir, o papai ou a mamãe? Ou os dois?
— Você não precisa ter medo do homem maldito. Se ele tocar em você, está morto. — Assusto-me com a voz dele e tenho um sobressalto. Continua olhando para frente, sem me encarar. — A partir desse momento vou ficar atento.
Percebo ainda os tropeços na emissão das frases em português. Ele, então, vira o rosto e olha diretamente nos meus olhos. Fica assim, me olhando, por um minuto inteiro.
— O-o que você quer comigo? Por... Por que está me deixando presa aqui? O que você quer?
Preciso de respostas ou enlouqueço. Ele permanece parado, dessa vez, olhando para o chão. Segundos depois, sai em passos firmes. Continuo sem respostas e sem compreender o que era tudo aquilo.
Logo, alguém fecha a porta e eu mal vi quem, por estar perdida em meus pensamentos.
Dois outros dias passam e o meu desespero chega à estratosfera. Desde o ataque de Reginaldo que não o vejo. A cada meia hora, entra Miguel, buscando saber se eu estou querendo alguma coisa. Roberto ei vi apenas por um momento, dois dias atrás. E o tal chefe, não vi mais hora nenhuma. As

refeições chegam regularmente; pelas manhãs: uma caneca com café forte e quente, acompanhado de um pão francês com manteiga. Para o almoço: variava entre uma massa ou arroz com frango ou carne com legumes. E claro, um copo de água. Porém respostas e a liberdade que eu quero, parecem muito distantes. Não saber notícias dos meus pais me leva ao limite. Passo a noite muito mal, com fortes dores pelo corpo, frio e dor de cabeça, que está me tirando a vontade de viver. Pela manhã, quando entram trazendo o café e para me levar ao banheiro, encontram-me desfalecida, com muita febre e delirando. Tinha perdido a consciência do que acontecia ao redor e falava coisas sem sentido.

Tudo isso foi dito a mim pelo próprio Miguel, quando finalmente despertei do terrível mal-estar. Ao abrir os olhos vejo que não estou no mesmo quarto onde permaneci desde que me levaram para lá. Ainda muito tonta, olho em volta e reparo que estou num quarto de verdade, bem ensolarado, por janelões de vidro e cortinas longas esvoaçantes. Estou deitada numa cama de casal, forrada com lençóis brancos e coberta com edredom de flores alegres. Uma TV enorme na parede, em frente a cama, abaixo um armário de madeira crua com portas de correr e em cima do móvel dois vasos de vidro e um pequeno vaso de flores naturais. Na mesma parede da cama, uma porta que é da suíte.

— O... O que é tudo isso aqui?

Miguel está sentado, numa poltrona ao lado da cama, próximo à janela.

— Garota, você nos deu um susto danado. Quando te encontrei daquele jeito lá no esconderijo, pensei que você fosse morrer. A sorte é que o Reginaldo resolveu ajudar e ligou pro chefe. Eu não sabia o que fazer e fiquei, por meia hora, olhando você molhada de suor, os olhos virando, respirando mal e falando um monte de bobagens. Até que apagou, como uma lâmpada, e eu saí gritando, achando que você tivesse morrido.

CAPÍTULO 8

Giuliano

— Cara, confesso que ainda estava com muito medo de que a garota não acordasse mais.
— Pietra é durona. Ela só está com saudade dos pais.
— E você a deixou sozinha, para tentar fugir de novo, Miguel? É um otário mesmo.
— A menina tá muito fraca e bem pálida. Ela não conseguiria chegar nem a porta do quarto. Quando saí de lá, ela adormeceu novamente, depois de me fazer um monte de perguntas.

Estava ouvindo a conversa daqueles homens e me perguntando até onde aquela menina aguentaria. Ela não é meu foco, embora seja o meio para chegar ao meu objetivo. Me preocupo com a saúde da garota. Não me perdoaria se, no meio disso tudo, ela fosse a peça a se quebrar. Isso nunca!

— Vocês dois! — Indico os dois bandidinhos burros. Tenho tido muita paciência com o Reginaldo. Ele quer o que é totalmente proibido para si e para os outros também. Se um deles tocar nela, eu mato. — Você! — Aponto para Reginaldo. — Vá limpar e organizar os banheiros e a área externa. E você, Miguel, vá ao restaurante pegar o almoço.

— Por que eu tenho de fazer o trabalho pesado e sujo?

Esse cara vai me dar trabalho.

— Porque você não tem educação e competência para nada além de limpar banheiro. — Eu o encaro de perto, para que entenda que não estou satisfeito com ele. — O curioso é que está ganhando um dinheirão para fazer esse servicinho. Caso não esteja satisfeito, é só falar e tá fora.

Finalmente o sujeito compreende o meu recado, seguindo para fazer o que mandei. Miguel sai atrás dele. Ficamos eu e o Roberto. Esse é a minha peça importante no plano. É dele que vêm as informações que preciso.

— Você não deveria estar aqui. Preciso de informações da casa dela.
— Eu sei, Giuliano. Mas estava preocupado com a Pietra. Ela estava muito mal. — Ele se levanta da cadeira onde está sentado, na cozinha e se aproxima de mim, que estou em pé de frente para janela que dá vistas para o mar. — Também está ficando complicado fazer todo esse percurso, aqui é muito distante. Sem contar que a polícia está cada vez mais perto de chegar até mim. Eles já descobriram que a Pietra estava com alguém na frente do edifício. Sorte que as câmaras não conseguiram alcançar o local que parei a moto.
— Se você desaparecer agora, eles vão desconfiar. Você vai voltar lá, saber como andam as coisas e forjar um acidente com a moto, para que justifique o seu afastamento por um tempo.
— Vou ter de me ferir? Não estou gostando disso.
Cambada de idiotas. *Sfortunato codardo.*
— Falei para você mesmo provocar um acidente que cause uns arranhões, uma pequena contusão. Nada que um homem do seu tamanho não suporte.
— Até quando você pretende manter a garota aqui?
— Isso não é da sua conta. Apenas faça o que te mandei. Quando tiver levado o atestado de afastamento para seu chefe, volte aqui.
— Isso pode demorar. Quem vai tomar conta da Pietra quando você também não estiver aqui? Não confio nesses dois idiotas com ela.
— É melhor, então, que se apresse. Vá!
Não tenho qualquer paciência com aqueles homens. Também não confio em qualquer um deles. Mas não posso mudar os meus planos muito menos recuar. Sei que o preço a pagar será alto e não me refiro a dinheiro. Tenho muito e estou pagando pouco pelos meus objetivos. Pagaria até mais, se não fossem tão burros.
Dou as costas a Roberto e sigo para o meu quarto. Preciso resolver algumas coisas dos meus negócios, que venho negligenciando desde que coloquei os meus planos em ação. Paro ao passar na porta do novo quarto que a garota está ocupando.
Caralho! Parece um imã que sempre me atrai para essa *ragazza*. Inferno! Não estou gostando nada, nada de sentir

preocupação pela garota. Não posso amolecer o meu *cuore* e simplesmente esquecer. Isso nunca!

Porca misera, não consigo controlar e abro a porta do quarto, olhando diretamente para a cama onde Pietra dorme profundamente. Entro no quarto, caminho lentamente, olhando para o corpo esguio, de curvas suaves, envolto em lençóis brancos. O rosto traz uma paz que definitivamente ela não sente ali. As feições lindas e delicadas estão muito pálidas, mostrando o quanto tinha perdido peso naqueles dias. Essa constatação não me traz qualquer felicidade, muito ao contrário, dói profundamente, como se o meu coração estivesse sendo esmagado nas mãos de alguém.

Viro-me e saio do quarto, andando a passos rápidos. Vou direto para o meu quarto que fica no final do corredor e de onde eu posso ouvir se alguém tentar fazer qualquer mal a Pietra.

Ligo para Antonella. Já tem dois dias que não vou à empresa, logo ela tentará descobrir o que está acontecendo para eu desaparecer tanto, nas últimas semanas.

— *Giuliano! Dio, dove sei stato? Stavo impazzendo qui non sapendo dove sei.*

— Em português, Antonella. Estamos no Brasil, não é educado falar outra língua que não a deles. — Preciso ganhar tempo para pensar no que dizer a ela.

— *Sensasenzo.*

— Antonella! – Mulherzinha irritante.

— Está certo! Acho isso de falar português com você uma bobagem. Como disse: estava muito preocupada por não saber onde você está. Por onde tem andado, Giuliano?

— Eu te falei que precisaria ficar uns dias fora, resolvendo negócios. Falou com o Francesco sobre a nova remessa de carros que deve seguir para as lojas da Calábria?

— *Sim. E a essa altura, a remessa já saiu de Roma. Giuliano, precisamos confirmar a data que teremos de ir à Itália. Já adiamos muito, o pessoal lá está ficando impaciente. Eles querem concluir o negócio o quanto antes. Nunca ficamos tanto tempo aqui no Brasil, sem voltar umas duas vezes para a nossa terra.*

A Antonella está com a razão. A decisão de vir para o Brasil foi a cartada final para concluir o meu plano. Ter vindo para cá, há três anos, para instalar uma filial da minha empresa, foi apenas uma maneira de justificar a minha permanência no país.

— Escuta, Antonella, logo estarei concluindo uns negócios bons por aqui e partimos, em definitivo, de volta para a nossa terra. *La nostra amata Italia.*
— *Realmente espero, Cara. Amanhã você vai estar aqui, não é seu stronzo?*
— Escolha, minha bela, ou sou querido ou sou idiota — brinco.
Além de uma excelente profissional, aquela mulher tem estado comigo durante os piores e melhores momentos da minha vida. É linda. Inteligente. Companheira e me dá os prazeres mais deliciosos.
— *Sinto sua falta, amore mio. Volta logo.*
— Amanhã cedo estarei aí. Beijo.
A verdade é que fiz uma promessa para Antonella, que não tenho certeza se poderei cumprir. Enquanto Pietra estiver doente, não devo me afastar da casa.
Trabalho pelo computador, por mais algumas horas, até Miguel vir informar que a *ragazza* está melhor. Já tinha almoçado e estava parada, diante da janela do quarto, olhando para o mar, sem querer sair de lá. Pedi que a deixasse fazer o que quisesse dentro do quarto. Enquanto saio do meu, passando na porta do quarto dela, tomo uma decisão. Só preciso esperar Roberto voltar.

CAPÍTULO 9

Pietra

Graças a Deus, o Roberto voltou, sinto-me mais segura quando ele está na casa.
— E aí garota? Já está boa mesmo?
Roberto vai entrando no quarto, logo pela manhã cedo. Está com o braço machucado e imobilizado, com arranhões no rosto e no ombro do braço enrolado.
— Estou boa já. Você é que parece não estar nada bem.
Faço um gesto com a cabeça, indicando o braço dele.
— É. Andei beijando o asfalto. Um mané me fechou, perdi o controle e caída moto.
— Então... Você não vai poder ir mais trabalhar e saber notícias dos meus pais?
Aquele pesadelo não teria fim, meu Deus. Ele respira fundo, anda até a janela e fica olhando o mar lá adiante.
— Vou ficar uns dias de atestado — fala de repente, virando-se e voltando para perto da poltrona onde estou sentada.
— Não vai mais trazer notícias dos meus pais? — Minha voz já começa a falhar e não seguro as lágrimas.
— Não se preocupe tanto com seus pais, Pietra. Eles estão bem. A polícia está cuidando do caso.
— Como pode ser tão cínico! — Levanto-me já em prantos. — Quer que acredite que os meus pais não estão aflitos com o meu desaparecimento? Que estão tranquilos porque a polícia agora está me procurando? É isso?
— Não, Pietra! — ele grita. — Seus pais estão longe de estarem tranquilos. Quer a verdade? — Para na minha frente e continua gritando. — Sua mãe precisou ser levada para o hospital, por mais de uma vez. E o seu pai, desde que você sumiu, não vai ao escritório. O doutor Salgado, sócio dele, é que está tomando conta de tudo. Seu pai até está querendo contratar um investigador particular, custe o preço que for. O

homem quase não come, não dorme e já perdeu bastante peso. Que nem você.
    E eu quebro. Caio de joelhos no chão e choro alto, em desespero. Miguel, que tem ficado tomando conta de mim, entra correndo no quarto.
    — O que aconteceu, Beto? A menina voltou a passar mal?
    — Não. Ela só está ouvindo o que eu não queria dizer, mas ela insistiu. Porra! — ele berra. Em seguida, se abaixa e fala agora baixo e próximo de mim. — Escuta, Pietra. Tenha força. Logo tudo isso vai acabar. Eu sei que o cara não é louco de continuar mantendo você aqui sem fazer qualquer contato com a sua família.
    — Por que você está aceitando participar? Você tem de saber o que esse miserável quer com tudo isso. Me ajude, Roberto. Eu te imploro. Mamãe e papai não vão aguentar muito tempo se eu não voltar logo.
    — Venha, levante-se. — Roberto me ajuda como pode, com um braço imobilizado, pondo-me de pé. — Vamos passear na praia.
    Ele fala assim, do nada, e eu estaco. Fico parada, olhando para ele, sem entender.
    Como assim, ir passear na praia?
    Roberto ri um pouco, pega a minha mão e sai me levando, descendo por uma longa escada de madeira e vidro. Chegamos numa sala muito bonita, uma decoração apropriada para praia, muito confortável. Tudo muito grande e elegante. Grandes portas de vidro, cortinas na cor creme, esvoaçantes, ambiente aberto, com tudo muito claro. Eu, completamente embasbacada, sem entender porque ele faria o meu cativeiro numa casa daquelas, sendo que não havia ninguém além dos três caras e o chefe.
    Saímos caminhando, lentamente, chegamos numa área toda gramada, com alguns coqueiros e outras árvores, além de algumas plantas com flores vermelhas e amarelas. Muito bonito. Um caminho feito de pedras conduz até um portão grande de madeira envernizada. Logo depois, começa a areia e a praia está a uns trezentos metros à frente. Vamos andando devagar, mais próximo à água do mar, me sento na areia. Roberto senta ao meu lado.
    — O que mudou? Por que você me trouxe até aqui? — Eu o encaro firmemente.

— Eu não sei o que tá acontecendo. Mas foi o chefe quem autorizou que um de nós caminhasse contigo aqui na praia.

— Ele não tem medo que eu comece a correr ou a gritar, para quem passar, que estou presa aqui?

Preciso saber até onde posso ir.

— Nem se anime, garota. A liberação é apenas nesse trecho, que é quase particular, da casa. Sendo que caminharemos, apenas, durante a semana, quando não tem ninguém por aqui. E tem mais... se você tentar alguma gracinha, é para voltar contigo para o quartinho dos fundos, te mantendo presa por lá.

— Roberto, por que você aceitou se envolver em tudo isso? É tão jovem ainda, com toda uma vida pela frente.

Quero entender. Sei que, no fundo, ele não se sente bem fazendo essas coisas.

— Toda uma vida de pobreza, de humilhações, necessidades. Não, princesinha. Não era a vida que eu queria pra mim. Olha só: você tem dezessete anos e já cursa uma faculdade, mora num apê maravilhoso, viaja todos os anos para os lugares mais bacanas que existem. Enquanto eu, aos vinte e um, mal consegui terminar o médio porque tive que começar a trabalhar desde os dezoito. Uma moto, financiada pela empresa, para que eu possa trabalhar. Um quarto de pensão, onde já moro há um ano, simplesmente porque o meu salário não dá condições para mais que isso. Ah, não vamos esquecer, a minha família que vive lá no interior, esperando que eu possa ajudar eles. Tá bom pra você?

— E acha que virando bandido é que vai mudar tudo isso? É fugindo da polícia e se escondendo, como um verdadeiro criminoso, que vai fazer sua vida virar um ideal de felicidade? Sabe, Roberto, eu nasci numa casa simples e, que durante longos oito anos, não tive o direito de morar. Sabe por quê? Porque a mamãe não tinha como cuidar de tudo sozinha, longe do meu pai, da família dela. Tendo de trabalhar duro e ficar afastada de mim. Mas a dignidade, isso ela nunca perdeu. Por isso, hoje, consigo ter a vida que tenho.

— Bobagens. Cada um é o que é e tem a vida que tem de ter. A menos é claro, que a tome de qualquer maneira. Eu quero a minha. Mesmo que precise... — ele se cala e eu o encaro.

— Mesmo que precise o quê, Roberto? Matar? Teria coragem de acabar comigo para ganhar um punhado de dinheiro sujo?

Ele fica de pé.

— Melhor não perguntar o que não quer ouvir, princesinha. Melhor não querer saber.

Fico de pé também e olho para a casa. O bandido, Reginaldo, está parado no portão, me encarando. Tremo de medo. Aquele homem me aterroriza e já sei que não devo contar com nenhum deles para me salvar do cativeiro.

Volto para casa, seguida de Roberto. Vou para o quarto, tomo um banho e, quando saio do banheiro, encontro-o sentado na poltrona do quarto me esperando.

— Vamos. A partir de agora você almoça com a gente, lá na cozinha.

Mantenho-me calada e o sigo para uma imensa e bela cozinha, equipada com o que há de melhor. À mesa, Miguel e Reginaldo já estão sentados, devorando a comida. Hoje é um picadinho de carne com legumes, arroz, feijão, salada de alface e tem até uma jarra de suco, que presumo ser de abacaxi.

— O que foi? Não vai sentar pra comer? Está com nojo de sentar com os pobres mortais, princesa? — Reginaldo fala, encarando-me com desdém.

— Qual o problema, Pietra? Senta aí para comer. Não vamos mais levar comida pra você no quarto. — Roberto fala, impaciente.

Resolvo sentar, mas não toco na comida.

— Vai fazer greve de fome, agora? — O nojento do Reginaldo continua me provocando.

— Sei que a mamãe está muito mal, ela não vai aguentar por muito tempo. Isso que vocês estão fazendo é muito cruel. Eles devem estar desesperados sem nenhuma notícia. Sem saber se estou viva ou morta. Não tenho mais noção do tempo que estou aqui. Mas sei que é muito tempo. E nada acontece.

Levanto-me e perco o controle que estava tentando manter.

— Vocês nem sequer sabem o porquê desse louco estar me mantendo aqui! Vejo que o único sentido é me torturar... Ou aos meus pais. Só não sei por que tanto ódio, para fazer uma coisa tão mesquinha como essa.

Encosto-me na bancada da pia e envolvo o meu corpo com os braços.

— Beto, o que você acha? Também penso que é estranho até agora ele não pedir resgate, nem nada. A polícia vai acabar encontrando a gente e, aí, adeus pagamento milionário!

— É melhor ficar bem calminho, Miguel. O chefe não está deixando faltar nada. Ele deve saber o que está fazendo.
— É, o chefe controla tudo e até a gente ele quer controlar. Mas eu terei meu pagamento de um jeito ou de outro. E ainda pensa que pode me impedir de fazer o que eu quero desde o início com essa gostosinha.
— Você ouviu o chefe. Se tocar nela, ele acaba com você.
— Que se dane! Se não receber logo o meu dinheiro... — O infeliz me olha com lascívia. — Vou usar e abusar do brinquedinho dele.

CAPÍTULO 10

Giuliano

Fico quase dois dias sem ir à casa da praia. Antonella não me deixa sair, antes de resolver todas as questões da empresa. Ela tenta também passar a noite comigo, no meu apartamento, mas eu não quis. Pela primeira vez, eu não sinto tesão de ir para cama com a minha sócia. Dou graças a Deus de ter insistido para morarmos separados, ou não teria como escapar. Sei que a magoo, já tem alguns dias que evito transar com ela, sempre com a desculpa de estar muito cansado.

No dia seguinte, muito preocupado e sem poder ligar do meu escritório para saber notícias da casa de praia. Prefiro não arriscar nada. Almoço com a Antonella, para que fique mais tranquila. Em seguida vou para uma loja, comprar mais algumas roupas para Pietra e, depois de passar no meu apartamento, tomar um banho e pegar umas roupas para passar mais tempo na praia, dirijo para lá. Chego e está tudo silencioso.

Logo, porém, Roberto vem me receber, bem assustado.

— O que houve? — Paro e o inquiro.

— Pietra, ela...

— O que tem Pietra, inferno?

Já saio a passos largos em direção ao quarto da garota, até Roberto me alcançar, correndo e parar à minha frente.

— Calma, Giuliano. Ela está dormindo agora. O problema é que ela está fazendo greve de fome. Desde ontem que não toca na comida. A mina tá muito desesperada. Não seria melhor deixar os pais dela saberem que a garota está viva? Assim ela fica mais calma e você consegue o que quer.

— *Non ti ho dato il permesso di dirmi cosa fare! Faculo.*

— Fala em minha língua, por favor, Giuliano.

— Falei que não te dei permissão para me dizer o que fazer, porra! Caralho! — Olho em volta e não vejo os outros paspalhos.

— Onde estão os outros imprestáveis? Não sabem lidar com uma menina de apenas cinquenta quilos.

— Miguel foi ver se Pietra está bem e Regi está lá embaixo, no quarto que ocupamos. Bebeu muito hoje. Está ficando impaciente também. Miguel e eu o jogamos lá no quarto e ele dormiu.

— Inferno! *È solo un problema!* É só problema, foi o que falei, droga. Eu vou para o meu quarto, amanhã cedo resolvo tudo isso.

Ao passar pelo quarto da menina eu tento, mas não consigo resistir, abro a porta devagar e a vejo, encolhida na cama, dormindo. Entro sem fazer barulho e puxo o cobertor, para cobri-la melhor. Está ainda mais pálida. O que merda estou fazendo para essa garota? Ela não é a razão nem o foco da minha vingança. E o pior é que, cada vez que a olho, me sinto um *bastardo crudele*. Um desgraçado cruel e sem limites.

Ela jamais vai me perdoar e pensar nisso já me deixa aflito, doído por dentro. Saio em silêncio e sigo para o meu quarto. Deito na cama e penso sobre a necessidade de punir aquele desgraçado.

Depois de horas tentando dar um rumo aos meus pensamentos, sem conseguir dormir, levanto-me e vou para a varanda do quarto. Está quente e, mesmo vestindo só uma cueca boxer, sinto um calor mortal dentro de mim, que está se irradiando para o meu corpo suado. E logo que chego ao guarda-corpo da varanda, ouço sussurros. Na verdade, uma voz sendo abafada. Em menos de um segundo, vejo-me saindo do meu quarto e abrindo a porta do quarto de Pietra. Sinto o sangue ferver no corpo todo.

Só um minuto depois e estou esmurrando a cara do *figlio di puttana* do Reginaldo. O *maledetto* estava em cima da *ragazza* tentando rasgar a camiseta que ela está vestindo, enquanto cobre sua boca com a outra mão. Consegui ver os olhos apavorados e sofridos que me olharam antes que eu arrancasse o filho da puta de cima dela. A visão do desespero nos olhos de Pietra me deixa num estado de fúria, me dando ganas de matar o desgraçado. Bato tanto que só quando braços fortes conseguem me tirar de cima dele, que percebo os gritos da menina e dos outros homens me pedindo para parar, falando que tinha matado ele.

— Para, Giuliano! Você matou o cara! — Roberto grita.

Só conseguia olhar para os olhos esbugalhados e apavorados da garota. Que tinha um lado do rosto marcado, certamente por um tapa, um filete de sangue escorrendo no canto da boca, que está machucada, as mãos segurando firmes o lençol, que cobre os seios, e a blusa rasgada. Mas a dor que vi nas íris verdes, me assombraria para a vida toda.

— Ele não tá morto não, cara. Só está desacordado. Mas tá bem machucado. — Miguel tentava acordar o *maledetto,* que estava inerte com a cara destruída do tanto que bati nele.

— Tirem esse monte de *letame*... estrume, daqui! Levem-no para o banheiro lá de baixo e joguem-no debaixo do chuveiro frio. Quando ele despertar, amarre-o que já vou estar lá.

— Não seria melhor chamar o doutor que veio cuidar da Pietra para olhar Regi, Giuliano? Ele tá bem destruído.

Não conseguia tirar os meus olhos dos verdes assustados. Até que ela se encolhe mais na cama, chorando e quebra a conexão que estava sentindo. Pensei nas palavras de Roberto e concordei que o médico fosse chamado para examinar Pietra. Não sei até onde o desgraçado tinha conseguido fazer mal a ela. Volto a olhá-la e flagro os olhos assustados olhando para o meu corpo, que só então me dou conta que estou vestindo apenas a boxer, e acabei nem parando para vestir uma roupa.

Saio depressa do quarto dela, volto no meu, pego uma calça de moletom e uma camiseta. Lavo as mãos, que estão manchadas com o sangue do covarde e, depois de jogar uma água no rosto, tento acalmar o meu coração que bate desgovernado.

Pela primeira vez, depois de tantos anos, consigo mensurar a enormidade de tudo aquilo. Uma jovem inocente está sendo massacrada por conta de outra história cruel, que não foi culpa dela. Maior que a raiva, vem a culpa dilacerante, destroçando minhas entranhas. Uma inocente poderia estar morta agora por uma maldita vingança.

Meia horas depois, em que me vi preso nas profundezas da minha mente, ouço o carro do Jonas chegando. Desço para recebê-lo.

— O que houve agora para você me acordar às três da manhã, Montanari? A sua garota piorou?

Por ser meu amigo desde que vim morar no Brasil, o médico clínico Jonas Albuquerque, era a única pessoa em quem eu confiava para chegar perto daquela parte da minha vida. Mas, ainda assim, ele não conhecia a verdade dos fatos. Não sabia que a Pietra estava sendo mantida naquela casa contra sua vontade. Que era uma vítima de sequestro. Deixei que pensasse que era alguém por quem estava interessado, escondido de Antonella.

— Melhor guardar suas gracinhas aí nessa sua maleta dos milagres, *dottore ciarlatano*.

— Italiano filho da puta. Depois de me tirar da cama a essa hora ainda me chama de doutor charlatão? Vai ver o charlatão na conta que vou mandar lá para sua empresa, para cair nas mãos da linda Antonella. — Ele entra sorrindo debochado, acabo rindo também e o acompanho ao quarto de Pietra.

— Jonas, espere. Você não vai entender o que te direi agora, mas prometo que depois te explico tudo com calma. — Eu o seguro antes de entrar no quarto da garota. Sob o olhar questionador dele, falo rapidamente o que aconteceu. — A Pietra sofreu uma tentativa de estupro. O miserável é um dos caseiros aqui da casa.

— O quê? Que porra é essa, Giuliano? Como assim um empregado da casa tentaria abusar da sua... Sua o quê, afinal?

— É uma longa história, mas prometo te contar tudo depois. Agora preciso que você a examine, veja se ela está bem e depois veja se eu consegui matar o desgraçado *figlio di puttana*!

Meu amigo me olha, sério, e entra no quarto.

CAPÍTULO 11

Giuliano

O quarto está silencioso e parece que finalmente a *bambina* dormiu. Jonas senta na beira da cama e ela acorda assustada, encolhendo-se.

— Olá, não tenha medo. Sou o doutor Jonas Albuquerque, médico clínico e amigo do Giuliano. Ele me pediu para examinar você. Saber se está tudo bem. Pode me dizer o que está sentindo? Se sente alguma dor ou incômodo?

Ela olha rapidamente para mim e volta a encará-lo, mas nada diz. Puta merda, ela não quer falar na minha frente. Tem medo e não confia em mim com toda a razão.

— Acho que a minha paciente quer um pouco de privacidade, amigo. Pode aguardar lá fora, logo vou conversar contigo. — Ele me olha sério, mas ainda reluto. Sei que estou fodido. Depois que o Jonas souber o que está acontecendo, vai querer tomar partido dela. — Giuliano!

— Estou saindo. Vou lá embaixo ver se o infeliz ainda respira. — Ando até a porta, paro e viro para o meu amigo. — Só não faça um julgamento precipitado. Vou te contar tudo que queira saber.

Jonas apenas acena levemente com a cabeça e eu saio deixando os dois sozinhos.

Sei o peso de toda essa história e o que representa na minha integridade moral. Mas fiz o que precisava para conseguir expurgar uma dor permanente que me queimava dia após dia durante quase toda a minha vida. Tenho plena convicção de que tudo vai mudar a partir de agora, mas não consigo me arrepender. Não posso me arrepender. Haverá depois de tudo isso, um novo Giuliano Montanari. Passei uma vida inteira esperando por isso.

Sigo para o quarto onde os homens dormem e encontro o *maledetto* do Reginaldo já bem acordado, a vontade que tenho é de arrebentar ele todo outra vez.
— Então o bosta continua respirando sobre a terra?
Ele me olha com medo, mas com muito ódio também. Ainda meio bambo, com um olho fechado devido o inchaço, a boca partida, o nariz quebrado. O infeliz levanta da cama e me encara.
— Quero meu dinheiro, agora! — O desgraçado tem culhões para me peitar novamente.
— Roberto, leve esse verme lá para fora e me espere no portão. Miguel, vá junto. Não quero mais ele dentro da minha casa.
Dou as costas e sigo rápido para o meu quarto, onde abro uma tábua atrás de uma prateleira no closet e abro o cofre, tirando uma grande quantidade de dinheiro, depois vou para onde os homens já me aguardam.
— Aqui está. Agora suma da minha vista. Espero que você não cruze o meu caminho novamente, ou não terá uma segunda chance.
— Espero que esteja tudo aqui que me prometeu e nunca mais ouvirá falar de mim.
Ele dá uma risadinha torta, devido ao estado em que está o rosto, e sai caminhando devagar. Os outros dois ficam parados olhando o amigo se afastar em silêncio.
— Você sabe onde ele mora? O conhece bem? — pergunto a Roberto.
— Sei onde é o cafofo que ele se esconde. Não acredito que ele tenha uma casa específica para morar. Quem pode falar melhor sobre o Reginaldo é aqui o Miguel. Foi ele quem me indicou o amigo. — Olha para Miguel que me olha ressabiado.
— Roberto disse que precisava de um cara que não se importasse em fazer qualquer coisa por dinheiro. Regi já foi ladrãozinho de carteira, mas ultimamente andava envolvido com gente mais barra pesada. Ele era o único que eu conhecia que toparia uma coisa assim. — Ele me olha de esguelha. — Só não pensei que fosse descumprir suas ordens, chefe.
— Não sou mafioso pra ser chefe de bandido. Roberto, preciso que vá à cidade e veja como andam as coisas por lá. Tome! — Entrego-lhe um maço de notas. — Pegue um carro por aplicativo, vá à casa do seu patrão saber o que estão fazendo.

Esteja de volta antes do anoitecer. Miguel, vou sair junto com o médico em instantes. Quero você o tempo todo com a garota. Me parece que de você ela não tem medo.
Os dois balançam a cabeça concordando. Volto para a casa, subo direto para o quarto de Pietra e bato na porta. Meu amigo vem abrir, sai me empurrando e fechando a porta.
— Que porra você fez com essa menina, Giuliano Montanari?
— Ele sai me puxando pelo braço para longe da porta do quarto.
— A garota está completamente apavorada. Tão assustada que não conseguiu articular uma única ideia coerente. Ela não tem ferimentos mais sérios, a não ser os machucados do rosto e da boca onde o cara bateu. Você conseguiu chegar a tempo, antes dele fazer qualquer coisa pior. A questão ali é que, emocionalmente, a menina está destroçada. E não é só dele que ela tem medo. Ficou claro que também teme você. Prescrevi um antitérmico, analgésico para dor e um calmante fraquinho, apenas para que ela possa dormir e recuperar um pouco a sanidade. Não sei exatamente o que está se passando aqui, mas te aconselho a voltar com essa moça para a cidade ou para um lugar onde ela se sinta tranquila.
— Certo. Vou providenciar tudo isso, inclusive a mudança de lugar. Como que ela está agora?
— Voltou a dormir. Ela está muito debilitada. Recomendo, inclusive, colocá-la no soro para reequilibrar. O ideal seria ela ir para uma clínica para ser cuidada da forma correta. E, Giuliano... Vou querer saber direitinho o que está se passando aqui.
Ele volta para o quarto, enquanto eu vou lá para baixo e chamo Miguel para providenciar os medicamentos prescritos por Jonas.
— Passe primeiro lá no restaurante e peça para fazerem uma sopa de legumes com carne. Acha que a Pietra possa gostar de bife com batata frita, feijão, essas coisas?
— Sinceramente, não sei dizer. Ela não estava querendo comer nada.
— Ela vai comer. Eu mesmo vou dar comida para ela. Traga a sopa, o bife, feijão, arroz, ovos, batata frita, salada. Todas essas coisas que vocês brasileiros gostam tanto. Também uma jarra de suco de laranja e um doce. Brigadeiro, é, parece que aqui todo mundo gosta de brigadeiro.
— Não sei se lá no restaurante eles fazem tudo isso não.

— Pois que contrate uma cozinheira para vir fazer se for preciso. Pague o que ela pedir. Aqui. — Tiro do bolso mais uma grande quantidade de dinheiro e entrego a ele para providenciar tudo que quero.

Ao me virar dou de cara com Jonas, que está parado com as mãos nos bolsos da calça jeans e um semblante bem sério.

— Deixei a menina lá dormindo e vou ficar aqui para aplicar o soro, dentro das condições que são possíveis aqui. Agora, que tal me contar o que realmente está acontecendo e não me venha com a desculpa que é uma pulada de cerca que precisa esconder da sua namorada.

— Senta aí. — Indico o sofá na sala onde estamos. Ele senta, ainda olhando para mim, dessa vez, não muito amigável. — Vou te contar tudo, mas já te adianto que nada que você disser ou quiser fazer vai alterar as minhas certezas e convicções.

Ele permanece calado, apenas me olhando e eu começo a contar a minha história.

Ao final, o meu amigo está com a cabeça baixa, os cotovelos apoiados nos joelhos e as mãos fechando os olhos. Um suspiro longo e triste sai da boca dele.

— Você sabe que nada justifica o que você está fazendo, não é?

— Como nada justifica? — Levanto, irritado. — Você ouviu bem o que te contei? *Non rimpiango nulla!*

— Não se arrepende de nada, seu fodido do caralho? — Jonas se levanta e parte para cima de mim, pegando na gola da camiseta que estou vestindo, sacudindo-me. Sua vingancinha idiota está destruindo a vida de uma linda menina! Ela é só uma garota, seu filho da puta! Esse trauma que está vivendo nunca sairá da mente dela. Por que não puniu diretamente quem te fez sofrer? Ou por que não fez tudo pelos meios legais? Você é milionário. Tem condições de mover mundos. Mas nunca punir uma garota de dezessete anos. Seu calhorda!

Ele me empurra e anda em direção as escadas.

— Eu vou consertar tudo isso. Eu vou recuperar Pietra — falo para as costas dele, que não se vira para me olhar.

— Se não resolver essa merda toda em dois dias, eu mesmo vou te entregar à polícia — ele fala sem se virar e depois segue em passos duros para o quarto de Pietra.

CAPÍTULO 12

Pietra

Abro os olhos devagar e vejo que está escuro, apenas a luz do abajur, ao lado da cama, está acesa. As cortinas estão fechadas, ouço barulho de chuva. Tenho muitas dores pelo corpo. A cabeça está doendo, pesada. Olho em volta e me assusto. Sentado na poltrona, próxima à cama, está o Giuliano. No meio de toda a confusão, que agora lembro bem, ouvi os outros chamando o nome dele. Giuliano. Italiano desgraçado. E... bonito. Consigo me lembrar do corpo vestido apenas com uma cueca boxer preta. O peito coberto por uma tatuagem imensa, com a figura de uma fênix. Outras tatuagens nos braços, que não consegui identificar. O homem mais bonito que já vi na vida. E mais cruel. Pensei que tinha mesmo matado o... Meu Deus! Eu também poderia estar morta agora. Ele me salvou.

— Oi... Como está se sentindo? — Tomei um susto, não o vi levantar e se aproximar da cama. Ele estendeu a mão e me encolhi assustada. — Desculpe, não quero te assustar. Preciso ver se a febre cedeu. Jonas... O médico que esteve cuidando de você, teve que ir embora, mas deixou instruções de que ficasse vigilante para ver se a febre cedia.

— O que aconteceu comigo? O... — engulo em seco.

Não consigo falar o nome daquele bandido miserável.

— Não. A não ser o seu rosto, que ele machucou, o *maledetto* não conseguiu o que queria. Pietra, você não pode ficar sem se alimentar. O susto somado ao fato de você não estar se alimentando, te deixou muito debilitada.

— E por que você se preocuparia comigo? Você é o único culpado e responsável por eu estar desse jeito. — Estava cansada de conviver com a dubiedade daquele homem. — Sabe muito bem a única coisa que pode recuperar a minha saúde e devolver a minha paz.

Ele dá um passo para trás, como se eu tivesse batido no rosto dele. Olha para baixo e logo traz os olhos, agora cautelosos e... pesarosos para mim.

— Essa loucura toda já vai acabar, Pietra. Eu te prometo. Logo você volta para sua casa, sua família. Por favor, peço apenas que coopere para recuperar a sua saúde, sua força. Sua mãe não vai querer vê-la assim...

— Assim como? Destruída? Massacrada? O que a minha mãe quer é me ter de volta. Do jeito que for. Você é um monstro.

Ele respira forte, aperta os olhos com os dedos, depois anda até a porta, para pôr segundos depois abre e sai.

Eu não posso entender o que se passa com esse homem. Ele quer o quê? Que eu fique agradecida por ele ter me salvado de um estupro causado pelo bandido que ele colocou como meu carcereiro? É isso? O que ele quer, afinal? Me enlouquecer e entregar uma louca de volta para os meus pais?

Tento sentar na cama, sinto-me fraca, vejo um curativo no dorso da minha mão, não sei o que possa ter sido. Preciso usar o banheiro, levanto uma tontura forte me faz cambalear. Volto a sentar na cama, até a tontura passar. Volto a levantar, andando lentamente e me segurando até o banheiro. Consigo chegar até o vaso sanitário e fico sentada tentando achar forças para levantar e voltar para o quarto. Preciso de um banho. Acho que não tomo um e lavo a cabeça há mais de dois dias. Ainda muito tonta, consigo voltar ao quarto, pegar a sacola com algumas roupas em cima do móvel do quarto que percebo são novas e dessa vez duas calças de moletom, duas blusas de mangas longas de malha e um casaco com capuz, além de mais calcinhas, dessa vez de lycra. Volto ao banheiro. Sobre a bancada da pia, encontro os produtos de higiene que ele havia trazido para mim.

Apesar da dificuldade devido a fraqueza do meu corpo, consigo tomar banho e lavar a cabeça. Depois de me vestir, procuro na bancada da pia um secador, preciso secar meus cabelos que são longos e estou tremendo de frio. Não encontro nenhum, enrolo outra toalha até que seque totalmente. Nesse momento, a porta abre e Roberto entra, com uma bandeja grande contendo algumas vasilhas com comidas e outras coisas. Ele coloca a bandeja em cima do móvel e puxa a poltrona para que eu sente.

— Fico feliz que você esteja melhor. Está parecendo um fantasma de tão pálida, Pietra. Venha, sente aqui e coma tudo.

Apenas olho para a bandeja e vejo: um prato com sopa de legumes, outra vasilha com arroz, bife e batata frita, uma porção de salada de verdura, uma jarra com suco de laranja e um pequeno bule inox com provavelmente café. Junto a tudo isso, uma pequena vasilha contendo dois brigadeiros de tamanho grande.

— E esse banquete todo é para comemorar o quê? Eu ter sobrevivido ao marginal seu amigo? Ou a consciência pesada do seu chefe, que conseguiu me livrar da morte? — Estou com muita fome, mas também com muita raiva.

— Porra, garota! Dá para deixar de ser pé no saco e comer? É a sua própria saúde que está colocando em risco. Vai querer voltar para casa viva e sã ou não?

— Quero saber dos meus pais. — Não vai me vencer assim tão fácil.

— Certo. Você senta e come a comida toda que foi preparada especialmente para você. O cara pagou até uma cozinheira para vir aqui e fazer tudo isso aí. E, se você cooperar, eu digo tudo que precisa saber. — Ele passa os olhos por todo o meu corpo e sorri. — Você ficou muito melhor de banho tomado e com essas roupas. O homem tem bom gosto e parece saber direitinho suas medidas. Está bonita, apesar dessa palidez de morta e essa boca machucada.

— Então eu devo ficar bem feliz e agradecida por meu carrasco carcereiro me proporcionar grandes banquetes e roupas bonitas, é isso? — Meu sarcasmo é brutal e ele tira o risinho animado do rosto.

— Ok. Não falo mais dos agrados do chefe, mas, por favor, coma, Pietra. Estive na sua casa ontem... — Eu paro com a colher na sopa e ele se irrita. — Quer saber! Não vou dizer nada até você ter comido toda a comida.

Roberto faz um movimento para sair do quarto e eu o seguro.

— Não. Por favor! Não vá embora. Eu como tudo, veja.

Coloco duas colheres de sopa seguidas na boca.

— Tá, eu não vou. Mas não engula a comida de uma vez. Coma devagar para não passar mal. Eu espero você terminar, não tenho nada pra fazer mesmo.

Tomo a sopa devagar porque na verdade estou ainda muito enjoada. Bebo meio copo de suco de laranja e não consigo comer mais nada. Estou muito ansiosa e não deixo de olhar para Roberto um só instante.

— Só vai comer isso?
— Não consigo mais. Se tentar, corre o risco de voltar...
— Entendi. Por hora está bom. — Fico olhando para ele que começa a me contar como estão os meus pais. — Bem, não estou autorizado a lhe dizer isso, mas acho que está precisando relaxar um pouco e vou te contar. Não sei como, nem quem, andou ligando anônimo para sua mãe e falou pra ela que você está bem e logo volta pra casa.
— O quê?! — imediatamente o meu coração dispara, alucinado, e as lágrimas caem sem nem me dar conta.
— Calma, Pietra. É, isso realmente levou muita alegria para seus pais. Conseguiram até sorrir... entre as lágrimas é bem verdade. Porém, Giuliano não fez a ligação, no entanto acredito que ele saiba quem tenha feito.
— Quem? O...
— Não. Regi não faria isso. Não é do feitio dele. Pela reação do chefe, acho que foi o médico amigo dele. O que cuidou de você.

Nesse momento Miguel abre a porta e pede para Roberto ir urgentemente que o chefe está chamando. Roberto olha para o amigo, que parece assustado, e sai apresado com ele, sem nem pegar a bandeja com a comida. Penso em ir atrás para ver o que está acontecendo, no entanto estou ainda muito tonta e só consigo me arrastar até a cama e me deitar.

CAPÍTULO 13

Giuliano

Deveria ter imaginado que o infeliz *maledetto* do Reginaldo não ficaria quieto. Ele estava com muito ódio, por causa da surra que levou de mim.

Sabia que o Jonas faria a ligação para a casa da *ragazza*. Ele não deixaria passar depois do que ficou sabendo. Certamente pegou as informações na carteira que está dentro da bolsa de Pietra, no armário do quarto. Não foi difícil ele pesquisar o nome do pai dela e descobrir que é engenheiro e dono de um conhecido escritório de Engenharia.

Porém, o *bastardo incasinato*. Desgraçado fodido do Reginaldo, não só denunciou o esconderijo para a polícia, como ligou para Miguel, avisando que tinha denunciado, para que ele conseguisse escapar. Ainda bem que Miguel preferiu ser fiel a mim, correndo para me contar assim que desligou o telefone. Com isso, eu precisaria refazer as minhas rotas. Eu teria a decisão final de como tudo terminaria. Eu! E não um infeliz qualquer.

— Giuliano! O que faremos? Logo a polícia deve estar aqui! — Eles estavam assustados e eu entendia.

— *Ascolta attentamente.* Escute com atenção, Roberto. Pegue a Pietra, a leve para o Jeep, e leve também a bolsa dela. Fique com ela me aguardando, estarei lá em um minuto. — Vou falando e caminhado rápido lá para cima para o meu quarto, onde vou pegar tudo que preciso. — Miguel! Desligue tudo e comece a trancar a casa, depois me aguarde junto a Roberto, lá fora.

Já no meu quarto, corro para o closet, busco uma bolsa grande, tiro do cofre todo o dinheiro e documentos que havia guardado lá, jogando na bolsa. Pego a chave do outro carro e desço as escadas correndo. Encontro com eles lá fora, Roberto está colocando Pietra dentro do carro, que aparenta estar sonolenta.

— Coloque-a deitada no banco traseiro e veja se consegue passar o cinto de segurança no corpo dela. Miguel! Aqui! Tranque a casa toda e coloque as chaves no vaso de plantas na lateral da casa. — Ele assente e sai trancando as portas da frente. — Roberto! Tome. Pegue o outro carro e saia daqui com Miguel o mais rápido possível, indo numa direção diferente da que eu pegar. Aqui! Divida esse dinheiro com Miguel. Aí tem em torno de duzentos mil reais. Logo que encontre um lugar seguro, te ligo e dou instruções de como você deve pegar o resto de sua grana e do Miguel.

— Nossa, nunca tinha visto tanto dinheiro. E Pietra? O que vai fazer com ela? — ele me olha com certo terror.

— Não se preocupe. Logo a deixarei livre. Só preciso falar para ela, antes, tudo que aconteceu. Agora vá! Não temos mais tempo.

Entro no carro e saio da propriedade em velocidade. Pego a estrada e continuo seguindo para outra direção. Sigo direto para a cidade de Santo André, onde havia uma filial da minha revendedora de automóveis, lá eu tenho uma cabana bem dentro de uma floresta, onde costumo ficar quando venho resolver assuntos na cidade.

Chegamos ao anoitecer e Pietra continua dormindo. Carrego-a para dentro do chalé. Depois de colocá-la na cama, vou providenciar acender a lareira e preparar alguma coisa para a gente comer. Preparo uma massa, usando uns mantimentos que encontro no armário da cozinha. Depois que como, faço um prato e levo ao quarto para a Pietra. Ela ainda está adormecida, só abre os olhos quando sento na cama para sentir sua temperatura. Ela me encara e se encolhe, assustada.

— Calma... Está tudo bem. Não vou machucar você. — Ela me olha longamente. Meu coração acelera. *Lei è molto bella*. É muito linda. — Trouxe o seu jantar. Por favor, coma tudo. Preciso que esteja forte para ouvir o que tenho para contar.

A bela garota se mantém calada, até olhar em volta e se dar conta que estamos em outro ambiente.

— Que lugar é este? Onde estamos? Cadê Roberto? — Ela se senta rapidamente e se encosta na cabeceira da cama.

— Estamos num chalé que tenho aqui na cidade de Santo André. Roberto e Miguel voltaram para São Paulo. — Faz menção de levantar e eu seguro o seu braço. — Pietra... — Falar o nome dela aperta e desgoverna o meu coração. Quero protegê-la, quero cuidar dela, quero tirar aquela tristeza dos seus lindos olhos verdes. — Eu... vou te contar tudo. Só peço que se alimente. Você vai voltar para casa.

Ela finalmente assente e puxa a bandeja para o colo, começando a comer devagar. Não consigo sair de perto. Fico observando a maneira lenta com leva o garfo à boca. Está muito fraca.

Deixo-a sozinha, para que coma em paz. Sei o quanto essa privacidade é importante para ela. Uma hora depois, retorno ao quarto. Pietra já está parcialmente deitada. Na verdade, sentada na cama, recostada à cabeceira, as cobertas envolvendo o corpo até a altura do pescoço. O semblante um pouco mais corado, depois de dias de uma palidez mórbida.

— Quando? — Eu a olho e ela repete a pergunta completa. — Quando você vai me levar de volta para a minha casa?

— Depois de você ouvir os meus motivos e pelo menos entender que nunca quis fazer mal a você diretamente.

— O motivo de tudo isso é uma vingança contra os meus pais? — Os olhos verdes estão presos nos meus, cheios de indignação.

— Peço, por favor, que me ouça.

— Não espere a minha compreensão. — A dureza da voz mostra o quanto não vai ser fácil.

— *So che non sarà facile* — sussurro para mim.

— Não será fácil mesmo não.

Tinha me esquecido que a *ragazza* é italiana, assim como o pai dela.

— Escuta, Pietra. Não estou pedindo perdão ou qualquer coisa que o valha. Só te contarei porque depois de tudo que você passou... por minha causa, é o mínimo que posso fazer, contar para você os meus motivos. — Ela tenta falar e eu levanto a mão. — Por favor, apenas me escute. Esse é o último contato que terá comigo.

Os olhos se arregalam e sinto um aperto por dentro do peito.

E então, sento numa cadeira, em frente à cama, e começo a falar...

CAPÍTULO 14

Giuliano

Durante parte da minha vida, alimentei esse sentimento dentro de mim. Vingança. Sim. Vingança do homem que tornou infeliz a vida da minha mãe. Do homem que a matou. — Os olhos dela se arregalam, mas não deixo que interrompa. — Esse sentimento foi o único que tive até... Até pôr em prática todos os planos que arquitetei por anos.

— Você quer se vingar do meu pai?! Está dizendo que esse homem que matou a sua mãe, foi o meu pai? — Ela está aterrorizada.

— Minha mãe engravidou de mim muito jovem, do dono da empresa onde trabalhava. Por razões egoístas, o meu pai a afastou da empresa e a mandou para uma casa no interior, onde ficou os nove meses da gestação. Eu nasci. A família dele nunca sequer desconfiou. O meu pai era um homem muito rico, poderoso. A minha mãe era de família muito humilde e foi seduzida pelo velho inescrupuloso e de certa forma foi *corrompida* pelo poder dele. Fui tirado, logo ao nascer, dos braços da minha mãe e entregue a uma família que me registrou como filho legítimo.

Pauso por um instante.

— Nem mesmo o meu nome a minha verdadeira mãe teve o direito de colocar. Cresci reconhecendo os meus pais adotivos, como biológicos, até a minha velha adoecer e decidir me contar toda a verdade. Só que aí já era tarde, a minha verdadeira mãe estava morta. Logo após o meu nascimento, ela voltou para sua vida normal. Anos depois, conheceu e se apaixonou por um jovem recém-formado engenheiro, tendo com ele dois anos de namoro feliz, com datado casamento marcada. Um dia, esse jovem engenheiro foi convidado a trabalhar em outra cidade, num cargo mais importante. Ele deixou a minha mãe esperando, com um planejamento de casamento, só que não voltou, como havia prometido.

A garota ouve tudo, atenta.

— Ela não aguentou a desilusão e não conseguiu mais se relacionar com ninguém. Ficou depressiva e traumatizada. Começou a beber e daí foi só um pequeno incentivo, passando a usar drogas. E o destino, com suas jogadas, às vezes muitos cruéis, colocou novamente o ex-noivo a sua frente. Haviam se passado alguns anos, ele se mostrou amargurado, triste. Contou a ela sobre a grande paixão que surgiu em sua vida, a qual ele não conseguia esquecer, mesmo sabendo que a mulher que o fez se esquecer da minha mãe, fosse casada com um amigo dele.

Essa história tem sabor amargo para mim.

— Totalmente carente, solitária, deprimida, Ariella Fiore, minha mãe biológica, não pensou duas vezes em voltar para a vida dele. Submeteu-se a unir-se a um homem que não a amava mais, para tentar voltar a acreditar na vida. Afastou-se dos vícios para viver a vida que tanto queria. Casaram-se por fim e, durante todo tempo, ela teve um casamento infeliz. O homem com quem casou bebia muito e a expunha aos comentários levianos de outras pessoas. Todos sabiam porque ele se embriagava para esquecer a mulher que amava e que não pôde ter. Ariella ficou grávida e nem assim ele se dispôs a amá-la, a fazê-la feliz. Num dia, muito bêbado, ele dirigiu irresponsavelmente e acabou causando um grave acidente... Onde a minha mãe e o bebê que carregava na barriga, morreram.

— Meu Deus! — Pietra que estava quieta, ouvindo o meu relato até ali, gritou alto e se lançou para fora da cama.

— Eles não contaram isso para você, não é mesmo? Depois de matar a minha mãe e o meu irmão, o seu pai, o grande engenheiro Peter Ferrara, voltou para Sandy dos Santos Davis, o grande e inesquecível amor da sua vida, com quem criou uma vida de felicidade e conforto, e Ariella Ferrara, a mulher que me deu a vida, foi quem pagou o preço.

— Não! Mentira! Todo esse drama que você vomitou aí não passa de um monte de mentiras! Sei que o meu pai jamais faria isso! Jamais! — ela berra, descontrolada, enquanto anda de um lado a outro do quarto, como uma fera pronta a atacar.

— Não existe nenhuma mentira e tenho como provar tudo que acabei de falar aqui! Engano é o meu de achar que você poderia conhecer um pouco do passado dos seus pais.

— Você é o criminoso! Você causou toda essa dor a mim e a minha família por uma vingança idiota que não tem nada de verdadeiro! O meu pai é um homem íntegro, descente. Ele jamais faria uma mulher sofrer desse jeito para depois provocar intencionalmente a morte dela! Nunca! Sua história é bem dramática, e lamento por você. Mas não culpe os meus pais pelas desgraças que a sua mãe biológica viveu.

— *Piccola idiota*! Sua pequena idiota. É claro que seu pai nunca contaria a verdade do que aconteceu. É possível que nem mesmo a sua mãe saiba de tudo. Mas aquele velho desgraçado vai pagar caro pelo que fez! Não me permitiu conhecer a mulher que me colocou no mundo. — Também explodo, tomado pela raiva de me lembrar de cada momento quando me contaram aquela desgraça.

— Não vai fazer mal ao meu pai, seu infeliz!

A ragazza parte para cima de mim, batendo em meu rosto e no meu peito, eu apenas recebo sua fúria, sem me mover. Deixando que descarregue todo o seu ódio. Ela nunca saberia como eu mesmo reagi quando soube de toda essa história.

Depois que deixa a raiva sair do seu corpo, Pietra segura firme na minha camisa e começa a chorar copiosamente. Aos poucos ela, vai se acalmando e eu a conduzo para sentar na cama. Quando está mais calma, continuo a contar a minha história.

— Pietra, você não pode jamais supor que se trata apenas de um gesto desesperado de um filho abandonado. Minha mãe biológica não me abandonou, eu fui arrancado dos braços dela. Na verdade, havia outro homem que foi tão cruel quanto o seu pai. O homem que me botou no mundo, o meu verdadeiro pai. Somente há pouco mais de quatro anos fiquei sabendo toda a verdade e precisava conhecer a minha história. Entender todo o meu passado para seguir em frente no meu futuro. Acontece que naquele momento o velho que me colocou no mundo também já havia morrido.

Para por um instante.

— Tudo foi descoberto quando ao lerem o testamento do infeliz, saberem que uma parte da grande fortuna dele foi deixada para mim. O filho renegado. Estava tudo lá, numa longa

carta onde ele contava a história toda da paixão que tinha pela jovem trinta anos mais nova. Que aos dezenove anos foi escondida e silenciada para que ninguém soubesse que teria um filho dele. O seu único filho homem.
Ela ainda não acredita, está nítido.
— O velho sabia tudo da minha vida e da minha mãe. Aos treze anos, eu costumava acompanhar o meu pai adotivo para a montadora de automóveis onde ele trabalhava. Eu amava tudo aquilo, fato que me levou a estudar engenharia mecânica. Nessa paixão, aos dezoito já tinha um cargo importante na empresa. Um ano depois, quando meu pai biológico morreu e leram o testamento dele, além da fortuna que me deixou, também havia uma quantidade considerável de ações da montadora para mim. Em pouco tempo assumi a empresa, que fiz crescer e expandir os negócios com o único intuito de trazer para o Brasil uma filial e vir para cá pôr em prática a minha vingança. Estou no Brasil há três anos.
— Sinta-se realizado, sua vingança idiota foi cumprida. E agora? O que pretende fazer comigo? Por que não termina de uma vez e sai ainda mais vitorioso no seu intento.
— O quê?! *Di che diavolo stai parlando?* — esbravejo.
— Estou falando de você acabar comigo e fazer justiça para sua mãe! Não é isso que quer? — Ela levanta e grita na minha cara.
— Não seja idiota, sua menina mimada! Não sou um assassino! Inferno!
— Não? Mas quase matou aquele bandido miserável.
— E o teria matado mesmo, se tivesse feito o que queria com você! Eu o teria matado por ter tocado em seus cabelos! Entendeu? Ninguém pode tocar em você!
Estávamos muito próximos e eu ajo por impulso. Puxo-a para os meus braços e a beijo. Foram uns poucos segundos até a garota perceber o que acontecia e me empurrar limpando a boca e berrando.
— Não toque em mim, seu desgraçado filho da puta! Ninguém pode tocar em mim e isso inclui você.
Os olhos estão em chamas e algo mais... Excitação. Ela não consegue esconder. O meu beijo mexeu com ela. Porém me afasto.

— Desculpe. Não tive intenção de ofender você. Me perdoe. Agi por impulso. Olha, tenta dormir um pouco. Assim que amanhecer vou te levar de volta para a casa dos seus pais.

Saio do quarto antes que faça outra loucura. Os olhos verdes brilhantes em cima de mim não estão me ajudando a ficar afastado dela.

Deixo-a no quarto e saio, a passos rápidos, para fora da cabana. Precisava de ar puro e extravasar o fogo que está por dentro de mim, consumindo-me. Grito alto e esmurro uma árvore próxima, até a mão ferir e sangrar. Logo amanheceria e eu precisava recuperar as minhas emoções para fazer tudo que era necessário. Alguns minutos depois, volto para dentro da cabana e vou ao quarto de Pietra. Ela continua sentada na cama, recostada na cabeceira. Os olhos levemente fechados.

— Você sabe dirigir?

Ela abre os olhos rapidamente.

— O quê? — Os olhos se tornam ansiosos.

— Você tem habilitação? Sabe dirigir um carro?

— Tenho. Dirigi poucas vezes na companhia do meu pai.

— Ok. — Preciso pensar rápido no que fazer. Tenho medo que, estando comigo, Pietra acabe ferida em alguma perseguição. — Vou providenciar um carro para te levar em São Paulo.

— Você não vai me levar? Precisa conversar com o meu pai e ouvir dele toda a verdade.

Levanta-se e vem para perto de mim.

— Escuta. Não é seguro para você estar num carro comigo... A polícia está atrás de mim.

— Então, já descobriram tudo? — ela pergunta, mas não espera eu responder e continua falando. — Nesse caso, estando comigo também poupará a sua vida. Vamos juntos! Você precisa conversar com o meu pai.

— Esquece isso, garota! — exaspero-me. — Não há qualquer chance de ouvir as mentiras que seu pai deve ter prontas para contar. Agora, por favor, pegue as suas coisas e aguarde lá na sala, que logo alguém vem te buscar.

Volto para sala e ela me segue.

— O que está tentando fazer, hein, seu idiota? Ser caçado e morto pela polícia? Prefere morrer a saber a verdade? A descobrir que perdeu todos esses anos de sua vida por uma vingança sem sentido?

Enquanto ela fala aquelas bobagens, ligo para o celular do gerente da minha empresa lá em Santo André.

— Alô! Agnaldo, aqui é Giuliano, tudo bem? Desculpe te ligar a essa hora... É, aconteceu sim. Estou precisando de um favor particular seu. Preciso que leve uma jovem para a cidade de São Paulo. Deixe-a numa praça que te passarei as coordenadas aqui. Apenas deixe-a e volte o mais rápido... Certo. Estamos aguardando. Ok.

— Não vou sair daqui sem você. — Ela teima, passo a mão nos cabelos, impaciente. — O que aconteceu? — Eu a encaro, aturdido, pelo seu toque em minha mão ferida. — Você feriu a mão. Precisa cuidar disso ou infeccionará.

— Não foi nada. — Puxo a mão, rápido. Não era aconselhável ter qualquer contato com ela. — Está tudo bem, não se preocupe. Por favor, pegue a sua bolsa que Agnaldo já deve estar chegando. Por favor!

Viro-me e sigo para fora, levo as minhas coisas para o meu carro. Sairei logo depois deles. Tenho outro caminho a seguir. Um minuto depois, Pietra aparece com a bolsa pendurada no ombro. No mesmo momento, ouço o barulho do carro se aproximando. Agnaldo para o carro, cumprimento rapidamente, afastando-me para que a garota entre no carro. Ela fica alguns segundos ainda parada à porta até que decide entrar. Logo, o carro entra em movimento e sai rapidamente pela estrada de terra. Fico parado, sem saber como será viver depois de tudo.

CAPÍTULO 15

Pietra

Estava tremendo de raiva daquele homem teimoso e burro. Ouvir todo aquele drama da vida dele me fez enxergar tudo de outro modo.

Não conseguia mais odiá-lo. Não sabia mais o que sentia, mas não queria nunca o mal dele. E com esse pensamento, olhei para frente e vi os carros da polícia vindo, quando fazíamos a curva para pegar a rodovia. Nem pensei, só gritei.

— Pare o carro! Pare o carro! Agora!
— O... O quê?! Espera menina! Aonde você vai?

Vi a surpresa do homem e ouvi ele me gritando. Não poderia perder tempo. Apenas gritei para ele seguir em frente rápido.

Não sei de onde veio a força. Só sei que estava ali e comecei a correr na estrada de terra, gritando para ele.

— Foge, Giuliano! Foge! A polícia está vindo! Foge!

Continuo correndo em frente. De repente, tropeço, caio, e mãos fortes me erguem e me seguram.

— *Cosa diavolo stai facendo qui?* O que está fazendo aqui, sua louca?
— Não! Corra! A polícia está chegando. Precisa fugir!

Ele parece ter entendido, o som da sirene da polícia se aproximava.

— Nunca vou te esquecer. Você mudou tudo no meu coração, meu anjo.

Aperta-me contra o peito, depois me afasta rapidamente e beija levemente os meus lábios.

Foi muito rápido. Como as asas da borboleta. O toque dos seus lábios suaves sobre os meus. E ao abrir os olhos, já não estava mais ali. Ele corria para dentro da mata fechada.

A polícia chega. Os carros param e muitos homens descem gritando e correndo para dentro da mata. Ouço os gritos e os tiros. Não consigo me mexer. Não consigo desviar os olhos.

Apenas respiro e sinto meu rosto molhado. Meu coração batendo alucinado.
— Pietra! Minha filha! Minha filha... Graças a Deus...
— Tire sua filha daqui, seu Peter! Ela precisa de cuidados médicos. Não há mais nada a fazer aqui. Acabou para o sequestrador.
E eu apago. Caio desmaiada nos braços do meu pai. Quando abro os olhos novamente, estou deitada na cama de um quarto que identifico como sendo de um hospital. Os meus olhos encontram olhos castanhos e brilhantes a me olharem com uma imensidão de amor. A minha mãe. Ergo-me e a agarro, deixando uma cachoeira explodir de dentro de mim. Sinto uma dor insuportável no meu peito. E essa dor me faz gritar em desespero.
— Filha, calma. Estou aqui, meu amor. O que está sentindo? Fala, meu amor, onde é a dor? Peter! Chame o médico, rápido! Nossa filha acordou e parece estar sentindo dor.
— Mãe... Só me abraça. Me abraça forte, mamãe.
Apenas fico agarrada a minha mãe, chorando sem parar. O médico explica que deve ser emocional a minha reação, que aparentemente não estou machucada e que muitos exames serão feitos.
Depois do momento do meu descontrole, papai se aproxima e me toma nos braços, chorando também, agarrado a mim. Ficamos assim, abraçados por longos minutos sem nada dizer.
O médico volta ao quarto, acompanhado de uma enfermeira, com uma cadeira de rodas onde me ajuda a sentar e me conduz para outras salas, para outros exames. Sou levada até uma ginecologista, que me examina e me inquire sobre ter sido abusada sexualmente. Preciso passar por todo aquele ritual, principalmente por ter um processo policial em andamento e quaisquer lesões ou abusos que tiver no corpo será creditado ao crime de sequestro.
A maioria do tempo me mantenho calada. A pressão em meu peito é alucinante e temia que os meus pais conseguissem ler os meus pensamentos. Não queria falar. Não queria responder droga de interrogatório algum. Comecei a pedir incansavelmente ao meu pai para me levar para casa. A psicóloga do hospital instruiu que me levassem, que ainda estava em choque e sem condições emocionais para responder nada coerente naquele momento.

Ao chegar ao apartamento, tive outra crise de choro. Volta à minha memória os momentos de terror que vivi com o bandido Reginaldo, achando que jamais voltaria para a minha casa. A mamãe me leva para o quarto, me pede para deixá-la cuidar de mim. Sacudo a cabeça concordando. Ela me ajuda no banho, como fazia quando eu era ainda uma criança de oito anos, no retorno em definitivo do internato.

Esses momentos com a minha mãe foram um bálsamo para acalmar o meu tormento e diminuir a dor no meu coração. Depois do banho, ela traz uma bandeja com vitamina de banana que eu gostava, torradas, geleias, queijo, frutas e suco de laranja.

— Filha, coma, por favor! Você está tão magra. Pálida. O médico acredita que o resultado dos exames de sangue acuse uma anemia severa. Entende isso? Precisa se alimentar para recobrar sua saúde.

— Não estou com fome, mamãe. Sinto enjoo ao olhar para a comida. Quero dormir.

Deito-me em posição fetal.

— Por favor, meu amor, beba então só a vitamina que você adora. Faça um esforço, querida.

Recosto-me nos travesseiros e pego o copo da vitamina. Depois de beber dois goles olho para mamãe e pergunto.

— O... O que aconteceu com... Com ele?

Ela sabe o que eu tento descobrir. Respira fundo. Olha para as mãos repousadas sobre as pernas. Ela está sentada na beira da cama ao meu lado.

— Filha... Tenta descansar e esquecer tudo isso. Sei que não será fácil. Até porque terá que prestar seu depoimento.

Ela faz um esgar em desagrado. Sei que, se pudesse, não me deixaria falar ou pensar mais no assunto.

— Mãe, me responde... por favor...

Dona Sandy me olha. Os olhos perscrutam, sagazes, os meus olhos, que desvio rapidamente. Tenho medo que ela veja o que ninguém poderá jamais ver. Nunca.

— Pietra, olha pra mim, filha. — Pega delicadamente no meu queixo e faz com que os meus olhos encontrem os dela. — Você está... — Ela engole em seco. — Preocupada com o que aconteceu ao homem que te sequestrou, filha?

— Não. Não, mãe. Eu... Eu só preciso saber.

Minha garganta está seca. Arranhando. Minhas mãos tremem. Escondo sob as cobertas.

— Escute, querida. Sabe que pode me dizer tudo, não é? Pode me dizer qualquer coisa que esteja te afligindo, machucando o seu coração. Sou eu, minha vidinha, sua *mammina*. Sua *mama, figlia.*

— Mãe, quero dormir. Quando acordar, prometo comer tudo que você quiser. Estou cansada.

Deito, puxando as cobertas para cima de mim e fecho os olhos. Ela compreende que não falaria mais nada. Fica ainda ali sentada me olhando por uns dois minutos, depois levanta pega a bandeja e sai do quarto em silêncio.

CAPÍTULO 16

Pietra

Duas semanas depois, com a rotina da minha vida retomada, ainda não consigo conversar com os meus pais sobre tudo o que passei. Eles respeitam o meu tempo, sendo pacientes com o meu silêncio e reclusão, até com as crises repentinas de choro. Duas vezes na semana sou levada pela mamãe para consulta com uma psicóloga. A mulher não desiste de apenas me olhar enquanto não abro a boca. Só fecho os olhos e contemplo a minha mente que se nega a olhar para o momento, para a minha vida de volta.

Ela explica para os meus pais que ainda estou em choque e que de nada adianta me forçar a falar se o meu cérebro está processando tudo que me faz sofrer. O pior é não conseguir olhar nos olhos do meu pai. A cada vez que ele me abraça, me beija, sinto o corpo reagir querendo se livrar dos afagos. Isso está me matando. É o meu pai. O homem que mais amo na vida. A pessoa que até hoje se emociona e chora quando me tem nos braços.

Estou alheia a tudo, não sei o quanto eles já sabem. Se o meu pai sabe que o meu sequestro tem a ver com ele. Não tenho qualquer notícia do Roberto e do Miguel. Em casa, ninguém fala no assunto. Não me sinto preparada ainda para voltar para faculdade e o meu namorado, Levi, voltou da viagem à Itália, mas não quero vê-lo. Ele não insiste. Provavelmente, a fila andou e ele seguiu a vida.

Estava confortável, dentro da minha bolha, até o dia em que fui convocada para depor na delegacia e o meu pai não teve mais como evitar. O processo teria que ser encerrado.

— Delegado, a minha filha ainda não está bem de saúde. É mesmo necessária a presença dela aqui na delegacia?

— Infelizmente esse inquérito precisa ser encerrado, senhora. É necessário, sim, que possamos ouvir o depoimento da sua filha, ela é a peça fundamental para elucidar alguns fatos e encerrar o inquérito. — A mamãe torce a boca ainda não concordando com a minha presença na delegacia.

— Peço, então, delegado que seja rápido e não constranja a minha filha com perguntas que ela não tenha condições de responder — papai se pronuncia e o homem de semblante impaciente, muito calvo e magro, apenas acena para ele.
O delegado olha diretamente para mim.

— Então, Pietra, pode nos contar, não esquecendo nenhum detalhe, o que aconteceu a partir do dia 12 de julho, quando você saiu do seu apartamento em direção ao aeroporto Internacional de Guarulhos? Não precisa ter pressa, use o tempo que achar necessário.
Eles não entendem. Eu não consigo. Simplesmente não consigo. Não queria lembrar. Não queria reviver tudo aquilo. As palavras não saem.

— Filha... — Meu pai, sentado do meu lado esquerdo, puxa a minha mão e aperta entre as dele. — Sabemos o quanto é difícil pra você, mas precisamos colocar um ponto final nesse tormento.
Olho para ele. Não seria possível que aqueles olhos tão iguais aos meus, escondessem coisas tão terríveis. E eu não contaria, para que todas aquelas pessoas ali ouvissem, a história de terror que o... ele, me contou. Abraço o meu pai e enterro o rosto no seu peito.

— Delegado, e se... — Mamãe olha em volta, em seguida volta-se para o delegado. — E se o senhor narrasse os fatos e a minha filha confirmasse ou negasse, sem precisar falar nada?

— Isso é totalmente irregular, minha senhora. Ela não poderá assinar um depoimento produzido por mim. Completamente descabido. — O homem está ficando roxo de impaciência.

— Desculpe, delegado, mas, nesse caso, é totalmente aceitável uma vez que a jovem está ainda em estado claro de choque emocional. Além do que, temos aqui meia dúzia de testemunhas que poderão validar o que for confirmado nesta sala — o doutor Boaventura, advogado do papai, se pronuncia e consegue que o delegado mude a normativa do depoimento.

— Seu Peter, que fique claro que a forma como esse depoimento se dará é de plena e completa responsabilidade dos senhores. Sabe que desta forma, brechas serão criadas e estas certamente, podem vir a interferir em possíveis punições.

— Por favor, delegado, só queremos poupar a nossa filha de passar novamente por esse trauma.

— Está certo. Que conste nos autos o procedimento estabelecido aqui — dirige-se ao escrivão que digitaria o depoimento. — Bem, Pietra, vou relatar os fatos, do jeito que temos nos autos do processo, e você vai confirmando ou contestando. Conforme apurado nas investigações, você saiu do seu apartamento no dia 12 de julho às 16h40 num dia de segunda-feira, informando à funcionária doméstica da sua casa que estava indo ao Aeroporto Internacional de Guarulhos, para despedir-se de Levi Duarte, seu namorado, que estava embarcando para a Itália. Correto até aqui?

— Sim. — falo com a voz trêmula.

— De acordo com as câmaras do edifício onde você mora, por volta das 18h05 desembarcou de um carro por aplicativo em frente ao portão de entrada de pedestres. Segundos após pisar na calçada, olhou para a sua direita e caminhou nessa direção. A partir daí, não houve mais cobertura das câmaras e você não foi mais vista. O que nos conta a investigação após esse momento, assim como o depoimento de Roberto Conceição, funcionário no cargo de serviços gerais e motoboy do Escritório Ferraro & Salgado Engenheiros Associados, onde seu pai é o sócio majoritário, é que esse rapaz te esperou próximo ao edifício onde você mora, fazendo com que subisse na motocicleta e seguisse, com ele, só dando conta do desvio do caminho quando já estavam bem afastados do centro da cidade.

O homem segue falando:

— Quando houve o acidente de motocicleta e o suspeito, Roberto Conceição, se afastou, começamos uma linha de investigação na qual esse rapaz passou a ser suspeito e foi aí que fizemos a relação dele com o outro suspeito que já tinha ficha criminal como assaltante e mais de uma passagem pela polícia. Esse outro suspeito é o Miguel dos Santos, que, por conseguinte tem ligações com outro bandido muito perigoso, procurado por nós. Reginaldo Alves, que já foi preso por envolvimento em outro sequestro e também tem acusações de estupros contra ele. Começamos a vasculhar a vida desse bandido e descobrimos a casa onde já tinha sido mantido outro refém e encontramos vestígios de que havia sido usado como cativeiro novamente.

Não estava gostando de ouvir essas coisas, mas não diria.

— Quando começamos as buscas a esse delinquente, recebemos uma ligação anônima denunciando o local do cativeiro e o nome do possível sequestrador. Sem demora, rumamos para a casa de praia e para nossa surpresa interceptamos os suspeitos: Roberto Conceição e Miguel dos Santos, num dos carros denunciados e com eles apreendemos uma sacola com muito dinheiro. Os suspeitos tentaram manter o silêncio, mas ao serem informados de que já tínhamos até o nome do mentor de tudo, confessaram todo o ocorrido. Dessa maneira, confirmamos, ao ter a placa do outro carro registrada numa câmara da rodovia em direção a cidade de Santo André. Os dois carros, que são de alto padrão e que achávamos que haviam sido roubados, são de propriedade da Revendedora de carros de luxo italiana Montanari.

Fez uma breve pausa.

— Já na cidade de Santo André, descobrimos a revendedora e o outro imóvel, que é a chácara onde a encontramos. Minha jovem, temos esse quebra-cabeça com muitas peças faltando. Os dois suspeitos contaram em detalhes tudo o que aconteceu no decorrer desses treze dias que ficou presa na casa da praia. Mas existe um hiato gigantesco no que diz respeito ao motivo do crime de sequestro. Nunca houve pedido de resgate. Os suspeitos não fazem ideia dos motivos de você ter sido levada e mantida em cativeiro, tendo recebido cuidados especiais, para um crime dessa natureza. Foi protegida da tentativa de estupro, o que ocasionou na surra que o bandido Reginaldo levou fazendo-o delatar o esconderijo.

O delegado respira fundo e passa a mão pelos poucos cabelos que tem na cabeça. Depois de uns dois minutos em completo silêncio, me encara decidido a saber os pontos que estão faltando.

— Precisa nos contar tudo que sabe, senhorita. Mesmo algo que julgue sem importância. Temos um suspeito e um crime, precisamos saber o motivo. Por que um milionário, dono de um império na Itália, com o nome bastante respeitado lá e aqui no Brasil, que se prontificou a pagar a absurda quantia de um milhão de reais para dois bandidos *pés rachados e um simples motoboy*, sequestraria a filha de um simples engenheiro aqui no Brasil?

CAPÍTULO 17

Pietra

Eu não poderia expor o meu pai ali, para aquele bando de gente que não o conhece, e que certamente o acusaria.

— Eu... Eu não sei de nada. Não me contaram nada. Pai. — Olho para o meu pai em súplica para que me tire dali.

— Por favor, delegado. Minha filha ainda está muito abalada. E, de qualquer forma, acredito que agora a polícia possa concluir as investigações e ter todas as respostas que busca para encerrar o caso. Eu só quero retomar a vida com a minha família e esquecer esse momento de terror que passamos.

O delegado se levanta bufando e deixando a cadeira cair atrás de si, devido ao rompante de ódio que o toma.

— Os senhores acham que tudo isso aqui é uma grande brincadeira? Agora que a jovem foi resgatada e entregue de volta à família, acham que está tudo resolvido e o processo que se dane? Doutor Boaventura, é importante alertar para o seu cliente que as investigações prosseguirão e como o suspeito mentor do sequestro e ele vieram do mesmo país, talvez encontremos detalhes que possam implicar em ele ser intimado formalmente a depor.

— Não se preocupe, delegado Nogueira. O meu cliente está ciente de todas as implicações do caso. E irá cooperar em tudo que for preciso.

Dito isso, o advogado de papai nos conduz para a saída da delegacia, nós nos despedimos e seguimos para o nosso apartamento.

— Filha, vamos aproveitar que não vou retornar para o escritório hoje e sair para jantar como sempre fizemos. O que acham?

— Excelente ideia, meu bem. Venha Pietra, vou te ajudar a escolher uma roupa bem bonita.

— Mãe... Pai, sei que vocês estão tentando me animar, mas hoje não é um bom dia. Essa ida à delegacia me deixou cansada. Vou me deitar. Quem sabe amanhã?

Viro-me para ir pro meu quarto e papai me chama.

— Pietra...

— Deixe-a ir descansar, Peter. Amanhã sairemos para jantar.

— Quando se achar pronta para nos contar o que de fato aconteceu lá naquela cabana, estaremos prontos para ouvir, filha.

Não digo nada. Volto-me e sigo a passos rápidos para o quarto. Mesmo assim ainda ouço as últimas palavras do meu pai.

— Por que acha que ela tem algo para nos contar, Peter?

— Porque eu sei o que vi lá, naquele dia que a resgatamos. Ela estava chorando, Sandy. Nossa filha estava chorando e era pelo bandido que a sequestrou.

Precisava de respostas e também conversar com o papai sobre a história contada por Giuliano. O nome dele, mesmo em pensamento, me faz tremer. Uma angústia e um pavor enormes me tomam ao pensar no desfecho de tudo isso.

No dia seguinte, depois de voltar com a minha mãe da terapia, informo para ela que conversaria com os dois ainda naquela noite. Imagino que a mamãe logo ligou e contou ao papai, que chegou mais cedo.

— Pietra, seu pai já chegou, está no banho. Vamos esperar por ele lá na mesa do jantar, querida.

— Certo. Num minuto, mãe. Vou... responder uma mensagem do Levi e já sigo para sala.

— Vocês voltaram a conversar, filha? Que bom que está retomando sua rotina.

— É, ele está insistindo em vir aqui me ver. Não quero ver Levi ainda. Ele não entende...

— Pietra... — Ela entra no quarto e pega as minhas mãos nas dela. — Não se sinta culpada por ainda não estar pronta, filha. Nós que a amamos temos que entender.

Aperta-me em seus braços e, depois de me beijar a testa, sai do quarto pedindo que não demore a ir jantar.

Levi é o último dos meus problemas. Ele anda meloso, insistindo para a gente conversar, mas ainda não estou pronta para ele.

Após respirar profundamente, sigo determinada a me livrar daquele tormento que tem me tirado o sono.

Encontro os dois à mesa do jantar e peço que a gente jante antes de conversar. Estranhamente nos mantemos calados, cada um envolvido em seus próprios pensamentos. Mamãe, como sempre, percebe a tensão e o meu claro desinteresse na comida, rompe o silêncio.

— Pietra, ouvimos do próprio Roberto parte do que aconteceu naquele maldito lugar onde te mantiveram presa, mas precisamos ouvir de você, o que realmente aconteceu e o porquê desse homem, que sequer conhecemos, ter te mantido em tais condições, se nem ao menos precisava de dinheiro.

Olho para a minha mãe, que aguarda o que tenho para falar, em seguida para o meu pai, que apenas mantém um olhar curioso.

— Não vou voltar ao assunto do tempo que passei na casa com eles. Tudo que precisava ser dito já foi feito pelo Roberto e pelo Miguel. — Olho diretamente para o meu pai. — Vou falar pra vocês sobre o motivo de ter sido sequestrada. E a razão de tudo foi uma vingança. Uma vingança contra você, papai.

Ele arregala os olhos e durante um minuto fica olhando para mim como se estivesse falando em outra língua.

— Explica isso melhor, filha. Quem afinal é esse rapaz? E o que ele teria contra seu pai?

— Eu vou contar toda a história que ele me contou... na cabana. — Papai permanece calado ainda me olhando. — Nós não o conhecíamos, mas ele nos conhecia muito bem. Sabia tudo sobre nós.

— Esse rapaz... Ele... queria se vingar de mim?

E nessa hora percebo que o meu velho mergulha no passado. Ele empalidece, trazendo olhos atormentados para os meus.

Começo a contar a história do jeito que ouvi do Giuliano. Conto tudo. Papai mantém a cabeça baixa, olhando para o próprio prato. Mamãe não consegue segurar as lágrimas que rolam por seu belo e perplexo rosto.

— Meu Deus! Quanta dor esse rapaz vem trazendo dentro de si por todo esse tempo. — Mamãe fala de um jeito que chama a minha atenção.

— A senhora conhece essa história, mamãe? — Fico perplexa dela não se mostrar surpresa.

— Conheço sim, Pietra. E não foi exatamente desse jeito como o rapaz te contou. — Ela olha para o papai que continua calado. Cabeça baixa. — Meu bem. — Toca a mão dele sobre a mesa. — Está na hora de falar tudo para a nossa filha. A verdadeira história.

Ele então levanta a cabeça e os olhos veem para mim. Serenos, intensos, transparentes. Sei que ouvirei toda a verdade do que aconteceu.

CAPÍTULO 18

Peter

— Quando a sua mãe foi embora do Sítio, me deixando para trás, eu fiquei desesperado e fui a procura da mulher da minha vida. Não a encontrei mais. Chorei que nem uma criança, sentado na calçada a frente do prédio onde a Sandy morava. Bebi sem parar por dois dias, até resolver tentar encontrá-la. Por mais de vinte dias, voltei ao prédio e procurei por Tom para me dizer onde Sandy estava. Até me convencer que ele realmente a havia expulsado de casa e não tinha a menor ideia de para onde ela teria ido. A partir dali a minha vida perdeu todo o sentido e eu sabia que existia uma vida anterior para onde eu deveria voltar.

Não queria revisitar essas lembranças.

— Eu tinha uma namorada, Ariella, estávamos juntos por pouco tempo, menos de um ano, quando recebi a promoção da empresa que trabalhava, com a transferência para a matriz, que já era uma construtora bem-posicionada. Minha relação com a namorada estava bem, embora eu só tenha percebido que não estava apaixonado por ela quando conheci e me apaixonei perdidamente por sua mãe.

Essa era a verdade.

— Sei que fui egoísta e não levei em consideração os sentimentos dela. Na minha cabeça, tínhamos apenas um namorico sem sentimentos mais profundos e por isso mesmo tive uma paixão tão avassaladora por outra mulher. Éramos jovens, quando começamos, Ariella era uma moça linda e ingênua, muito simples e de família humilde. Mas não havia qualquer compromisso mais sério entre nós... Ela era muito reservada. Passava horas calada, pensativa, muito tímida. Agora eu entendo. Ela nunca me contou sobre ter tido um filho antes de me conhecer.

— Você não sabia da existência do filho da sua namorada? Nem quando casou com ela?
— Não, filha. Nunca soube dessa história. Ariella havia mudado muito quando retornei para nossa cidade e a reencontrei. Existia uma revolta latente dentro dela. Bebia muito. O que facilitou a minha entrega também ao álcool. A casa vivia abastecida. Até o dia que encontrei outras drogas na gaveta de uma cômoda e fui confrontá-la. A partir daí brigávamos e nos embriagávamos na mesma proporção. Cada um tentando fugir dos seus fantasmas.

Ariella engravidou, contrariando um compromisso que nós tínhamos de não colocar uma criança naquele casamento torto que cozinhávamos em banho-maria. E, aos três meses de gravidez, fomos ao aniversário de um irmão dela e acabei bebendo bastante. Estava mergulhado em depressão como costumava ficar às vezes. Na volta para casa, ela recusou que tomássemos um táxi, visto que nós dois tínhamos bebido, muito brava começou a discutir. Durante todo o trajeto, ela começou a berrar e a dizer que eu só fazia a vida dela mais infeliz.

Acabei perdendo o controle do carro e... capotamos, ela não tinha colocado o cinto de segurança e foi lançada para fora... e, não resistiu. Morreram os dois. Ela e o bebê. Eu quase não me machuquei. A culpa que me consumiu durante anos e o processo que respondi, com restrição de dirigir por dois anos, não mudariam o fato de que nada traria as vidas da Ariella e do bebê de volta.

— Meu bem, você errou ao dirigir o carro estando embriagado, pagando seu débito para com a justiça. Da mesma maneira, vem de certa forma pagando as leis de Deus, ainda se sentindo culpado. Infelizmente nada vai mudar o que aconteceu. Nem mesmo a dor desse rapaz, que está tomado pelo rancor e não consegue perdoar.

— Não foi um ato premeditado, filha. Acredite em mim. Foi um momento de fraqueza e descontrole, o que não justifica a minha insensatez ao concordar em dirigir o carro. Nós dois tínhamos bebido.

— Por que vocês nunca me contaram nada disso? Achavam que eu não merecia saber de um acontecimento como esse, que envolvia o meu próprio pai?

— Não é o tipo de assunto que você costuma conversar com a sua filha de oito anos de idade, ao encontrá-la pela primeira vez na vida, Pietra. Mesmo à sua mãe, eu só contei algum tempo depois de termos ficado juntos.

"Quando tudo isso aconteceu, perdi ainda mais o gosto pela vida. Nunca devia ter voltado para a minha cidade e menos ainda ter casado com a Ariella. Eu não a amava e não escondi dela que amava outra mulher, que sofria por essa mulher. Isso foi muito cruel da minha parte. Ela estava diferente, com muitos vícios e só piorei tudo, para ela e para mim.

Peguei uma pena de três anos em regime aberto e impedido de dirigir por dois anos. Nesse momento, dei uma virada em minha vida e me dediquei exclusivamente ao trabalho. Voltei para Nápoles. Trabalhava dia e noite e não consegui mais me relacionar com ninguém. Só o trabalho me trazia a paz de espírito que necessitava. Anos de trabalho duro e dedicado me trouxeram o escritório e o reconhecimento do meu nome.

Quando deitava à noite, só uma coisa vinha à minha mente, o rosto da minha Sandy... Mas, quando o sono me vencia, era com o acidente que matou a Ariella que eu sonhava.

— Os anos passaram e aconteceu o acidente com você, minha filha. Quando atropelei você aos oitos anos, pensei que era uma maldita sina que me perseguiria a vida toda. Achei que fosse enlouquecer.

— No entanto, esse acidente foi a sua redenção, meu amor. Primeiro que a sua filha ficou toda encantadinha com o amigo que estava mimando-a com um monte de presentes e fazendo todas as suas vontades. Eu louca de preocupação e a Pietra, que tinha sofrido apenas um susto e uns arranhões no joelho, estava caída de amores pelo homem que a havia atropelado.

— O papai estava desesperado, achando que tinha me matado, até chorou comigo nos braços, precisei passar a mão no rosto dele para tirar as lágrimas.

CAPÍTULO 19

Pietra

— E me dizer... *Chora não, tio. Olha, eu estou bem.* E graças a isso eu reencontrei o amor da minha vida e ainda ganhei de presente uma linda filha. Uma menina amorosa e educada. Com isso me senti perdoado por Deus, pude refazer a minha vida e voltar a ser feliz. Até voltar a ter sonhos terríveis onde perdia vocês duas e a minha menina ser covardemente sequestrada, nos deixando duas semanas sem qualquer notícia. O rapaz teve sua vingança garantida. Nunca sofri tanto como nesses dias em que esteve com eles, filha.

As lembranças daquele momento me aquecem o coração. Foram os mais felizes de nossas vidas.

Ainda morávamos em Nápoles na Itália, quando aos oito anos voltando da escola próxima a nossa casa, passei distraída na frente do carro, que acabou freando bruscamente e me assustando. Caí e ralei um joelho e o motorista apavorado, desceu do carro para cuidar de mim, e era o meu próprio pai, que só descobrimos depois, na clínica para onde ele me levou, para ter certeza que estava tudo bem.

Essa descoberta foi o grande ápice da mudança de nossas vidas. Em seis meses meus pais procuraram o ex-marido da mamãe que conseguiu o divórcio. Logo em seguida decidiram sair da Itália e vir em definitivo para o Brasil. Se casaram aqui mesmo em São Paulo. Com muito trabalho e amor, vivemos felizes até aqui.

— Giuliano precisava culpar alguém por tudo que aconteceu com a mãe dele. Como o provável culpado estava morto, ele resolveu punir o papai.

— Esse rapaz não fazia ideia de como a atitude dele puniu a nós dois de forma bem cruel. De certa forma, me sentia um pouco culpada também, por ser a mulher que o Peter conheceu e se apaixonou. Ele conseguiu o objetivo. Pensamos que enlouqueceríamos. Foi insuportável não saber onde você estava. Com quem estava. Se estava sendo machucada, abusada. Se estava viva.

Minha mãe chora de soluçar, o meu pai se levanta, toma-a nos braços a amparando e reafirmando o seu amor por ela.

— Amor, você é a minha vida. Não tem culpa de eu ter me apaixonado e te amar mais que tudo nessa vida. Ele não precisava fazer nada disso, se soubesse o quanto eu convivo com essa culpa durante todo esse tempo.

— Agora acabou... Não é mesmo, pai?

O meu pai me olha. Ele percebe o tom assombrado da minha voz ao falar. Sabe que preciso de respostas. Preciso da verdade. Ele se afasta da mamãe e se aproxima de mim. Coloca as mãos nos meus ombros, o que me impede de olhá-lo nos olhos.

— Acabou, minha filha. Nunca mais passará por nada disso. Eu te prometo. — O tom é de certeza. Firme.

— Pai, quero saber o que aconteceu. Sei que vocês e até o delegado não tocaram no assunto. Mas eu preciso saber o que houve com Giuliano?

— Pietra, não... — A mãe tenta. Eu a corto.

— Mãe! Eu tenho o direito de saber! — Levanto-me, afastando-me do afago do meu pai. — Nós saímos daquela cabana e nada mais foi dito sobre ele. A polícia o matou? Foi isso que aconteceu, papai? Eu ouvi os tiros!

— Calma, Pietra. — Mamãe corre para me abraçar, olho para o meu pai e os olhos dele estão tristes, penalizados. Não há dúvidas do que aconteceu. — Filha, o que houve entre você e esse rapaz?

— Não importa, mamãe! Nada mais importa! Eu... — Sou tomada por uma dor intensa no peito e saio correndo para o meu quarto, trancando a porta.

Então é mesmo verdade? Acabou. O que acabou? O terror que eu vivi? O que acabou? O meu tormento? Não! Acabou a minha incerteza. Agora eu sei o que aconteceu. Por isso não tocaram no nome dele. Ninguém falou nele. Ninguém. Está morto. Acabou o que... nem começou.

— Sua mãe me disse que você não tem saído à noite. Fica o tempo todo em casa, trancada no quarto. Por que isso, gata? Tem medo de outro sequestro?
— Está sendo babaca, Levi. — Faço cara feia para ele. — Foi a minha mãe que te pediu para vir atrás de mim, tentar me convencer a sair com você?
— Qual é, Pi? Sabe que não. Sabe que sua mãe não me daria esse mole. No fundo, seus pais nunca foram muito com a minha cara. Felizmente conseguiram se livrar de mim sem fazerem qualquer esforço. — Rolo os olhos e nada respondo. Levi continua com a velha conversinha. — Estou com saudade, gata. Sabe que sou louco em você. Aquele enrosco lá com a irmã do Tatá não foi nada. Eu tava zangado. Foi muito chato não estar lá comigo. E, ao voltar, saber o que rolou com você, linda. Porra! Eu pirei. Bem sabia que aquele moleque boy do seu pai tinha os olhos em cima de você. Devia ter dado umas porradas nele quando tive a chance.
— Levi. O que você quer vindo aqui na faculdade atrás de mim? — Não tinha mais a menor paciência de sempre ouvi-lo dizer as mesmas coisas.
— Ah, qual é, Pietra? Vai ficar fazendo tipo até quando? O que rolou nesse seu sequestro que eu não sei, hein? Já são quase dois meses, gata. Você foge de mim como o diabo da cruz e quase não sai mais com as suas amigas, que estou sabendo.
— Que inferno, Levi! Quando vai botar nessa sua cabeça dura que acabou! Não tô mais a fim e ponto!
Viro para entrar no corredor das salas, mas o garoto não entende que eu não quero mais nada com ele e me segue.
— Tá! — grita e chama a atenção dos outros alunos que estão passando no corredor. — Me dá só uma chance de ser pelo menos seu amigo, droga. Pode não acreditar, mas é importante para mim. Caralho, Pietra!
— Para com isso e tenha modos! Não está na sua casa com os seus amigos. — Volto por onde entramos arrastando Levi, com as unhas enfiadas no braço do babaca.
— Calma aí, gata! Gata, não. Onça. Essas suas unhas gigantes aí machucam, cara.
Olho feio e ele amolece.
— Tá, desculpa. Escuta. Pelos velhos tempos quando a gente era amigos. Olha pra mim, Pi. — Viro e o encaro. — Sabe bem que poderia ter a gostosa que quisesses. — Bufo impaciente. — É

só olhar em volta quantas minas me dando mole. Sabe perfeitamente que até a sua colega, aquela loirinha que não perde um show da banda, vive esfregando na minha cara. — Ele está certo e pela primeira vez nada do que diz me incomoda. — Pietra, sou completamente louco em você, linda. Quis dar uma de durão, mas a verdade é que não consigo te esquecer.
 — Levi, eu...
 — Aceito ser apenas um amigo. Na boa. Só não me afasta como vem fazendo, Pi. Por favor, me deixa ficar perto de você.
 — Menino, você é um cara lindo. Sei muito bem que as garotas, inclusive Karen, são doidas para ficarem com você. Não pode perder seu tempo ao meu lado, quando sabe que não vai rolar mais. Você não é um cara de ficar sem garota por muito tempo.
 — Fiquei dois anos num namorinho de freira, te respeitando e só no zero a zero, me contentando só com beijos e amassos porquê gosto de você. Não tem problema, linda. Fico o tempo que você quiser. Só não me afasta.
 Vejo o quanto está sendo sincero e até se humilhando, coisa que não é do feitio dele. Gosto do Levi como um bom amigo, que é como o enxergo agora. Não posso e não quero magoá-lo. Mas não tenho coragem de continuar lhe dizendo não. Estou sozinha mesmo e a companhia dele é no mínimo divertida.
 — Só não quero que se arrependa e diga depois que atrapalhei as suas transas. Que fique claro que seremos apenas amigos e que pode ficar ou namorar quem bem quiser. Não me importo.
 — Puta merda! Essa doeu. Nem mais um pinguinho de ciúmes?
 Nego com a cabeça e ele faz cara de cachorro abandonado.
 — É pegar ou largar. Não quero atrapalhar ninguém. Muito menos quero a pena de ninguém. Agora se manda que tenho aula a começar em cinco minutos. — Viro e saiu andando e ele grita.
 — À noite passo no seu apê, gata! Fica bem bonita que hoje vamos passear.

CAPÍTULO 20

Pietra

No final das contas, Levi consegue mesmo me fazer voltar a sorrir e sentir prazer nas coisas. O garoto é insistente e às vezes rouba beijos babados o que me tira do sério e encho ele de porrada, o que acaba virando palhaçada e nós dois rindo como dois idiotas.

Meus pais, é claro, passam a adorar o cara, só porque conseguiu o grande milagre de me fazer voltar à vida. E consigo entendê-los. De certa forma, a minha tristeza só os deixava mais culpados.

Dias se tornam semanas. Semanas se tornam meses. E ainda não sei como tirá-lo da minha cabeça. Apagar de uma vez aquelas lembranças. Apenas duas delas: o beijo e a polícia atirando. Sonho a cada dois dias com a cena se repetindo como num *looping*. No sonho é um beijo longo, profundo... Apaixonante e um segundo depois, tiros, sangue... Sangue em minhas mãos. Que escorrem entre os meus dedos. Mas não o vejo. Não vejo o corpo.

Chega o aniversário dos meus dezoito anos. Meus pais querem fazer uma grande festa. Convidar todos os meus amigos, colegas da faculdade. Eu não quero nada disso.

A oportunidade surge quando Levi me fala sobre o novo convite que a banda dele recebeu para outro show na Itália. Dessa vez, na cidade de Veneza. Será uma semana depois do meu aniversário. Eu quero ir. Dessa vez eu iria.

— Já falei que não quero festa, mamãe. Mas quero um presente de vocês.

Meus pais estão felizes por me verem voltando ao chamado *normal*. Estão dispostos a me dar tudo que eu peça.

— Bem, era para ser uma surpresa. Mas já que falou no presente. Aqui! — Papai estende a mão e há uma bonita chave na palma. — Seu presente já está garantido, então não há

problema em sua mãe fazer também uma bonita festa para comemorar a sua maior idade, querida.
— O quê...? É a chave de um carro?!
Confesso que conseguiram me surpreender. Não estava pensando em pedir um carro. Não mais. O presente que queria era outro, no entanto, por hora, admito que gostei desse presente.
— Seu primeiro carro. Vamos lá até a garagem conhecer o seu presente.
— Filha, não parece animada. Não era o presente que ia nos pedir?
— Não... — Eles me olham espantados. — Quer dizer, sim. Mas, não pensei em pedir um carro... agora. — Vejo o desapontamento dos dois. — Gente! Foi o melhor presente do mundo! Estou feliz. Juro. Muito feliz. Vamos lá, papai! Quero ver o meu carro! Vamos!
Sigo puxando os dois porta afora. Mostro bastante animação e acabo convencendo-os de que realmente estou feliz com o presente. Ao chegarmos no espaço da garagem que é para uso do nosso apartamento, meu pai me apresenta, todo orgulhoso, o carro bonito que está entre o dele e o da mamãe.
— Então? O que acha do seu Honda Fit prata, modelo do ano? Gostou? — Os olhos do papai brilham como se o carro fosse para ele.
— É lindo, pai!
E é mesmo. Um carro maravilhoso.
— Tome! — Estende novamente a chave para mim. — Entre e ligue o seu carro. Sinta o quanto é macio e apropriado para uma jovenzinha linda como você.
Não espero nem um minuto. Pego a chave e entro rápido no meu primeiro carro. Por um minuto, ou dois apenas, passo as mãos no banco de couro cinza, no volante maneiro e no painel que é um deslumbre.
— Ligue, porém só vai dirigir amanhã durante o dia, filha. Já está um pouco tarde, agora, para passeios noturnos.
— Ah, mamãe estraga prazeres. — Viro os olhos e rio para verem como estava brincando. — Obrigada! Vocês são os melhores pais do mundo. Eu amo muito vocês!
Depois de abraçá-los e beijá-los muito, voltamos para o apartamento e posso continuar a nossa conversa, interrompida com o melhor presente que já ganhei.

— Estou bem feliz com o meu presente e, como disse antes, não quero mesmo uma festa. Porém, há uma coisa que quero muito que vocês concordem pra mim.
— Diga então, Pietra. Que quer nos pedir, filha?
— Em duas semanas, depois do meu aniversário, Levi vai viajar novamente com a banda dele para a Itália. Dessa vez, para a cidade de Veneza. Eu quero ir. Eu vou.
Solto a bomba e fico olhando sério esperando a reação deles. E para minha total surpresa, trocam um longo olhar entre eles, depois o meu pai se aproxima, abraça-me ternamente, surpreendendo-me com um sorriso no rosto.
— Nunca mais tomaremos decisões por você, filha. Agora é de fato uma jovem de maior idade. Você já nos mostrou de muitas formas, que soube aproveitar cada ensinamento que lhe demos, sendo responsável e madura em todos os momentos que precisou agir sem a nossa interferência.
— Seu pai tem razão, Pi. Merece esse nosso voto de confiança. Conquistou por méritos próprios. O que quer de nós são as passagens e sua estadia lá em Veneza, não é isso?
— Sim. As minhas economias não dão para cobrir tudo. E pai, prometo que quando voltar da viagem, vou ajustar os meus horários na USP para começar a trabalhar um turno que seja, lá no seu escritório. E quero logo avisar, vou ser remunerada como outro funcionário qualquer.
— Aposto que será a melhor funcionária com formação em arquitetura e urbanismo que o escritório já teve. Afinal, eu mesmo vou cobrar por isso.
Os dois dão risada enquanto eu penso que nada poderia me deixar mais feliz.
Apostei cedo demais.

Andando pelas belas e românticas ruas de Veneza, consigo sentir uma pulsação forte no coração. Estou emocionada e melancólica. Há uma saudade e um vazio que insistem em permanecer dentro de mim, que nem a alegria contagiante de Levi consegue arrancar. Consigo convencê-lo a me deixar sair sozinha, enquanto ele ensaia com a banda para o show da noite.
Esse é o nosso país. Pelo menos, o meu de nascimento. Saí da Itália aos nove anos, depois do meu pai aparecer. E seis

meses após seguirmos para o Brasil e papai e mamãe casarem. Giuliano viveu a vida toda aqui, no país natal dele. Uma vingança dolorida o levou a minha nova terra, o Brasil, o país da minha mãe. O conheci lá, mas é aqui que o sinto em cada fibra das minhas entranhas.

Não sei mais o que faço, meu Deus, para esquecê-lo. Para não o enxergar em cada esquina, em cada canto que olho, como nesse momento, que o vejo saindo de uma gôndola aqui no cais da Praça de São Marcos.

O homem está acompanhado de uma bonita moça loira. Os dois estão de mãos dadas e, pelo visto, voltaram de algum passeio romântico nos grandes e pequenos canais fluviais que cortam e circundam a cidade.

Por Deus! Como mesmo a distância eu consigo enxergar claramente as feições fortes, os fartos cabelos castanhos que caem sobre os olhos, fazendo-o elevar a mão solta para ajeitá-los para trás. Nunca esqueceria aquela boca. Eu a senti e nunca esqueci. O corpo forte, de costas largas debaixo de camisa azul e blazer da mesma cor escura. Eu o vi apenas de cueca. Uma boxer preta. Como posso esquecer o peito coberto pela fênix renascida das cinzas. As pernas longas e grossas, bronzeadas. Consigo sentir o calor na minha pele. Um desconforto na intimidade. Uma quentura que me toma e paralisa. O vestido solto e longo que estou vestida parece apertado nos meus seios.

Percebo que os meus pés começam a me levar ao encontro dele. Mas os meus passos não são suficientes para alcançá-los.

Preciso parar. Estou louca. Giuliano está morto. Morto. Meu coração está sendo cruel além dos sonhos.

Volto correndo para o hotel. Preciso de um banho frio e ligar para os meus pais. Só eles para me devolverem a lucidez e o chão aos meus pés.

CAPÍTULO 21

Pietra

A banda Decibéis, de Levi e mais quatro amigos, que toca essencialmente rock alternativo, está fazendo muito sucesso. Foram duas apresentações e hoje é a última. Amanhã já voltamos para o Brasil. O show está maravilhoso até que eu o vejo. É o mesmo homem da tarde de ontem. Não consigo desviar os olhos. Eu sei que é loucura da minha cabeça, mas aquela loucura é o homem com quem venho sonhando e pensando há quase oito meses. Sem pensar duas vezes, esgueiro-me entre a multidão para chegar onde ele está. Esse desespero precisa acabar.

Caminho rápido entre às pessoas, os olhos não querendo perdê-lo. Poucos metros próximos, porém, o homem se vira e rapidamente sai por uma das largas saídas do espaço esportivo onde se realiza o show. Apresso os meus passos também e o sigo a uns quinhentos metros à frente. Ele segue rápido, cruzando algumas ruas e ao longe vejo entrando em dos muitos hotéis da área.

Entro correndo atrás no hotel e não o vejo. Vou até a recepção.

— *Per favore, sto cercando un amico, si chiama Giuliano Montanari.*

— *Eh si, signorina. Il signor Montanari è nella stanza 306. Semplicemente non c'è al momento.*

— Como assim não está? Meu Deus! É ele. É ele mesmo. Ele está vivo! *Posso aspettarti?*

— *Certo, signorina. Sentiti libero.*

Ainda um pouco tonta, sento-me num elegante sofá da recepção e com as mãos trêmulas, o corpo agitado, a respiração acelerada, fecho os olhos e tento entender o porquê de terem mentido para mim.

Mais de uma hora depois, Levi me ligando sem parar, resolvo voltar para o hotel em que estou hospedada. No dia seguinte, antes de voltar ao Brasil, eu volto para desfazer aquela grande farsa.

Prefiro não contar nada ao meu amigo. Levi não entenderia. Invento que não estava me sentindo muito bem e fui andar próximo ao mar para respirar melhor.

No dia seguinte, nas primeiras horas da manhã, corro para o hotel que ele está hospedado. Quero ver qual a explicação que ele terá para me dar.

— *Mi scusi, signorina, ma il signor Montanari ha giàlasciato l'albergo.*

— Como assim já deixou o hotel? Ele estava aqui ontem à noite. Eu o vi chegando.

— *Scusate?*

— Ah, deixa para lá. *Grazie.*

Inferno! Não devia ter tirado os pés daqui. Ele deve ter me visto, com certeza. Viu-me, escondeu-se e, logo depois que fui embora, fechou a conta e deixou o hotel.

No mesmo dia à tarde, volto para o Brasil. Não vou contar aos meus pais. Não falarei para ninguém. Vou descobrir sozinha o que de fato aconteceu e porque meus próprios pais mentiram para mim.

Precisava arriscar alto e não perdi tempo ao voltar para São Paulo. Dois dias depois, saio direto da faculdade para a delegacia que cuidou do caso de sequestro. Para minha sorte, era o plantão do emburrado delegado Nogueira.

— Quer dizer que agora a senhorita resolveu cooperar com o processo do seu próprio sequestro? Não acha que está vindo um pouco tarde? O inquérito já está encerrado, os envolvidos estão presos, há mais de seis meses, por total falta de interesse por parte das vítimas. O que acha que pode ter para falar que vá mudar alguma coisa agora?

— Na verdade, não é o que vim falar, é o que preciso saber.

Ele fica me olhando com ar de total desinteresse no assunto.

— Minha jovem, não sei se já percebeu, a minha mesa está abarrotada de trabalho. — Mostra a bagunça de papéis e pastas sobre a mesa grande de madeira. — Não há nada a ser dito que você já não saiba. Seu pai sabe sobre essa sua inusitada visita à minha delegacia? — arqueia uma sobrancelha.

— Não vou mentir. Meus pais não sabem que vim aqui falar com o senhor. Preciso de algumas respostas, doutor. Na época, ficou subentendido que o... O... Bem, o sequestrador tenha sido morto na perseguição lá na chácara em Santo André. Digo subentendido porque nem o senhor e nem o meu pai falaram claramente o que de fato aconteceu.

O delegado coloca as duas mãos na mesa, flexiona o corpo em minha direção e me encara com os olhos dardejantes.

— O que faz você pensar que vou fornecer informações sigilosas e de exclusivo interesse das investigações policiais? — Endireita o corpo, senta na sua cadeira, atrás da mesa, e, sem mais me olhar, dispensa-me com as mãos. — Volte para sua casa e me deixe trabalhar, que trabalho eu tenho muito.

Penso em insistir, mas o mal-educado delegado já grita para um policial entrar na sala com a testemunha de algum outro caso.

Sem alternativas e muito irritada, sigo para o meu carro novo que está estacionado na porta da delegacia. Enquanto dirijo para casa, penso no tempo que perdi indo à maldita delegacia. Eu precisava de respostas e as teria. Com certeza havia outro jeito de obter aquela informação.

Claro! Como não pensei nisso antes? Giuliano é dono da revendedora de carros Montanari. São carros de luxo, de alto padrão. Consigo desviar do meu caminho de casa em tempo de seguir para a avenida onde funciona essa revendedora.

Vinte minutos depois, estou parando na bonita loja toda de vidro, com lindos carros em exposição e uma grande logomarca com as letras formando Revendedora Montanari na cor bronze com um bonito fundo azul piscina. Mostra beleza e elegância. Ao que me pergunto, por que um homem rico com uma empresa daquela pôde perder tempo numa vingança descabida, já que tantos anos tinham se passado e o meu pai já havia cumprido sua pena.

Estaciono na calçada que fica um nível abaixo da suntuosa loja. Entro no pátio repleto de carros bonitos e logo um dos funcionários vem me recepcionar. Imagino ser um vendedor já pensando numa boa venda.

— Boa tarde, senhorita. Gostaria de olhar os nossos modelos? São os mais bonitos do mercado e marca só encontrada aqui na Montanari. — No crachá o nome Abelardo Lima. O homem deve ter em torno de uns quarenta anos. Está bem vestido numa calça social preta e uma camisa de botões e mangas longas dobradas no cotovelo na cor azul no mesmo tom da parede da fachada e para completar uma gravata preta da cor da calça.

— Ah, olá. Por enquanto estou só olhando. Meu pai pediu para vir olhar um carro aqui nessa revendedora. Acho que é de um amigo dele. É que somos italianos. — O homem já se mostra ainda mais interessado.

— Que bom! Para conterrâneos do nosso chefe, podemos conseguir bons descontos.

— Ótimo. Inclusive o meu pai pediu que desse um alô a... A Giuliano Montanari. Ele está aí? — pergunto como quem não quer nada, olhando com interesse para um carro esportivo vermelho.

— Infelizmente não. Mas temos aqui o senhor Marconi o gerente da loja. Posso chamá-lo. — Imediatamente olho em volta e viro me despedindo.

— Outro momento. Lembrei que tenho um compromisso agora. Volto outro dia com o papai. Obrigada.

Não poderia insistir. Apesar de quase não ter saído qualquer reportagem sobre o meu sequestro, com certeza o gerente deve estar a par do ocorrido.

Volto para o meu apartamento, desanimada e com muita raiva. Não é justo, depois de passar por tudo que passei, ser a única a não saber da verdade. Não ia desistir. Isso nunca. De alguma forma eu descobriria aquela trama.

CAPÍTULO 22

Pietra

Algumas semanas depois, o meu próprio pai acaba, sem querer, me dando uma nova ideia para descobrir o que eu queria.

— Doutor Boaventura me falou hoje que é possível Roberto cumprir o resto da pena em liberdade. Parece que o advogado dele é muito bom, sendo que o garoto é réu primário e conta o atenuante de ter, de fato, protegido a Pietra, com certeza ele consegue.

— No fundo, tenho pena desse rapaz. Sempre tão educado e prestativo com a gente. Como será que o italiano chegou até ele? — Lembro que a mamãe pediu ao papai para aliviar no depoimento contra o Roberto.

— O dinheiro subiu à cabeça. Não posso condenar alguém com tantas necessidades, que deixa de almoçar para ter o que jantar. E olha que, lá no escritório, a regra é pagar um salário justo, com todos os direitos assegurados.

— Sabia que o Roberto ainda ajudava a família no interior, com o pouco que ganhava, pai?

— Não sabia. Mas posso muito bem imaginar. É uma pena que um garoto bom se deixou enganar pela conversa de um ricaço com dinheiro para jogar fora.

— E agora, meu bem? O que será da vida desse rapaz? A vida dele já era difícil, imagine depois de cumprir pena numa penitenciária e sem emprego?

— Pai, não pode contratar o Roberto novamente?

— Não posso, filha. Houve uma quebra de confiança. O que o moleque fez foi gravíssimo. Ele estará fichado para sempre, sequestro é um crime grave.

Como sempre, a minha mãe acaba deixando cair algumas lágrimas e os dois se abraçam. Dona Sandy é a pessoa mais generosa, amorosa e gentil que conheço no mundo.

Fico pensando de que jeito eu poderia tentar ajudar o Roberto. Não poderia esquecer que, se não fosse ele, os momentos na casa de praia teriam sido muito piores. Lembro-me então que se existia uma pessoa que deveria saber sobre Giuliano, era ele.

Pesquiso na internet sobre o presídio que o Roberto está e os dias de visitas. Visitas duas vezes na semana. Teria no dia seguinte. O coração acelera e as minhas mãos ficam suadas com a expectativa de ir a uma penitenciária. O que ele me disser, poderá mudar tudo.

Lá estava eu, com dor de barriga de medo de estar naquele lugar. O nervoso quase me faz desistir, sair correndo depois de esperar por quase uma hora. Até que sou levada num pátio onde outros presos também recebem suas visitas. Logo avisto o Roberto. Bem magro, sem os lindos cabelos cacheados, a cabeça quase raspada, um olhar vazio e duro. Caminho rápido até ele.

— O que está fazendo aqui, louca? A princesinha veio confirmar o que eu já tinha dito? Para preto pobre o que sobra é a cadeia.

— Eu sinto muito, Roberto. Mas você mesmo buscou por isso.

— Porra! Não me diga que você veio aqui só para jogar na minha cara que estava certa com aquele papinho de o crime não compensa. Não precisava se dar ao trabalho, princesinha.

— Não é nada disso, garoto. E para de me chamar de princesinha. Sou princesa porcaria nenhuma. Esqueceu? Que me viu num estado de miséria lá naquele lugar onde você ajudou a me enfiar?

— Oh, mina, diga aí logo o que você quer e cai fora. Estou preso, mas não sou obrigado a receber qualquer um. Principalmente se veio aqui para me esculachar.

— Roberto. Paz. Eu vim aqui porque o papai disse que graças a Deus você vai conseguir sair. Me preocupo com você, menino.

— Não precisa se preocupar. Estou de boa — fala, debochado.

— Como assim está de boa? Você sabe que, que Giuliano morreu, não é mesmo? Você está sem o dinheiro e sem o emprego — sondo.

— E você tem o que a ver com isso? Deveria estar feliz por eu ter me ferrado nessa bagaça. — O tom não esconde a amargura.

— Roberto, o que você sabe sobre a morte do Giuliano? Ele era milionário, tem negócios na Itália e aqui no Brasil.
— Por que quer saber disso, agora? O cara devia tá louco e teve um fim nada bonito. Eu que me dei mal no final da história.
— Então, ele também acha que Giuliano está morto.
— Conte para mim, como ele chegou até você? De onde ele o conhecia?
— Me diz uma coisa, garota? Ficou a fim do bonitão, é isso? — desdenha.
— Qual o seu problema, hein? Eu venho aqui nesse lugar horroroso, querendo te ajudar, e é assim que você me trata? Com deboche.
— Sei. Essa sua ceninha aí não me convence nem um pouco, fique sabendo. — Respira fundo, passa a mão na cabeça e olha para mim com os olhos desolados. — Não sei muito sobre o cara. Na verdade, não sei nada. Um dia estava saindo do escritório do seu pai, para ir pra casa, e ele me chamou. Estava num carrão, todo bem vestido, pose e cara de bacana. Disse que tinha uma proposta muito interessante para um trabalho, que eu ganharia muito dinheiro. Tanto que poderia abrir um negocinho pra mim. Como sabe, ele não precisou usar de muitos argumentos. Para um morto de fome como eu, proposta de ganhar dinheiro era a palavra mágica. Só me pediu sigilo absoluto e que arranjasse pelo menos mais dois amigos.
— E não achou nada disso estranho? Essa proposta descabida de muito dinheiro, para coisa boa é que não seria.
— Pietra. Sua ingenuidade chega a ser comovente. Desde quando pobre fica discutindo perigos quando envolve muito dinheiro? — Ri do meu espanto.
— Papai falou que o advogado que cuidou de sua defesa é muito bom, além de ser conhecido e deve custar uma fortuna. Quem está bancando o advogado para você?
— Isso é mesmo verdade. O cara é fera. Me disse que em mais um a dois meses e eu tô fora desse inferno. Bom, o que ele me contou é que havia uma grana considerável numa conta aberta para mim pelo próprio Giuliano. Só não quis entrar em detalhes. Disse que era sigilo da profissão. Essa grana está pagando o trabalho dele e parece que vai sobrar um tanto para eu recomeçar. O advogado me garantiu que tenho já certo um trampo quando sair da prisão. Dele não sei nada e o advogado

também não me falou. Mas imagino que você deva saber de alguma coisa. Ele não te contou o motivo de ter te sequestrado?
— Não. Não sei de nada. Já vou embora. Desejo que recupere sua vida e pense muito antes de aceitar propostas milionárias.

Estou muito chateada. Não é possível que todo mundo tenha se unido para me fazer de boba. Algo tão simples, como saber se uma pessoa morreu ou não, e simplesmente não consigo. Aquele idiota não deveria ter suas redes sociais, pessoais? Porque eu só encontro as suas empresas, nem uma palavra sobre o dono misterioso e babaca. Ahhhhh, que ódio!
— Pietra? Tudo bem aí?
— O que você quer, Altina? Não estou com paciência hoje.
— Estou vendo. Estava gritando?
— Não. Estava pensando alto. A mamãe já chegou?
— Chegou há pouco. Está no quarto dela.
— Certo. Tchau, Altina. Estou estudando e quero ficar sozinha.
— Está azeda mesmo hoje, né Pietra? Já fui.

CAPÍTULO 23

Pietra

Vou ter que contar tudo aos meus pais. Estou cansada de tantos mistérios e segredos e vou exigir que me falem a verdade.

Assim que sentamos para jantar eu começo a contar a eles.

— Fui procurar o delegado Nogueira e também visitar Roberto no presídio. — Dois pares de olhos estão arregalados me olhando.

— O que está acontecendo, Pietra? Por que foi procurar essas pessoas? — Papai tenta aparentar uma calma que sei não está tendo.

— O que está nos escondendo, filha? — Mamãe se mostra bem preocupada.

— Eu preciso saber a verdade. Toda a verdade.

— O que pretende com tudo isso? Se machucar ainda mais? Sofrer por mais tempo? — O velho Peter acaba perdendo a paciência e fala bem irritado.

— Não pai, quero saber de verdade o que aconteceu!

— Que verdade é essa, Pietra? Do que está falando, minha filha?

— Estou falando, mãe, de que Giuliano está vivo e todos estão mentindo pra mim!

— Que loucura é essa agora, Pietra? Você mesma viu a perseguição da polícia e o rapaz ser atingido. — Mamãe insiste nesse argumento.

O papai não olha mais nos meus olhos e fica calado.

— Eu ouvi os tiros, mãe! Mas não me deixaram aproximar. Acabei desmaiando nos braços do papai e acordei no hospital. Você viu mesmo, papai, o Giuliano morto? — Ele se levanta da mesa e me dá as costas.

— Deixe o seu pai em paz, Pietra! Para com isso. Esquece essa maldita história de uma vez!

— Não! Não consigo esquecer e o papai sabe bem disso. — Levanto também indo atrás do meu pai. — Eu quero a verdade! É meu direito saber se ele está realmente morto! Nem que tenha de revirar essa cidade, eu vou descobrir.

— Calma, Pietra. — Ele finalmente se vira para mim, coloca as mãos nos meus braços fazendo-o encará-lo. — O que sei é que o rapaz foi gravemente ferido e levado para o hospital. Depois um delegado da Polícia Federal nos informou que ele havia morrido. Isso é tudo que eu sei. Acredite em mim, filha.

Ele não parece estar mentindo.

— Então, papai! Há uma chance real de ele estar vivo. Com certeza o tal delegado mentiu pra você, pai.

— E por que ele faria isso? Que interesse o delegado teria em mentir, dizendo que o rapaz havia morrido? Você é que está tentando se enganar, Pietra.

— Não! Eu sinto. Agora tenho mais certeza que ele está vivo. O meu coração está quase gritando para mim. Tenho que acreditar. Giuliano está vivo e eu o vi lá na Itália. *Nella nostra terra, papà*.

Eu o toco no peito.

— Como assim você o viu? Que história é essa, Pietra?

— Lá em Veneza. Estava longe, saindo de uma gôndola na Praça de San Marco. Depois no show da banda do Levi. Eu o segui, mas não consegui chegar perto e no hotel que entrou o recepcionista confirmou o nome dele. Porém, acredito que ele me viu e fugiu. No dia seguinte, quando fui procurá-lo, já tinha saído do hotel. Era ele. Tenho certeza, mamãe.

— Se esse rapaz está mesmo vivo, não a procurou e ainda fugiu de você, está claro que não quer vê-la, minha filha. Vocês viveram um momento traumático. Difícil para os dois. — A mamãe pode estar certa, só que não posso me conformar com isso.

— Esse rapaz estava em desequilíbrio emocional, Pietra. Uma pessoa que arquiteta uma vingança por tantos anos, executando, de forma covarde, através de uma menina inocente, sem medir as consequências.

— Você o está julgando sem o conhecer bem, mãe! Giuliano foi uma vítima. Uma pessoa que não teve o direito de viver sua própria história. Vivendo com pais adotivos, que só veio a descobrir já adolescente, que era tudo uma mentira. Quando a verdade chegou até ele, a mãe, de quem foi arrancado, estava morta. O pai biológico, também. Diante dele, uma história macabra que lhe foi contada sem o menor cuidado ou empatia. Ele foi alimentado de ódio e, mesmo assim, não permitiu que me fizessem qualquer mal. Só queria que você e o papai sentissem a dor da separação. Como ele sentiu.

— Se apaixonou por esse rapaz, minha filha? — Meu pai me olha com expressivo desespero.

— Eu não sei. Nunca me apaixonei antes, não tenho como precisar se é paixão ou o que seja. Só sei que preciso saber se ele está vivo. Eu quero que ele esteja vivo.

— Não sei. Acho que você só vai sofrer ainda mais mexendo nessa história. Não acredito que ele esteja vivo. E, se estiver, sei que não me perdoou. Nunca vai superar o que houve com a mãe dele e poderá te magoar, filha. Não relutaria em usar você de novo para fazer eu e sua mãe sofrermos.

— Não. Não. Ele não é assim. Eu sei. Eu vi arrependimento nos olhos dele. Tentou me proteger quando se recusou a me trazer no carro com ele, pois sabia que a polícia o estava procurando e poderia atirar. Sei que ele não me machucaria, papai. Não mais.

— Está bem. Eu mesmo vou atrás da verdade. Porém, você vai me prometer que caso se confirme que ele está vivo, não irá procurá-lo e vai esquecer de vez esse moço. Me prometa, Pietra.

— Está certo. Eu prometo, papai.

Peter

Conforme prometido a minha filha, procurei o delegado Nogueira e exigi a verdade sobre o que de fato aconteceu ao rapaz.

— Por que vai mexer nessa história novamente, seu Peter? É melhor encerrar esse assunto de uma vez.

— Eu gostaria realmente de fazer isso, delegado. É que prometi a minha filha que descobriria toda a verdade e pretendo cumprir. Ela tem esse direito.

— Muito bem. Depois não diga que eu não avisei. Como o senhor mesmo pôde testemunhar, ele foi gravemente ferido quando tentava fugir da perseguição. Foi levado para o hospital onde ficou na UTI, em coma, por vários dias. Sabíamos que a sua filha estava muito abalada emocionalmente, achamos prudente manter a versão da morte dele. Na verdade, não havia

muitas chances de que ele sobrevivesse. Só que o rapaz é muito forte e saiu do estado grave em que estava. No primeiro interrogatório que o submetemos, ainda no hospital, ele pediu para que mantivéssemos a informação sobre sua morte. A bem da verdade, ele implorou para que não contássemos sobre ele ter sobrevivido, para o senhor e a sua filha.
Isso era totalmente inusitado.

— Com os melhores advogados do Brasil e a polícia federal envolvida, por se tratar de cidadão de outro país, o caso foi abafado e não se permitiu que a imprensa divulgasse nada, muito menos a identidade do empresário. Não foi difícil, com a posição e as condições financeiras dele, conseguir a extradição para que respondesse o processo na cidade dele, lá na Itália. A Polícia Federal continuou acompanhando o caso e tudo indica que, assim como os dois suspeitos aqui no Brasil, ele também passou para regime aberto e responderá a pena de três anos e seis meses em liberdade. Os advogados conseguiram descaracterizar como caso de sequestro, por não ter havido pedido de resgate. Sem agravantes, não foi difícil conseguirem liberar o homem. Ele nos fez prometer que a sua família jamais saberia dele ter sobrevivido.

— A minha filha não se enganou. Ela o viu realmente em Veneza. Obrigado, delegado! Por ter sido fiel à promessa feita ao rapaz e ter poupado a minha filha.

— O que pretende fazer agora? Vai contar a sua filha a verdade?

— Sim. Eu prometi e vou cumprir. Acho que o destino da minha filha foi selado. Devo fazer o que é certo. Obrigado e passe bem.

CAPÍTULO 24

Pietra

A agonia que estou sentindo, desde que ouvi do meu pai o que realmente aconteceu com Giuliano, é muito pior que pensar que ele tivesse morrido. A certeza que era ele, com a linda loira, passeando na cidade mais romântica do mundo, está me tirando a capacidade de respirar e raciocinar naturalmente.

O filho da puta roubou duas semanas da minha vida, me fazendo passar por momentos de puro terror, para depois sair de tudo belo e faceiro. Mais bonito e rico do que tem o direito de ser e ainda por cima de braços dado com uma mulher de capa de revista, para exibir.

Eu odeio aquele cretino. Odeio com todas as minhas forças. Agora tudo que eu quero é que morra mesmo. Morra de verdade e principalmente dentro de mim. Inferno.

Sorte ter continuado a amizade com o Levi. O garoto tem um astral maravilhoso, diverte-me, faz-me viver os meus dezoito anos como deve ser: com alegrias, passeios, divertimentos. A banda deles está cada vez melhor e fazendo muito sucesso. Sempre que posso, vou com eles nas viagens para outras cidades.

Somos amigos quase inseparáveis, a não ser quando tenho que desviar das investidas dele ou quando me afasto para ele ficar com alguma garota. Muitas vezes, me chama de louca solitária. Eu apenas acho graça. Ele nunca vai entender mesmo.

Um ano depois...

— Tem certeza que quer mesmo ir comigo nesse congresso nos Estados Unidos, filha? — Papai estranha o meu pedido.
— Tenho, sim, papai. Lá vão estar os melhores na área da Engenharia Civil e na Arquitetura. Uma oportunidade de ouro para eu aprimorar o meu curso.
— Sabe que não vai poder participar de quase nenhuma apresentação, não é? São salas com número de pessoas limitado e só para os profissionais com mais de dez anos na atividade.
— Não prefere esperar um pouco mais e nós vamos passar o seu aniversário de vinte anos em Nova York, querida? Sabe que não vou poder ir agora com vocês, não é? Vai ficar entediada com seu pai, preso no congresso o dia todo, e sem companhia para passear lá em Chicago.
— Vou conhecer muita gente interessante na área que vou atuar, mamãe. Além de quê, aprimoro o meu inglês e conheço americanos gatos.
— Estou vendo que não prestarei atenção em nenhuma palestra com você sozinha por lá, Pietra. — Papai me olha de sobrancelhas erguidas.
— Relaxe, doutor Peter Ferrara. Não confia na sua filha? — brinco enquanto, beijo sua cabeça.
— Em você confio até demais. Não confio é nos americanos solteiros quando virem a moça linda que é a minha filha. — Ele me abraça, carinhoso. — Tem mesmo certeza que não pode viajar conosco, amor?
Olha cheio de amor para a mamãe.
— Dessa vez não vai dar mesmo, querido. A Cerimoniale está com três eventos enormes para este mês. Não posso viajar e deixar a Ester sozinha para dar conta de tudo.
A mamãe é sócia de uma grande empresa de eventos e não deixaria a empresa num momento de muito trabalho. Aproveito o recesso na faculdade e viajo com o papai para os Estados Unidos.
No avião que seguimos, conhecemos alguns outros profissionais da Engenharia Civil e alguns arquitetos, que participarão do mesmo congresso que o meu pai. Dentre eles, conheço Marco Rossi, engenheiro civil, que para o meu espanto, também é filho de italianos. Nascido em São Paulo, Marco é um homem bonito, de olhos verdes como os meus. Trinta anos, que

descubro ao longo dos nossos papos, que se tornam muitos depois que nos conhecemos.

Durante os três dias do congresso, Marco faz questão de nos acompanhar aos almoços e aos jantares elegantes, promovidos pelo evento. De conversa leve e educada, logo conquista a simpatia do meu pai, que até permite que o acompanhe numa apresentação de balé, nas vésperas da gente retornar ao Brasil.

Sinto-me realmente encantada com o novo amigo. Um homem bonito, elegante, inteligente que me olha como se estivesse diante de uma deusa. Sinto-me linda, mais mulher, desejada.

Quando chegamos ao Brasil, Marco faz questão de trocar cartões com o meu pai e o convida para conhecer a empresa do pai dele, uma grande e conhecida construtora da cidade.

Faz o convite para o nosso primeiro encontro, fico lisonjeada pelo interesse daquele homem tão maravilhoso.

— Estava contando as horas para vê-la novamente. — Prende as minhas mãos nas dele e leva de encontro ao peito. — Não tirei você da minha cabeça um só minuto depois que a conheci. Você é muito linda. Especial.

Beija-me. Um beijo longo, profundo, gostoso. Marco é um homem de verdade, que sabe como pegar, acariciar e beijar uma mulher. Fico encantada e entregue nas mãos dele. Leva-me para o apartamento, depois que jantamos num restaurante sofisticado. A cobertura é elegante e requintada. Está num prédio que pertence à própria família.

Sabia que com ele eu não poderia fugir como fazia com Levi. Continuar virgem até ali, aos quase vinte anos, não foi uma questão de me guardar ou qualquer coisa assim. Apenas não tive vontade com nenhum outro homem. A não ser com... Bem, talvez tivesse chegado o momento certo.

— Estou louco por você, linda. Você é uma menina encantadora, Pietra. Muito especial. Quero te conhecer de todos os jeitos...

— Parece que já estamos fazendo isso, não é?

— Estamos? Mesmo...?

Marco me puxa para o colo dele onde estamos sentados num sofá macio e enorme. Ele me beija na boca e as mãos se aventuravam pelo meu corpo. Em instantes o meu vestido curto deixa as coxas e parte da calcinha de renda branca à mostra. A mão percorre a minha perna, sobe para a coxa e delicadamente espalma a minha intimidade, pressionando um dedo na abertura, fazendo-me gemer e remexer no colo dele.

— Está molhadinha... Uma delícia...

— Marco... Eu... — Ele está beijando o meu pescoço e a mão tentando entrar pelo decote do vestido que é em V e estou sem sutiã.

— Diga, linda. O que você quer, han? Que eu coloque o dedo aqui...

Ele puxa a calcinha para o lado e começa a enfiar o dedo de mim. Afasto-me no susto.

— Marco, eu... Eu preciso te falar. — Marco finalmente me olha nos olhos. — Eu nunca dormi com homem algum. Nunca transei. Sou virgem — falo de uma vez e ele fica por um minuto inteiro olhando para mim.

CAPÍTULO 25

Giuliano

Despedir-me daquela menina foi uma das coisas que mais me doeram. Não havia como me enganar. Pietra mexia comigo mais do que era permitido ou saudável, para mim e para ela também. A inocência, a capacidade de perdoar, que vi nos olhos dela, eram muito especiais. Exposta por mim a uma experiência que a marcaria para a vida toda, e ainda teve a generosidade de voltar para me ajudar a fugir.

Sabia que não adiantava mais. Tinha ouvido as sirenes dos carros de polícia e não havia mais como escapar. Só não suportava que ela me visse ser preso. Isso tornaria tudo real, a culpa me dominaria, mostrando a grande merda que eu havia feito com a minha vida. Queria ter a ilusão de que a bela menina foi alguém que conheci pela vida, que tinha se infiltrado no meu coração e talvez, quem sabe... Um dia a gente pudesse se encontrar, ficar junto. Outro momento, sem terror, só amor.

Era impossível escapar da polícia e eu queria apenas sair da linha de visão da Pietra. Não pensei que os filhos da puta fossem atirar. Nas minhas costas. Num homem desarmado. Porém eles atiraram, meu mundo acabou. A última visão foi dela, da minha menina corajosa, valente.

A primeira certeza que tive de estar vivo, quando abri os olhos, estava numa cama, estreita. Uma cama de hospital, um silêncio quebrado pelos bips e tum-tum-tum da sala, onde estava imobilizado, cercado por aparelhos e bolsas de ambos os lados, com líquidos que entravam em minhas veias através de finas mangueiras com agulhas enfiadas nos meus braços.

Não sabia o tempo que fiquei indo e vindo na inconsciência, sempre sozinho naquele quarto. Até um dia que não voltei a apagar e dois médicos e uma enfermeira entraram no quarto e se aproximaram da cama.

— Senhor Giuliano Montanari, está finalmente de volta entre os vivos. — Médico mais jovem, debochado. Deve se achar engraçado.

— E então meu rapaz, conseguiu deixar o soldado da morte para trás. Seja bem-vindo ao mundo dos vivos. Saiba que nos deu muito trabalho tirar você das mãos do sentenciador.

Esse outro médico era mais velho, claro, mais comedido e piedoso. Examinou-me minuciosamente, auscultando meu peito e as costas, que doeu feito inferno quando me virou de lado na cama. Olhou e apertou, acredito que um curativo no ferimento nas costas. Suspendeu a camisola de hospital que estava usando e mais nada por baixo. Havia um curativo ao lado direito da barriga. Gemi.

— Está tudo sequinho, finalmente a infecção foi controlada. — O médico mais velho, que tinha o nome Tadeu Seabra, bordado no bolso do jaleco branco, falou com empatia, enquanto dava um tapinha de leve no meu rosto. — Você é um rapaz de sorte por ter escapado dessa. Seus ferimentos foram muito graves e está aqui nessa UTI lutando pela vida, há mais de uma semana.

— *Quanti colpi?* — Não reconheço a minha voz. Está seca, rouca.

Ele continua me olhando. Uma sobrancelha arqueada.

— Conheço pouco da sua língua nativa, italiano. Tem como falar em português? Sei que fala bem.

— Quantos tiros? — repito a pergunta, ele olha rapidamente para o outro médico, o mais jovem, que responde prontamente.

— Três tiros. Um entrou pelo oblíquo externo... — Desvio os olhos para o mais velho, que entende que preciso de termos que eu conheça. O doutor Tadeu assume.

— Um tiro entrou pelas costas, lado esquerdo, próximo ao quadril, atravessou, rompeu uma parte do intestino grosso e saiu pela frente perfurando também a ureter. O outro tiro, um pouco mais acima e mais na lateral do corpo, também atravessou, fraturando uma costela. E por último, um tiro na perna direita a altura da coxa, rompendo alguns ligamentos e músculos. Você perdeu muito sangue.

— Deu um trabalho dos diabos pra gente. — O mais novo, Mauricio Pinho, também bordado no bolso do jaleco. Parecia achar engraçado eu estar naquela situação. — Agora que já está fora de perigo, seus advogados já estão prontos para levar o todo poderoso Giuliano Montanari para um hospital particular.

— Maurício, enquanto eu concluo os exames do paciente, será que pode, por favor, avisar a família dele que já o estamos transferindo para um quarto. A tarde já poderá receber visitas.

— Tadeu, a polícia não liberou visitas para o paciente. O delegado está aí para fazer o primeiro interrogatório.

— *Figli di puttana.* — Os filhos da puta quase me matam. — Posso falar primeiro com o meu advogado, doutor?

— É um direito seu, rapaz. Por favor, Maurício peça para o advogado vir. E... Se possível, não diga ainda para o delegado que o paciente acordou.

— Está bem. Vou ver o que posso fazer.

— *Grazie, dottore.* Obrigado pela ajuda, doutor. — Agradeço ao doutor Tadeu, que parece ter simpatia pelo meu destino.

O velho médico apenas acena e continua no seu minucioso exame. Poucos minutos depois, o Otávio Medina, meu advogado, entra no quarto.

— Giuliano! Que susto, rapaz. Estamos todos atônitos com os acontecimentos. Mas, sobre toda essa situação lamentável em que se colocou, falaremos quando estiver melhor. Agora o que precisa saber é que está em prisão hospitalar. Com dois policiais aí fora e o delegado que conduziu a desastrosa operação que quase o vitimou mortalmente. A embaixada italiana já foi acionada, agora o caso está sob o comando da polícia federal. Você é um cidadão de outro país, sem nenhum antecedente criminal, além de ser um importante empresário que paga os seus tributos e ajuda este país, empregando muita gente.

— E a moça... Pietra? Como que ela está? Tem notícias dela?

— O que sei é que ainda não foi à delegacia prestar depoimento, por estar em estado de choque. Os dois rapazes já depuseram e estão sendo assistidos pelo Fernando. Estamos entrando com uma solicitação para que seja descaracterizado o crime de sequestro, visto que não houve pedido de resgate e a vítima não foi submetida a maus-tratos.

— Antonella? Como está reagindo a tudo isso? Os meus funcionários, eles estão sabendo?

— Não. Fique tranquilo que tomamos todas as providências para abafar o caso, tudo o que os seus funcionários sabem é que viajou para sua terra. Está na Itália, sem data de retorno. Quanto a sua noiva...

— Namorada. *Cáspita!*
— Que seja, Giuliano. Ela passou mal. Precisou ser medicada porque achou que você estava morto. Ao ser informada de toda história, aí o caso foi outro, o sangue quente italiano falou mais alto, ela queria processar a polícia pela imperícia na operação de prisão que quase o matou. Aliás, a polícia federal teve que ser acionada para evitar um problema diplomático entre os países. Você foi alvejado sem apresentar nenhuma resistência, estar desarmado e ainda pelas costas. Todos as perfurações a bala provam isso.
— Com licença, doutor. O meu paciente permanece em estado delicado e já o forçou muito. Precisa agora descansar para se recuperar mais rápido. O delegado mal-humorado está impaciente para ouvir o depoimento dele.
— Está certo, doutor. Giuliano, não vai falar nada com o delegado sem a minha presença ou a do Fernando. Simplesmente não abra a boca. Ok?
Aceno para o meu advogado. Estou mesmo muito cansado. Acho que nem me despeço dele e já apago.

CAPÍTULO 26

Giuliano

Só consegui me livrar do interrogatório do delegado por dois dias. Como a Antonella insistiu em me transferir para um hospital particular, preferi dar meu depoimento enquanto estava naquele hospital.

O delegado Francisco Nogueira que esteve à frente do caso, efetuou a minha prisão e foi responsabilizado pela atitude desmedida de seus policiais atirando em mim, pediu informalmente para falar comigo em caráter particular. Eu concordei porque já imaginava qual era o assunto.

— Ainda não colhemos o depoimento da vítima, Pietra dos Santos Ferrara. Porém, eu disse informalmente para o pai dela, o engenheiro Peter Ferrara, que você havia morrido devido aos ferimentos.

— Posso saber por que o senhor deu essa informação?

— Tenho consciência que fizemos uma cagada e de alguma forma precisava evitar que esse caso se tornasse de domínio público. Com a sua morte declarada, o pai, e queixoso do crime de sequestro, não poderia seguir adiante. O caso fica encerrado. Até porque já está definido que você irá cumprir a pena lhe imposta lá na sua cidade natal, na Itália. Essa determinação é da sua embaixada aqui em São Paulo e também da sua noiva e advogados.

Fiquei calado, pensando por longos minutos, no que o delegado falou. Ele tinha razão. Era o melhor para todo mundo. Precisava apagar tudo aquilo da minha vida. O difícil era conseguir apagar da minha mente e do meu coração. Doía mais que os ferimentos, saber que não mais a veria. Que ela me esqueceria completamente.

— Fez bem, delegado. Que se oficialize a informação da minha morte para os interessados diretos do caso.

— Muito bem. Embora eu esteja deixando o caso com relação a sua participação, o inquérito continuará na minha jurisprudência para dar andamento até que esteja encerrado. — Ele se levanta da cadeira que esteve sentado ao lado da cama, antes, porém, de sair, volta-se para mim. — Eu só preciso saber de você mais uma única coisa, senhor Giuliano Montanari... O porquê? Por que um homem com uma vida como a sua, colocaria tudo em risco, até a própria vida, para sequestrar a filha de um simples engenheiro, que não deve ter um terço da sua fortuna?

— Isso o senhor só saberá, delegado, se a própria Pietra Ferrara contar.

Olho-o sério, para que não restem dúvidas que de mim, nem ele e nem ninguém, saberá os motivos.

Depois que o delegado sai, entra o outro, dessa vez, da polícia federal, e dou o depoimento instruído e acompanhado de Otávio, meu advogado.

Quando todos saíram, Antonella apareceu diante de mim pela primeira vez, depois de toda aquela bagunça, que se transformou a minha vida.

— *Come stai, figlio del diavolo? È bello avere un'ottima spiegazione per tutta quella merda che hai fatto nella tua vita.*

— Antonella... Por favor. Eu não quero e nem posso brigar agora. Pode me xingar de filho do demônio, o quanto quiser. Mas sobre o que fiz para minha vida, só conversaremos quando eu estiver de pé em minhas próprias pernas.

— *Fottuto bastardo!* — A mulher estava mesmo com raiva. Chamar-me de desgraçado do caralho é novo até para mim.

— Otávio me disse que você já providenciou a minha transferência para outro hospital.

— *Si.* — Caralho! Agora eu é que estou ficando sem paciência.

— Nella... Vem aqui, por favor. Estou com muita dor, preocupado com as minhas empresas e o rumo que tudo isso possa tomar. E você, minha linda garota, é tudo que eu tenho. Não desista de mim agora. *Per favore.*

— Idiota. Está certo. Por hora vou fazer de conta que você não fez uma grande... Hum... Deixa para lá. Só estou aguardando a liberação desse hospital e levaremos você para um lugar, mais confortável e reservado. Tem sido uma trabalheira dos diabos manter a imprensa brasileira longe de tudo isso.

Finalmente me livrei do hospital, dos delegados e do Brasil. Por que será que não estou nem um pouco feliz? Estou voltando para a minha terra natal, ao lado de Antonella e sequer sei se poderei voltar um dia para esse país. O lugar onde ela mora. A garota que não me dá sossego. Que não sai da minha cabeça um minuto que seja.

E por causa disso, estou tendo dificuldades de me entender com a minha namorada. A bela mulher com quem já estou há muito tempo, que cuida de mim como ninguém jamais fez. Que está sendo bastante compreensiva e aguardando solenemente que resolva lhe contar o que aprontei.

Após mais de dez horas de um voo exaustivo, que me deixou terrivelmente cansado e com muitas dores. Estava em recuperação. Chegamos a Roma e fomos direto para o meu apartamento.

Pelo menos Antonella me deixou dormir dezesseis horas seguidas. Acordei bem descansado e com poucas dores. Um banho relaxante, uma massa quente, e deliciosa e eu estava pronto para a difícil conversa com a minha namorada.

— Bem, eu só te contei tudo isso para que não fique nenhum ponto escuro entre nós. Sabe que é muito importante para mim, Nella.

— Sabe o que acho de verdade, Giuliano? Você é completamente louco. Como alguém pode guardar uma vingança estúpida dessa por tanto tempo? E o pior, gastar montanhas de dinheiro para quase perder a vida e agora está aí, com essa cara de menino abandonado de novo.

— Isso é tudo que você tem para dizer?

Essa mulher está muito estranha. Essa calma toda.

— O que mais quer que eu diga? O dinheiro todo que perdeu é seu. O rabo que tomou vários tiros é seu, o expulso do Brasil também foi você. Resumindo, meu belo amor... O fodido aqui é você, não posso jogar mais terra em quem já está enterrado.

— Muito bem, garota. Depois desse esculacho diplomático, quero que saiba que estou muito grato por tudo que fez por mim. Você tem sido... tem sido não, você é, uma mulher sensacional.

— Tudo bem, espertinho. Mas essa você está me devendo. E eu vou cobrar, viu? Vou cobrar caro.

E cobrou. Meses depois a loira e linda Antonella me obrigou a ir à porcaria de um show em Veneza, apenas por puro capricho, porque ela nem sabia que bandas tocariam no tal festival. Como me disse, queria momentos de prazer comigo na terra do amor. E não fez por menos. Fizemos passeios de gôndolas, algo que já havíamos feito outras vezes, ao longo do nosso namoro.

E foi por causa dessa ideia idiota da Antonella que tudo voltou. Carga total e mortal. Eu a vi. Ela estava bem ali. Linda. Jovem. Inocente. Alegre. Quando acreditava que tinha acabado de verdade. Já nem pensava nela todos os minutos do dia.

Pietra não podia me ver. Para ela eu estava morto. E assim deveria continuar.

CAPÍTULO 27

Pietra

Eu estava empolgada. Queria conhecer o prazer, com Marco. Ele estava tão carinhoso, deixando-me totalmente pronta. Mas...

— Não contava com esse inesperado presente, linda. Você me encanta de tantas maneiras e, ser o seu primeiro, te ensinar os prazeres que vão além do amor... — Marco me puxa com mais força e me beija com a língua invadindo a minha boca, como eu acho que ele faria lá... — Você é muito gostosa... Nossa, não é a minha primeira virgem, mas com certeza será a mais deliciosa de ensinar.

Travo. É loucura o que o meu pensamento me mostra. Não era nele que estava pensando. Não eram nos olhos verdes dele que a minha cabeça estava focada. Eram outros olhos. Castanhos, quase dourados. E pareciam estar ali, olhando-me, consumindo-me, censurando-me.

— Espera! — Marco continua suspendendo o meu vestido. — Marco, espera... — Ele parece não me ouvir e a mão já está puxando a minha calcinha. — Marco, não!

Ele finalmente para e me olha, assombrado. Eu aproveito e saio do colo dele. Arrumo a calcinha e o vestido.

— Pietra... Desculpe, eu não...

— Tudo bem. Percebi que você não estava me ouvindo. Eu que peço desculpas, Marco... É que, não estou pronta. Nesse momento não.

— Claro, linda. Estamos nos conhecendo, é certo você se preservar um pouco mais.

Ele também levanta, acaricia o meu rosto, beija delicadamente os meus lábios.

— Me leva para casa, por favor? Meus pais devem estar preocupados.

— Ok. Mas ainda é cedo, eles não precisam se preocupar. — Ele não conhece a minha história e o quanto os meus pais ainda ficam assustados.

— É, eu sei. Mas, se não se importa, eu gostaria de ir agora.

— Claro que não me importo, linda. Vamos lá. Vou te levar pra casa.

O clima entre nós muda completamente. Fecho-me nos meus próprios pensamentos, ficando calada durante todo o trajeto, e Marco, por mais que tente esconder, parece imensamente decepcionado. O maxilar enrijecido, os olhos voltando para mim a cada minuto, como a querer descobrir o que havia acontecido para eu ter desistido de transar com ele de repente.

Quando paramos na frente do prédio, antes de eu descer, ele segura a minha mão.

— Está tudo bem com você, Pietra? Espero que tenha ficado tudo bem entre nós.

Acho que esperava uma resposta a qual não poderia dar.

— Estou bem. Tudo certo entre a gente. A noite foi maravilhosa e você como sempre muito gentil. Obrigada!

Inclino-me e beijo o rosto dele.

— Quero você mais que em apenas uma noite, minha linda. Já entrou e está dominando o meu coração, e é definitivo, você é muito especial. Agora que a conheci, nunca mais te deixarei ir. É a minha garota.

Marco puxa o meu rosto para si e beija a minha boca com volúpia. Após seu beijo arrebatador, afasto-me, abro a porta e saio rapidamente. Imediatamente o portão de pedestres é aberto para mim, eu entrei. Não olho para trás. Não quero olhar. Sei que o Marco ainda está com o carro parado, observando-me. Sigo em frente.

Preciso esquecer aquele que deveria estar morto. Pelo menos para mim. Que droga eu ia fazer com a minha vida, às vésperas dos vinte anos e vivendo como uma virgenzinha de dois séculos atrás. O que mais esperava? O prometido pelo meu pai? O que havia de errado comigo? As minhas colegas de faculdade já estavam quase todas casadas, ou já dormiam com os namorados, mesmo na casa dos pais, ou já moravam com eles.

Bem me fala Levi, que estou deixando de viver os melhores momentos da minha juventude. Ele sempre se oferece para fazer esse *pequeno favor* para mim, para que eu não passe vergonha ou tenha uma péssima experiência com um grosseirão qualquer. Sempre debochado.

O mesmo Levi Duarte que está muito puto porque não vou viajar para mais uma das apresentações da sua banda, para ficar, segundo ele, com o babaca riquinho engomadinho.

Mal sabe ele que desde o frustrante dia do quase *rompimento do lacre*, que tenho evitado o meu namorado rico, que me convidou para sair por duas vezes e eu inventei uma desculpa.

— Pi! Levi está aqui.

Meu amigo não desiste de mim, apesar de tudo.

— Pela que ele venha aqui, Altina!

Um, dois, três e a intrometida vai dar pitaco.

— Pietra... — Coloca a cabeça para dentro do meu quarto. — Sua mãe não gosta quando recebe seus amigos meninos, no seu quarto.

Ainda por cima, usa o nome da mamãe nas suas intromissões.

— Altina, querida, sei que não vai contar nada para a mamãe sobre a filhinha criança dela estar recebendo os amiguinhos no quarto.

Entorta a boca num esgar.

— Ah, quer saber? Você sempre faz o que quer mesmo. Dona Sandy é uma santa, que te dá muita liberdade. Vou lá, mandar o seu amigo vim para o seu quarto. — Sacode a cabeça, inconformada, enquanto segue para a sala.

Ainda estou rindo da cara engraçada que a Altina fez quando Levi entra no meu quarto.

— Pi, é curioso eu frequentar esse apartamento há tantos anos e a Altina até hoje implicar que venha ao seu quarto. — Entra se jogando na minha cama.

— Conhece Altina. Sabe que ela tem certeza de ser minha guardiã, autorizada pela minha mãe.

— Hum. É para sua mãe mesmo que ela está tomando conta de você ou é para aquele riquinho tirado a dono do mundo?

— Para com isso, Levi. Sabe perfeitamente que Altina sempre foi protetora comigo e não tem nada a ver com Marco. Que implicância mais ridícula.

— Está bem, gata. Vai comigo para o show lá no Rio?

— Levi, acorda, garoto. Estou no último semestre da faculdade, cheia de trabalhos para fazer, não posso ficar faltando aulas.

— Só dois dias, Pietra Ferrara! O Rio de Janeiro é logo ali. Deixa de arranjar desculpas tolas.
— Levi, escuta. Já passou da hora de você aceitar que estou saindo com Marco e não dá mais para viajar com a banda pra lá e pra cá. O que não impede de continuarmos amigos.
— Sei. — Sai da cama num pulo e segue para a porta.
— Espera Levi. Não faz assim, somos amigos.
— Somos mesmo, Pietra? — Levi aponta o dedo para mim e, pela primeira vez, vejo o meu amigo muito zangado. — Porque pelo que posso ver, desde a chegada desse cara, a gente mal consegue se falar. Tudo bem, o sujeito é engenheiro famoso, como o seu pai, está dentro da sua área. Já até posso ver a placa bacana do caralho, com os nomes: Dr. Marco Rossi, engenheiro, e Pietra Rossi, arquiteta. O casal do momento — desdenha.
— Para de ser cuzão, garoto! O meu relacionamento com o Marco nunca vai atrapalhar a nossa amizade. E, de qualquer forma, só estamos nos conhecendo. Não existe nenhum compromisso mais sério.
— Vamos ver até quando — resmunga, virando para ir embora.
— Vai me ligar para contar como foi o show? — Vou até o meu amigo e o envolvo num abraço. — Você é a minha pessoa preferida, Le. Seremos amigos para sempre.
Levi não diz nada. Abraça-me de volta, beija o meu rosto e depois vai embora. Sento no banco da minha penteadeira e olho no espelho. A quem estou querendo enganar? Não foi Levi e não será Marco. Estou marcada para sempre por um homem. Um homem que jamais poderá ser meu.

CAPÍTULO 28

Pietra

— Filha, Marco falou que quer trazer os pais aqui para nos conhecer formalmente. Acabei convidando-os para um jantar. Sabe qual é a intenção dele, querida?

Assim como eu, mamãe também está surpresa.

— Não sei. Marco não me falou nada sobre essa intenção dele.

Não estou gostando dessa história. Estamos saindo há mais de seis meses, Marco deve estar achando que já é hora de tornar as coisas oficiais.

— Pietra, esse rapaz está querendo assumir um compromisso mais sério com você, é isso?

— Não tenho a sua resposta, *dona* Sandy, a maior surpreendida aqui, posso lhe garantir, que sou eu.

— Não me parece muito animada, filha. Não quer um compromisso com Marco? Não que eu esteja querendo que tenha ideias de casamento agora. Ainda é muito jovem, muito próximo de se formar em arquitetura que tanto ama. Perto de completar seus vinte anos. Tem muitas coisas para viver ainda, meu bem. Mesmo que a intenção desse rapaz seja oficializar um compromisso mais sério, você não é obrigada a mudar os seus planos por ele.

— Não se preocupe, não vou fazer nada que eu não queira.

— Pietra, não vejo nos seus olhos o brilho de uma garota apaixonada. Na verdade, sinto que fica distante, até um pouco indiferente ao seu namorado. Filha, olha pra mim. — Olho nos olhos da minha mãe. — O que está acontecendo? O que espera desse namoro com um homem bem mais velho, experiente e que certamente não vai querer esperar muito para que se apaixone por ele.

Olha-me como se conseguisse enxergar no mais profundo do meu íntimo.

— Mãe...

— Fala pra mim, querida, sabe que pode contar tudo pra mamãe. Nunca vou te julgar ou condenar, sabe disso, não é?

Não consigo segurar mais. Caio em prantos nos braços dela.

— Ah, filha, conta pra mamãe o que está acontecendo com você, meu amor. — Não consigo parar as lágrimas e nem a dor que aperta o meu peito. — Querida... — Pega no meu queixo e ergue o meu rosto para olhar nos olhos dela. — Tudo isso é por causa daquele rapaz, não é? O italiano?

— Não consigo esquecê-lo, mãe. Não há um só dia, desde que se foi, que não pense nele, e depois que o vi lá em Veneza, tive a certeza do que vivia fugindo. Essa lembrança dolorida e saudosa, que nem consigo entender, afinal não chegamos a ter algo, nem mesmo falamos sobre nós. Mas na minha cabeça fica passando, uma vez atrás da outra, o último momento, o último olhar, o leve encostar dos lábios dele sobre os meus.

— O que pretende fazer a respeito de todo esse sentimento represado aí dentro do seu coração, filha?

Levanto a cabeça para olhar nos olhos dela.

— O que posso fazer, mãe? Estamos mais distantes um do outro que a distância geográfica que nos separa. — Levanto e seco os olhos com as costas da mão. — Nunca vai poder existir nada entre mim e o Giuliano e é nisso que preciso pensar e seguir a minha vida. Talvez a solução esteja exatamente em aceitar um compromisso com o Marco. Ele gosta de mim, é um homem bonito, carinhoso, atencioso. Por que não?

— Se está tão certa de que o caminho é esse, porque a tristeza? As lágrimas e o desespero nas palavras? — Levanta e me encara. — Tem apenas vinte anos, ainda por fazer. Não tem de resolver nada agora que venha a se arrepender e ser infeliz para a vida toda. Olhando aqui de fora, posso lhe dizer, com as mais diversas palavras, que um relacionamento que começa na base da violência, mesmo que tenha sido emocional, numa atitude cruel de cassação da sua liberdade, numa atitude vingativa, jamais poderá ser saudável ou feliz. Você, porém, está vendo tudo de dentro do seu coração. É a sua vida e ninguém, nem mesmo nós os seus pais, temos o direito de te julgar ou impedir. Apenas, não precisa se precipitar para nada.

Se conheça melhor, aprofunde seus sentimentos e aí tome a decisão que achar a certa para a sua vida.
— É tão bom falar com você, mamãe. Obrigada. Vou pensar sobre tudo que me disse. — Tomo a minha mãe nos braços e a beijo muitas vezes no rosto. — Te amo, mamãe!
— Também te amo muito, meu amor. E só para você saber, o jantar com Marco e a família será nesse sábado próximo.
— Certo.

Sabia que em se tratando de pessoas muito ricas, os pais do Marco seriam bem pomposos, só não imaginava que fossem absurdamente "imperiais", pedantes, chatos, pernósticos. Ainda bem que convidei o Levi, o meu amigo me deixa mais leve.

Os *soberanos* entram no apartamento como se estivessem chegando num banheiro público. O pai, doutor Mario Rossi, até que era mais simpático, mas a mãe, dona Francesca Rossi, passa o jantar inteiro de nariz empinado, quase não toca na comida e olha para a porta o tempo todo, como se quisesse sair correndo.

Já o meu namorado, muito incomodado com a presença do meu amigo Levi, deve estar achando a postura dos pais bem natural. O Levi, no entanto, resolve me mostrar a merda que estou fazendo para a minha vida, caso me casasse com o Marco.

— Pi, sério que vai embarcar nessa realeza entojada, casando com esse mauricinho que agora consigo entender de onde herdou tanta arrogância? — cochicha ao meu ouvido.

— Para com isso, Levi. Gente rica é assim mesmo. Se acham os donos do mundo. Mas o Marco é diferente e você sabe disso, apenas fica cheio desse ciúme bobo e sem cabimento — cochicho de volta.

— Pietra! — Ops. Fui pega no flagra. — Querida, estava aqui dizendo aos seus pais do nosso desejo de oficializar o relacionamento. Teremos a sua formatura em uma semana, então podemos começar a planejar o nosso futuro. Estamos juntos há tempo suficiente para assumirmos um compromisso e já criarmos o nosso próprio escritório... — Levi me cutuca, lembrando de uma conversa meses antes, que tivemos. —, onde trabalharemos juntos e daqui um ano mais ou menos, faremos o nosso casamento. — Olha para os pais. — Meus pais acham que já passei da hora de dar netos a eles.

Sorri, o que não é acompanhado por nenhuma pessoa na sala, menos ainda os pais dele.

— Calma, Marco. Vamos primeiro conversar nós dois a respeito, certo?

— Tem razão, meu amor. Só não pode me impedir de te dar um presente. — Levanta-se e tira uma caixinha preta de dentro do bolso do blazer. Meu coração dispara. A mãe dele respira forte. Os demais arqueiam as sobrancelhas. — Por favor, linda...

— Levanto também, indo até ele. — É apenas um carinho para que lembre que estamos juntos e eu a quero para sempre.

Marco abre a caixa pequena e lá repousa um elegante anel de platina, com apenas uma pedra azul turquesa em formato de gota. Um anel muito bonito, realmente. Só que não consigo entender o propósito do inusitado presente. Ele está selando um compromisso, é isso?

— Meu bem, não se preocupe que ainda não é um anel de compromisso. — Não consigo segurar o suspiro aliviado. — É só um presente pela formatura e admiração que tenho por você.

— Obrigada. É lindo.

Marco beija os meus lábios com carinho, depois pega a minha mão direita e coloca o anel no dedo anelar.

Até poderia não ser um pedido de noivado, na cabeça do Marco, ou estava tentando nos enganar, porque todo o ritual era o mesmo de uma celebração de compromisso. A minha mãe sorri ternamente, me acalmando. O meu pai mantém-se sério, como, aliás, esteve durante todo o jantar, que finalmente acaba e Marco vai embora, levando os pais aristocratas.

— Acredito que precisamos conversar, Pietra. — Papai está chateado e com toda razão.

Ele é um profissional sério, competente e com muita experiência. Apenas não tinha ambição ao ponto de colocar a família abaixo do dinheiro ou da fama.

— Bem, essa é a minha deixa para dar tchau. — Vou levar Levi até a porta. — Garota, você pode não estar muito envolvida, mas pelo visto o seu namorado não pensa assim. Cuidado, Pietra! Quando se der conta, já vai estar casada.

— Não fala bobagens, garoto. Posso ser jovem, mas não sou idiota.

— Tchau, boneca. — Beija-me no rosto e sai.

Volto para a sala, encontro os meus pais conversando, aproximo-me, preocupada com o meu pai. Acho que ele se sentiu humilhado com o comportamento esnobe da família do Marco.

— Pretende se casar com Marco, Pietra? — Vai direto ao ponto.

— Eu não sei, papai. Sendo bem sincera, não tenho como responder sobre isso. Estamos nos conhecendo e Marco é um rapaz muito bacana. E com certeza, aos pais ele não puxou.

— Será, filha? — Mamãe também aparenta desânimo. Depois de oferecer um jantar maravilhoso, digno de reis, afinal é dona de buffet e ninguém sabe preparar um jantar chique melhor que ela. E ainda com uma comida deliciosa. — Achei precipitado da parte dele trazer os pais aqui, comprar um anel de compromisso.

— Ele disse que não é de compromisso — defendo.

— Não vou interferir nas suas escolhas e decisões, Pietra. Só não vou aceitar que faça o que não quer ou seja humilhada por alguém.

— Não se preocupe, pai. Isso, nem eu vou aceitar.

Abraço e beijo o meu pai. De uma coisa ele pode ter certeza. Não permitirei que ninguém mais o deixe triste ou humilhado. Isso é que não.

CAPÍTULO 29

Pietra

Marco me convida para ir à inauguração de um bar chique de um amigo dele, uma semana depois do desastroso jantar no apartamento dos meus pais. Arrumo-me muito bem, quero estar maravilhosa para ter uma conversa muito séria sobre o jeito como eu e a minha família fomos tratados pelos pais dele.

Porém, não imaginava que o bar fosse me trazer surpresas que me fizeram esquecer o assunto do jantar. Muito bonito e grande, com palco para shows, área extensa para dançar, um balcão em U que ocupa o centro do lugar, tudo com uma decoração moderna, estilosa, determinando de forma elegante os vários ambientes, com camarotes confortáveis e exclusivos e para completar uma área nos fundos que era um perfeito jardim com direito a grama, flores, árvores e mesas românticas para dois.

Realmente o projeto do lugar é espetacular, e rápido entendo por quê; o dono, chamado Igor Paranhos, é arquiteto como eu, bonito, rico e apaixonado pelo marido, Thales, um negro espetacular, de quase dois metros. Os dois estão em êxtase com o sucesso do Bar, que está lotado. Ele reservou, para os amigos mais próximos, os camarotes, e é para lá que nos leva, depois de apresentar o lugar.

Fico encantada com tudo e dividimos o ambiente com mais três outros casais amigos do Igor. Uma das moças logo se aproxima e me convida para irmos dançar. Maisa é animada e no minuto seguinte estamos nos acabando de dançar na pista.

Animada, deixo a música Deep Down do Alok me embalar. E é nessa hora, que eu o vejo. Dançando com a loira que estava com ele em Veneza, Giuliano me vê no mesmo momento que eu a ele. Nossos olhos se grudam e não tem como ele escapar. Estamos muito próximos. Sou eu que escapo. Viro-me e ando

rápido em direção a área dos banheiros. Entro correndo no sanitário feminino, com o coração disparado, quase sem conseguir respirar. Não consigo parar os tremores das mãos. Precisava respirar e acabo saindo correndo dali, em direção ao espaço aberto dos fundos. Corro até uma das árvores e meio que me escondo. Fico escondida por apenas um minuto.
— Pietra...
— O-o q-que tá fazendo aqui?
Ele para a minha frente e me encara. Lindo. Camisa de botão verde musgo, mangas dobradas nos cotovelos, relógio caro no braço, calça jeans escura, cabelos mais curtos, uma barba curta. Os olhos de âmbar adornados por cílios longos e sobrancelhas espessas. Esqueço de como respirar, o corpo tremendo.
— Você está bem?
Aproxima-se quase colando o corpo ao meu, põe a mão no meu braço e os dois estremecem. Há um choque.
— Estou ótima! E você, pelo que sei está morto — digo ácida me afastando dele.
— Foi necessário. Para a minha segurança e... a sua.
Os olhos não deixam os meus.
— Papo-furado. Não passou de uma artimanha para se livrar da justiça brasileira e se esconder no seu país.
— Que é também o seu país. *La nostra bella Italia* — continua, impassível, olhando nos meus olhos.
— Meu país é aqui. O Brasil, onde moro e sou feliz. Mesmo depois que um babaca covarde tenha me tirado a felicidade por longas semanas.
— Foram treze dias. Peço que me perdoe pelo terror que coloquei na sua vida. Tem razão, fui babaca e covarde. Jamais deveria ter usado você para punir o seu pai. Você é tão vítima quanto eu nessa história toda.
— Você é louco. É melhor se manter morto e ficar longe de mim.
Viro-me e ando em passos rápidos. Ele me segue.
— Espera, Pietra! Precisamos conversar.
Segue-me de perto.
— Não tenho nada para conversar com você! Me deixe em paz!
— Você precisa me ouvir! — Ele segura o meu braço.
— Não preciso ouvir coisa alguma. Me solta.
Tento puxar o braço.

— Hei! O que está acontecendo aqui? Solta a minha noiva, cara! — Marco nos olha, cheio de ódio. Giuliano o encara, mas não me solta. — Não ouviu, cara! Larga o braço da minha noiva!
— Você está noiva?
Ainda com a mão no meu braço, Giuliano me olha esperando uma resposta.
— Você é surdo ou o quê? Não ouviu que ela é minha noiva e agora você tem apenas meio minuto para tirar sua pata de cima dela ou arrebento sua cara. — Marco encara Giuliano.
— Eu quero ver você tentar. — De forma fria, palavras baixas e fortes, Giuliano enfia a cara na frente de Marco, que é um pouco mais baixo.
— *Giuliano, che succede qui?* — A loira modelo se aproxima de olhos arregalados.
— Meninos? O que houve por aqui? Jesus! É muita testosterona. — Agora o palco está formado, o dono do bar também se apresenta.
— O circo já acabou. — Tiro a mão do Giuliano de cima de mim, puxo o Marco pelo braço e saio esticando-o de volta para o camarote do bar.
— Pietra, quer, por favor, me explicar o que acabou de acontecer aqui? Quem porra é aquele cara e por que ele estava te segurando como se você fosse uma qualquer dele? — O homem parece que vai explodir.
— Marco, tome uma água, se acalme e vamos embora. No caminho conversamos.
Dito isto, já seguro a minha bolsa e sigo para a escada de saída. Ele me chama, mas não paro e continuo seguindo reto para a saída do bar.
— Dá para esperar, Pietra? O que está havendo com você? Vai ter que me dar uma boa explicação para essa palhaçada toda!
— Vai se acalmar ou devo procurar um táxi para voltar para a minha casa?
Ele finalmente se cala e me olha com os olhos esbugalhados.
Entramos no carro ainda calados, até Marco o colocar em movimento e começar a berrar.
— Pode me dar uma explicação agora, Pietra? Quem é aquele cara, afinal?
— Marco, mantenha o tom da voz e a calma. Não há motivos para todo esse destempero. O rapaz é um velho conhecido e não

nos víamos há algum tempo. Ele estava insistindo em me levar pra casa. Foi só isso.

— Está me tomando como idiota? É claro que aquele imbecil tem paixão por você, estava escrito nos olhos dele. O ódio com que olhou pra mim foi de homem traído! — grita bastante irritado.

— Não seja ridículo. Eu e... E ele não temos nada. Absolutamente nada! Você mesmo viu a namorada, mulher, sei lá o quê dele, lá. Marco, você está muito nervoso. Não vamos conversar assim. É melhor deixarmos essa conversa para amanhã. Vou até o seu apartamento e a gente conversa. Agora, se não se importa, gostaria de ficar quieta até o meu apartamento. Estou com dor de cabeça.

Não vou falar nada com o Marco, mesmo que ele insista. Viro-me para a janela e dou o assunto como encerrado. Não quero que ele saiba de nada do que aconteceu comigo e que envolve o Giuliano. Essa história é minha e da minha família. Ninguém mais precisa saber.

Emburrado e praguejando, Marco dirige em velocidade, parando com uma freada forte na portaria do meu prédio. Não seria eu a lidar com menino rico mimado. Salto do carro com apenas um tchau e entro rápido pelo portão seguindo para o hall dos elevadores, sem nem olhar para trás.

Já deitada em minha cama, depois de um banho e de derramar muitas lágrimas por aquele idiota, que mexeu com a minha vida e dos meus pais, que nos fez sofrer por tanto tempo, mesmo quando achávamos que estava morto. Agora chega, como se não houvesse se passado quase três anos, ele não tivesse ido embora, deixando a notícia de que estava morto e vivendo feliz e despreocupado. Meu coração está agitado e queimando de raiva. Ainda mais ao ver a linda loira chegar enlaçando a cintura dele como dona absoluta.

Com que direito o infeliz teve a cara de pau de chegar até mim como se tivéssemos alguma intimidade, ou não tivesse sumido por tanto tempo.

Queria vê-lo. Queria entender o porquê do meu coração não aceitar ficar sem ele. Como segurar essa ânsia de olhar para os olhos dourados, de querer beijar novamente aquela boca. Eu o queria! O queria para mim. Tinha esse direito. Ele me despertou para a vida. Me fez sofrer e me fez apaixonar.

CAPÍTULO 30

Giuliano

O pior não é ter de explicar algo para a Antonella, sim, ver o olhar de mágoa e decepção dela. Foi difícil convencê-la de que precisava voltar ao Brasil, meses depois que vi a Pietra em Veneza. Sabia que não seria tão fácil voltar, depois de tudo, e ainda estava cumprindo uma pena que me condicionava a ficar longe do país.

Acompanhar-me de volta foi, mais uma vez, uma decisão dela, que aceitei pelo egoísta que sou. Há muito tempo já não penso e nem sinto nada pela Nella. Claro que tenho muito carinho, respeito, admiração e amizade por ela. Porém, amor, paixão, tesão, essas coisas que fortalecem e seguram um relacionamento, não existem mais, pelo menos da minha parte.

Não gosto nem um pouco de estar transando com Antonella e pensando na garota que nunca mais saiu da minha cabeça. Que me tornou a própria vítima do projeto de anos por uma vingança. Sabia também que era uma grande burrice trabalhar com alguém que esquentava a minha cama. E para ser bem sincero, no início, eu estava bem encantado, pois ela é linda, gostosa, divertida e muito eficiente. A mulher perfeita para mim, para o meu futuro, já que o meu passado foi uma completa merda.

Só que agora tudo mudou, inferno. É a garota filha do meu inimigo, do assassino da minha mãe, que me virou pelo avesso, estou totalmente apaixonado pela Pietra. Não consigo e nem quero mais enterrar essas emoções dentro de mim. Pela primeira vez, eu sinto tudo isso, e não estou sabendo lidar nem um pouco. Saber que ela está noiva daquele carinha me deixou fritando de ódio. Só não quebrei aquele nariz empinado dele por puro respeito a ela. O caso agora é que não vou deixar que ele interfira na minha relação com a Pietra. Nem fodendo vou

permitir que a garota que mexeu com tudo dentro de mim, seja de nenhum outro homem.
— *Ehi, terra che chiama Giuliano.*
— Em português, Antonella. Em português. Estamos de volta ao Brasil, lembra? Estou na terra, na sua frente, apenas preocupado com o andamento do processo. O doutor Otávio me garantiu que já não existe qualquer brecha no inquérito do sequestro, porém, há uma cláusula no acordo de extradição onde fica estabelecido que não poderia voltar ao Brasil em menos de cinco anos contados daquela data em que o processo foi aberto. Só que retornei apenas dois anos e meio depois.
— Não entendo essa sua teimosia em enfrentar a justiça para ficar aqui. A sua empresa é lá, *nella nostra Italia*. Será que não compreende, que ficar aqui arruína sua vida de muitas maneiras?
— Não vou embora, Antonella. Isso já está decidido, vou fazer valer o fato de que a minha empresa traz dividendos para esse país. O inquérito já foi encerrado. Doutor Otávio conseguiu mudar de crime de sequestro para privação de liberdade.
— E não é a mesma coisa?
— Em tese sim, apenas diminui muito as penalidades.
— O que exatamente você pretende, Giu? Por que sei perfeitamente que aquela garota vai arruinar de vez a sua vida.
— Nella tenta ser prática, mas sei que está muito magoada.
— Nella, eu...
— Eu não quero ouvir que você apenas se sente culpado pelos problemas emocionais da garota e que está arrependido do que fez porque ela ficou com traumas! — berra, possessa. — Não me tome por idiota, Giuliano! Eu vi muito bem como a olhava e o ódio que estava do noivo dela, e sei que teria brigado feito um garoto de escola, se ela mesma não tivesse se livrado de você.
— Antonella, não quero te magoar, não estou num bom dia para ter esse papo contigo. Pode me deixar sozinho. Por favor!
— Escute bem, Giuliano Montanari, não vou facilitar sua vida para você ficar dando uma de *innamorato di quella ragazza* por culpa. Estou com você há mais de seis anos e não vou ser chutada para um canto como um sapato velho que não usa mais.
— Não seja absurda, Antonella. Você é muito importante na minha vida e nas minhas empresas. Jamais a trataria com

tamanho desrespeito. Sempre fui sincero e claro sobre os meus sentimentos e assim será, mesmo que com isso você fique magoada. Nunca ofendida ou enganada. Sabe que a minha volta ao Brasil tem muito a ver com a empresa, mas não apenas isso.

— Sei, sua eterna gratidão moral com a garota que você sequestrou.

— Basta! *Per favore mi lasci in pace.*

Isso está ficando difícil. Preciso pará-la e pedir que me deixe sozinho.

— *Esatto, è solo che non ti libererai di me.*

Não quero me livrar dela como acha. Apenas não podemos ser mais namorados, nem ter qualquer relação que não seja de trabalho.

Antonella sai batendo a porta da minha sala e consegue me deixar com mais dor de cabeça ainda. Resolvo sair. Estava me sentindo sufocado ali dentro.

Tinha sabido, pelo Roberto, que está trabalhando na revendedora, ao voltar para o Brasil, que a Pietra já estava quase concluindo a graduação em arquitetura. Isso há meses. Não tenho ideia agora, de como encontrá-la sem levantar suspeitas, nem o número do celular dela eu tenho. Nunca imaginei que fosse precisar. Tinha que vê-la ou enlouqueceria.

Pelo menos de uma coisa eu sabia, o lugar que a *ragazza* morava e foi para lá que eu fui. Chegando à portaria, peço para chamar a Pietra e sou informado que ela não está. Não penso ir embora. Fico por quase uma hora parado à frente do prédio, esperando-a chegar. Quando vejo uma moto se aproximar, logo reconheço a garota mesmo antes de tirar o capacete. Saio do meu carro e me aproximo.

— O que você está fazendo aqui?! — Ela se assusta ao me ver.

— Quero falar com você. — Mantenho meus olhos no rapaz que está com ela, pois não era o tal noivo, já tirando também o capacete.

— Quem é esse cara, Pi?

Já não gosto do modo como a chama.

— É um amigo... — Volta-se para o garoto e fala com carinho. — Obrigada por me trazer, Le. Depois a gente se vê.

Dá-lhe um beijo no rosto, enquanto ele mantém os olhos sobre mim.

— Tem certeza que não quer que eu fique, gata?

Lembro-me de que o rosto dele não me é estranho. É o garoto que namorava quando a tirei de casa e também é o guitarrista da banda de música que estava com ela em Veneza.
— Não precisa, Levi. Está tudo bem. Te ligo depois. — Espera o garoto sair com a moto para virar para mim. — Não contratou ninguém para fazer o serviço sujo? Dessa vez veio você mesmo?
— Certo. Mereci ouvir isso. Precisamos conversar, Pietra. Prometo que te trago de volta ilesa.
— Quem disse que vou a qualquer lugar com você?
Fica ainda mais linda com o pequeno nariz, arrebitado em desafio. *la mia amata ragazza.*
— Claro que pode não querer sair comigo, como pode, se quiser, conversar aqui mesmo em pé, dentro do meu carro, ou, melhor ainda, subimos para o seu apartamento e conversamos lá, se ficar melhor para se sentir segura.
Olha-me com impaciência.
— O que você quer comigo afinal, Giuliano? Não vejo nada que nós dois tenhamos para conversar.
— Sabe que não é verdade. — Precisava dar um bom motivo para ela me ouvir. — Assim como sei que estava naquela praça em Veneza, que me viu e me seguiu até o hotel onde estava hospedado.
Arregala os olhos.
— Está bem. Vou com você, na condição de me dizer para onde para que eu avise à mamãe. — Pega o celular na bolsa.
— Deixo que você mesma escolha o local onde possamos conversar com tranquilidade. É importante avisar à sua família, sempre que sair com qualquer pessoa, mesmo as que considera de confiança.
Arqueia a sobrancelha, olhando-me atravessado. Mas começa a digitar rapidamente no celular, imagino que uma mensagem de texto para a mãe. Em seguida, me olha aguardando que a leve até o meu carro.

CAPÍTULO 31

Giuliano

Seguimos então para o Paradise Bar, onde nos reencontramos na noite que soube do seu noivado.
Está começando a anoitecer, é final da tarde, alguns setores do bar começam o funcionamento. Acho curioso ela querer ir para aquele mesmo lugar onde nos vimos uma semana atrás. Conhecia Igor e Thales desde que instalei a empresa em São Paulo, vindo morar no Brasil. Eles compraram um carro na minha revendedora e de lá para cá só trocam o carro na minha empresa, fato que nos tornou amigos.
Surpreendo-me também quando Pietra segue direto para o espaço nos fundos do bar. O lugar é muito bonito e bem romântico, o que só me anima. Ainda poucos casais por ali. Sentamos a uma das mesas próximas a muitas plantas de flores coloridas e perfumadas.
— Quer beber alguma coisa? — pergunto, chamando o garçom.
— Suco de tangerina, obrigada.
— Por favor, dois sucos: um de tangerina e outro de abacaxi com hortelã — peço ao garçom que anota e segue.
— Você pode beber se quiser.
Olha-me, tentando mostrar desinteresse ao me liberar para beber.
— Não bebo quando estou dirigindo.
Ela apenas acena levemente. Olha tudo em volta, tentando não olhar para mim. Eu, porém, não consigo tirar os olhos dela. Pietra está ainda mais linda. Mais mulher. Cabelos castanho-claros, ainda longos com cachos grandes e graciosos, uma parte jogada sobre um ombro, que caí de lado no rosto até passar em cima do seio e findar um pouco abaixo. Maquiagem delicada, realçando os grandes olhos verdes, um tom rosado nas bochechas e na boca um leve brilho. Delicados brincos de ouro

com pequenas pedras de brilhantes. Blusa azul-claro com babados na gola, um pouco curta, deixando à mostra uma parte da barriga lisa, e a calça jeans clara apertada até os tornozelos, onde cobre parte das botas cano curto caramelo.

Sempre fui um cara observador e no meu passeio por toda Pietra, percebo um anel de compromisso no dedo dela. Então está mesmo noiva do babaca, que já descobri com o Igor, é um engenheiro filho de um magnata do ramo da construção, dono de uma grande construtora na cidade. Isso com certeza não fez nada bem ao meu estômago.

— Então é mesmo verdade? Está noiva do engenheiro?

Não disfarço a irritação na voz. Ela arregala os olhos.

— O quê? — Faz-se de desentendida.

Puxo sua mão e aponto o anel no dedo dela.

— Você não tem nada a ver com aquele cara, Pietra!

Não vou deixá-la ficar com ele, de jeito algum.

— Muito cara de pau você, não? — Arqueia uma sobrancelha em deboche. — O que sabe de mim ou de que homem é o meu ideal? Com certeza, você é que não é, concorda? O homem que me sequestrou, me fez passar horrores nas mãos de um bandido cruel. E tudo por uma vingança absurda contra o meu pai.

— Ok. Não precisa ficar jogando na minha cara essa merda que fiz! Embora ainda tenha vontade de acabar com a raça do seu pai por ter matado a minha mãe. Inferno! — Ela se levanta num pulo. — Ei, para onde você vai? Pietra, desculpe. Espera!

Consigo pará-la antes que chegue à parte de dentro do bar. Puxo-a de volta, ela tenta se soltar, encosto-a numa árvore e a prendo nos meus braços. Estamos ambos nervosos, respirações alteradas, olhos nos olhos, bocas a centímetros.

— *Scusami...* Sou um idiota que não pensa nas merdas que fala. Jamais machucarei os seus pais. Eu me arrependo da estupidez que fiz com você. Embora tenha sido por conta disso que a conheci. Eu me apaixonei, Pietra. Estou total e completamente apaixonado por você, *mia ragazza*.

— Giuliano...

Os olhos dela me dizem. Ela também quer. Eu a beijo. Profundamente.

Abre os lábios e a minha língua busca a dela. O beijo fica mais intenso, mais carnal. Não tenho como conter uma ereção, ela sente e se encosta mais ao meu corpo. Geme na minha boca.

— Pietra, eu... Eu te quero tanto, tanto.

— E-eu... Eu...

— *Sono pazzodi te*, anjo. Louco.

Acaricio o rosto bonito enquanto dou pequenos beijos em seus lábios. O melhor é que ela corresponde, com a mesma entrega e paixão. Sou mesmo louco por ela.

— Giuliano, espera.

— Não posso mais esperar, meu amor.

— Giuliano! O meu celular está tocando, preciso atender, deve ser mamãe.

— Ah! Claro. Desculpe.

Afasto-me para que ela pegue o celular.

— Oi, mãe. Sim... Está, está tudo bem. Já estou indo... Não prestei atenção às horas. Daqui a pouco estou aí. Tchau. — Olha-me um tanto envergonhada. As bochechas estão vermelhas. — Preciso ir. Os meus pais estão preocupados. Não sabiam onde estava.

— Certo. Eu compreendo.

Passo a acompanhá-la, parando rapidamente no balcão do bar para pagar pelos sucos que nem chegamos a beber. Leva-a ao meu carro e sigo para levá-la em casa.

— Quero vê-la logo, linda. — Puxo a mão que está sobre o colo e beijo. — Mas antes, por favor, me dê seu celular para colocar o meu número.

Ela não hesita e me entrega o celular.

— Tenho de ir agora. — Volta-se e me olha com olhos suplicantes. — Giuliano... Me dê um tempo. Não quero e não vou fazer nada que possa magoar meu pai. Você o acusa de algo pelo que ele já pagou e não fez por maldade. Meu pai é um homem bom, justo e não vou deixar que o fira. Não mais.

— Sei o quanto você ama o seu pai e respeito isso, só não posso esquecer e fingir que o perdoei. O que posso garantir, é que não tenho mais necessidade de vê-lo sofrer. Você agora é muito importante para mim, também. Jamais farei algo que a deixe triste.

Pietra se vira e desce do carro, sem dizer mais nada. Segue direto para o portão e entra sem olhar para trás.

Não vou mais sobreviver sem essa garota. Nunca senti por nenhuma outra mulher o que sinto por ela. Eu a amo. Amo.

CAPÍTULO 32

Pietra

Entro em casa e percebo que os meus pais estão tensos. Mamãe se aproxima e me abraça apertado, mantendo-me em seus braços por um tempo, sem nada falar. Preocupo-me, afasto o corpo para olhar nos olhos dela.

— Mamãe... O que houve?
— Não houve nada, minha boneca. Apenas quando não sabemos onde você está e com quem, bate a angústia.

Os olhos da minha mãe estão marejados. Giuliano era o culpado do medo nos meus pais. Como poderia olhar para o meu pai e confessar que estava justamente com o homem que provocou tanto sofrimento neles?

Meu Deus, o que eu estava fazendo?

— Me desculpem, acabei ficando com Levi e, perdemos a hora. — Nunca tinha mentido para os meus pais.

— Pietra, Marco esteve no meu escritório hoje à tarde.

Surpreendo-me e caminho para perto do papai, que está bastante sério. Semblante preocupado.

— Algum assunto de trabalho, pai? — Pelo olhar dele percebo que não.

— Não. O seu namorado foi conversar comigo da intenção de oficializar e marcar o casamento contigo.

— O quê? Ele não falou nada comigo e, até onde sei, sou a principal interessada.

Marco está se comportando como um velho e bom machista.

— Perguntei se vocês já tinham conversado a respeito e se essa era sua intenção também. Não sou cego, Pietra. Vejo claramente que o seu entusiasmo não é o mesmo que o dele.

— Não conversamos nada sobre oficializar compromisso, menos ainda sobre casamento. Inclusive, já tinha dito a ele que não estava pensando em tomar uma decisão dessas tão rápido. Tenho só vinte anos. Não precisa pressa.

— Filha, sabe bem que gosto muito desse rapaz, pois reconheço os sentimentos verdadeiros dele por você. Ainda assim, perguntei o que os pais dele achavam sobre o namoro de vocês. Marco fez questão de garantir que os pais não interferiam nas suas decisões, principalmente referente à vida pessoal. Fui muito honesto e comentei que não me senti confortável na presença dos pais dele, não permitiria que você fosse humilhada, negligenciada ou tratada com menos amor do que você merece.

Sabia que o papai enfrentaria qualquer um que me maltratasse. Abraço o meu querido pai.

— Eu te amo, papai.

— Não mais do que eu e a sua mãe a amamos, minha preciosa. Você é a nossa vida. Não queremos pra ti menos do que mereça e que te torne a mais feliz. Sinceramente, não desejo aqueles dois pernósticos como seus sogros. Mas, filha, se é o que você quer, vou abençoar e estaremos sempre do seu lado para protegê-la.

— Ahhh, papai...

Começo a chorar. Eles me abraçam e a mamãe chora junto. Sempre tão emotiva.

Minutos depois nos sentamos, mais contidos na emoção e o meu pai continua a contar sobre a conversa com o Marco.

— Na verdade, essa primeira conversa com o rapaz podemos até dizer que foi tranquila. — Ele me olha, sério. — Sendo sincero, o que ele me deu como explicação para o pedido inusitado de casamento, foi o que me deixou aflito, Pietra.

— O que Marco te disse, pai? —Fico curiosa.

— Seu namorado me contou sobre um pequeno incidente que houve com vocês semana passada, na inauguração de um bar.

— Não acredito que Marco foi fofocar sobre isso com o meu pai.

— Pietra, esse rapaz que Marco mencionou, ele é...

Meu pai empalidece um pouco. Não tira os olhos dos meus. Não poderia mentir novamente, ele sabe que só pode ser o Giuliano. Tenho certeza que o Marco o descreveu muito bem.

— Sim... Era Giuliano, papai. Ele está no Brasil e, a gente se encontrou por puro acaso.

Minha voz treme. Sinto um pouco de vergonha. Não quero magoar o meu paizinho.

— Acredito em você, minha filha. Marco está muito enciumado. Ele jura que o rapaz, palavras dele, quer tirar você dele e, que você parecia enfeitiçada.

Levanto-me do sofá onde tinha sentado e me afasto. Meu Deus! Não tenho como confirmar nada para o meu pai.

— Puro exagero do Marco. Giuliano quis apenas me cumprimentar.

— Meu bem. — Mamãe chama a atenção do papai. — Nossa filha já teve emoções demais para o momento. Não precisa lidar também com a insegurança do namorado. Filha, vá se trocar, já vamos servir o jantar.

Coloca a mão gentilmente nas minhas costas, empurrando-me para fora da sala.

— O que você acha, Sandy? Nossa filha parecia assustada e... culpada.

— É compreensível a Pietra ficar assustada, Peter. É muita pressão sobre ela.

— Sandy, não quero aquele rapaz perto da minha filha. Não acredito que tenha esquecido a maldita vingança e ter voltado para o Brasil é algo que muito me preocupa. Amanhã mesmo vou falar com Boaventura para saber como foi possível ele retornar antes de cumprir o prazo estipulado. Não vou permitir que ele arruíne de vez o futuro da Pietra. Talvez o melhor mesmo seja ela casar com Marco. Porque do mal, o menor.

— Peter. Nós não vamos decidir a vida da nossa filha, por ela. Pietra não é mais uma menina ingênua. Agora é uma moça de vinte anos e sabe o que é melhor para si.

— Não vamos decidir por ela, mas vamos ajudá-la a escolher o melhor.

— Por favor, querido, vá se trocar para o jantar. Eu vou chamar Pietra.

Eu tinha ficado para ouvir a conversa dos dois, pois sabia que falariam sobre a volta do Giuliano. Mal entro no quarto, a mamãe entra atrás de mim e fecha a porta.

— Você estava com ele, Pietra? Com o italiano? — Prende os meus olhos nos dela.

— Mãe, eu...

— Sei muito bem que mentiu, Pietra, e não gostei nem um pouco. Eu te conheço pelo avesso, minha filha — diz, ressentida.

— Me desculpe, mamãe. Não queria magoar o papai. Giuliano só queria conversar, achei que não teria problema.

— O que esse rapaz queria conversar com você, filha? Ele já te fez muito mal, é melhor evitá-lo.
— Ouvi a sua conversa com o pai. Vocês acham mesmo que Giuliano continua querendo se vingar?
— Não sabemos qual é a intenção desse rapaz, Pietra. Porque outro motivo ele ia querer se aproximar de você?
— Ele disse que... Que está apaixonado por mim. Disse que também me viu lá em Veneza.
— Acredita nele, filha? Acha mesmo que esse moço está sendo sincero?
— Acredito... Vi nos olhos dele o mesmo que vejo nos meus olhos quando penso nele. Gosto do Giuliano. Gosto muito.
— Ah, minha menina. — Mamãe me envolve em seus braços. — Estou com você seja qual for a sua decisão, meu amor. Só não minta mais. Você não é assim.
— O que eu faço, mãe? Não quero enganar o papai.
— Pretende continuar vendo Giuliano? Quer ficar com ele?
— Não sei, estou muito confusa. Tem também Marco que não posso machucar.
— Filha, me escuta. — Segura o meu rosto com as duas mãos, para que a olhe. — Com amor não se brinca. O amor é uma dádiva e não merece mentiras, traições, enganos. Eu aprendi a duras penas e não desejo que sofra o tanto que sofri para ser feliz.
Puxo o meu porto seguro para os meus braços. Ela é o meu tudo.

CAPÍTULO 33

Giuliano

Dois dias que vi Pietra, já estava com saudade da *bambina*, doido para vê-la novamente. Ela não fez qualquer contato, o que me deixa bem irritado por não ter sido eu a anotar o celular dela.

O dia hoje já começou num alto grau de estresse. Estou tentando conversar com Antonella sobre a nossa situação. Ela, com toda razão, não está deixando barato o fato de não dormir com ela desde que encontramos Pietra no bar com o noivo. Já havíamos conversado sobre a *ragazza* quando eu decidir voltar para o Brasil. Na época, ela insistiu em vir novamente comigo, mesmo sabendo que o objetivo maior era rever Pietra. Nella me garantiu, que, acima de tudo, éramos amigos; amigos com benefícios, a bem da verdade.

Nós nos conhecemos há muito tempo, estávamos ambos com vinte anos quando ela rompeu relações com o pai, saindo da cidade de Modena, o berço das grandes montadoras de carros, indo direto para Roma trabalhar comigo na Montadora Montanari. Na época, éramos apenas dois apaixonados por carros, ambos estudantes de engenharia mecânica e essa nossa paixão acabou nos aproximando mais, aproximação tamanha que me levou, ao assumir a empresa do meu falecido pai, convidá-la para ser minha assistente pessoal e quando viemos a primeira vez para o Brasil acabei tornando-a sócia. Acabar na cama foi um processo natural, pela proximidade, os interesses em comum, porém nunca rotulamos ou nomeamos o que de fato vivíamos.

Vejo agora que, para a Nella, nunca foi uma amizade com diversão e sexo. Não, havia outras expectativas e, depois de quase sete anos juntos, me sinto um filho da puta ao descobrir que nunca passou de sexo para mim.

Tentei por vários momentos ter uma conversa séria, mas ela escapou magnificamente. E agora me trata como se fosse um molestador de criancinhas. É foda! Inferno! *Fanculo!*
— Diga? — O interfone toca e acabo sendo grosseiro com a pobre da minha secretária que não tem culpa de nada, coitada.
— Desculpe, Cléo. Estou um pouco ocupado. Mas pode falar.
— *Giuliano, tem um senhor aqui, de nome Peter Ferrara, querendo falar com você.*
O quê?! Que diabos esse homem veio fazer na minha empresa? Justo num dia que estou para comer o fígado de quem se meter a besta comigo.
Caralho! Que porra o pai da Pietra quer me procurando aqui?
— *Giuliano...?*
Não sei se é uma boa ideia recebê-lo nesse momento.
— Anh... Peça um minuto ao senhor Ferrara, Cléo. Ofereça uma água, um café. Essas coisas que você sabe fazer muito bem.
Preciso me acalmar e talvez seja um ótimo momento para virar esse jogo a meu favor. Conversar com o pai pode ser a forma direta de ganhar o sim de Pietra. Eu a quero na minha vida e não vou abrir mão disso.
Cinco minutos depois, já recomposto, peço a Cléo que traga o senhor Ferrara à minha sala.
— Boa tarde, rapaz! Imagino que podemos dispensar apresentações, pois imagino que sabe exatamente porque estou aqui.
Como me lembrava do homem: imponente, direto, olhar seguro e firme. Bem arrumado no seu terno caro de cor chumbo.
— Não recordo de já termos sido apresentados, ainda que claro, conheço perfeitamente o senhor, Peter Ferrara. Só não posso atinar o que deseja vindo à minha empresa. Está querendo trocar o carro?
— Por favor, sem sarcasmo. Você não é mais um menino incapaz de conversar com um adulto. — Esse *infelice* vai pegar pesado. — Reconheço um rapaz inteligente a ponto de entender que teve êxito no seu intento. Usar a minha filha para conseguir a sua vingança foi, sem dúvida, um tiro no meio da minha testa. Por isso, não posso cogitar, o que diabos quer se aproximando dela novamente?

— Isso é algo que não pretendo discutir com o senhor. Pietra já é adulta, dona de suas próprias decisões.
— Mas nunca deixará de ser a minha filha, portanto, sempre vou interceder e até brigar ou fazer o que for necessário por ela.
— Tenho certeza que sim. Até acabar comigo. — Escuta rapaz, não é sobre a minha filha que vamos conversar. Vim resolver uma história que não é nada agradável. Nem para você... e nem pra mim.

Estamos de pé, ele faz um gesto para o sofá, perguntando se pode sentar.
— Fique à vontade. — Ele se encaminha para a poltrona de dois lugares, no lado oposto à minha mesa. Estendo a mão, mandando seguir para sentar onde deseja e me sento na cadeira à frente da mesa, virando para ele. — Embora não acredite que tenhamos qualquer outro assunto que possa ser do meu interesse.
— Sabe perfeitamente que tomou uma atitude extrema sem ao menos tentar ouvir a outra parte em questão. Com certeza você não conhece toda a verdade sobre o meu casamento com a sua mãe biológica.
— Acredita mesmo que se houver outra verdade, ela estará com o senhor? Não vamos perder tempo, doutor. — Começo a me levantar e ele me para.
— Você tem um dever moral para comigo, de ouvir, sim, o que tenho a dizer sobre a história de uma só vítima, que lhe foi contada.
— Como é?

Volto a me sentar, sentindo a paciência explodindo, mas a curiosidade falando mais alto acerca de qual será a versão dele sobre os fatos.
— Com todo o respeito que sempre dediquei à sua mãe, preciso dizer que Ariella não era exatamente o que se pudesse chamar de uma mulher forte, corajosa, despojada.
— Acabou! — Levanto querendo matar esse homem. — Não vou deixar que venha à minha empresa falar mal de uma mulher que está morta, incapaz de se defender, sendo que foi você quem matou!
— Não! Eu não matei a sua mãe! — Ele também levanta e nos encaramos. — O que aconteceu foi um terrível acidente. Um lamentável acidente! E vai ter de conviver com isso, rapaz! Você tocou no que me é mais caro na minha vida. Agora vai ouvir

toda a verdade! Queira você ou não! E aja como um homem, não como o menino que ouviu apenas o que queria ouvir e se armou para uma guerra.

Eu tremo com ódio, insegurança e medo. Sabia que aquele homem que cresceu para cima de mim dentro do meu próprio ambiente não me deixaria simplesmente dar as costas. Muito menos aceitaria que me aproximasse outra vez da filha dele. Fecho os olhos e respiro várias vezes, profundamente, para manter o controle. A porta abre e Antonella aparece assustada, certamente pelo nosso tom de voz exaltado.

— Giuliano, tudo bem? — Ela olha para o elegante homem com o semblante aborrecido.

— Sim. Tudo bem. Por favor, peça a Cléo que nos traga água e nos dê privacidade.

Antonella assente e sai. Aponto para que ele volte a sentar e também sento. Enquanto respirávamos, acalmando-nos, minha secretária entra com uma bandeja portando dois copos com água e dois cafés. Ela nos serve a água e sai fechando a porta.

— Sua mãe era uma pessoa com muitos problemas — Imediatamente recomeça a falar. — Muitos traumas, e, certamente, você era um deles. Ela nunca me contou que teve um filho. Por quê? Um filho que ela havia colocado no mundo, que eu jamais rejeitaria. Teria ajudado a te encontrar e te traria de volta se ela quisesse. Quando conheci Ariella, não passava de uma jovem simples, de família humilde e nenhum modelo de perfeição. Na idade da minha filha, ela já conhecia muitas coisas da vida. Bebia e fumava muito, além de ter outros vícios. Frequentava lugares que eu tinha medo de entrar. Ainda assim, me encantei por ela. Era a jovem mais bonita que conheci na cidade. Consegui afastá-la de muitas coisas ruins. Estudava engenharia e trabalhava numa pequena construtora de um tio. Por muitas vezes, gastei todo o dinheiro que ganhava, cobrindo dívidas de drogas, jogos e outras coisas com as quais ela se metia. Queria mesmo me casar com ela, mas a cada vez que a imaginava curada, disposta a ter uma vida normal, ela tinha uma forte recaída.

Mexo-me desconfortavelmente na cadeira. Essa conversa não vai terminar bem.

Ele prossegue:

— As mentiras iam se somando, até o momento que tive que escolher, seria ela ou a minha carreira. Minha família não aceitava que eu casasse com Ariella, em muito por culpa dela mesma. Já formado, recebi o convite para trabalhar em Nápoles, numa construtora renomada de um amigo do meu tio. Era a minha chance na vida. Logo pensei que poderíamos começar uma vida nova longe de tudo que vinha atrapalhando a nossa relação. Porém, ela não quis ir comigo. Preferiu ficar no inferno que criou para a própria vida.

Ele falava como se visse o momento.

— Não perderia aquela oportunidade e fui embora. Em um ano, consegui me estabelecer e vi o meu nome ganhar destaque, me tornando um dos principais engenheiros da empresa. Juntei bastante dinheiro, não tinha muito vida social, não foi difícil. Comprei um sitio um pouco afastado da cidade e não pensava em voltar mais para a vida conturbada que tinha antes. Então, conheci Tom Davis, um americano que já fazia parte da sociedade da empresa, nos tornamos amigos e, um tempo depois, me levou no apartamento dele e eu conheci a sua jovem e linda esposa.

CAPÍTULO 34

Giuliano

Ele para e olha para mim. Consigo entender nas entrelinhas o que está dizendo. Aconteceu o mesmo comigo e a filha dele. Bastou um primeiro olhar.

— Eu simplesmente enlouqueci de amor por aquela jovem mulher. Nunca mais, depois do primeiro momento que a vi, consegui tirá-la da minha cabeça. Me recriminava, me achava sujo e indigno, até tentava evitar voltar à casa do meu amigo, mas nada foi possível para me parar. Acabei confessando para ela o meu amor, quando percebi o quanto era solitária, carente. Tom não enxergava a preciosidade que tinha com ele. Só falava de que ela não conseguia lhe dar um filho, que a família vivia querendo que ele voltasse para os Estados Unidos e procurasse uma mulher "perfeita", segundo ele. Aquilo tudo me enchia de ódio daquele homem idiota.

A raiva era clara em seu rosto enquanto falava:

— Apesar de eu confessar o meu amor e ela confessar que também estava apaixonada por mim, Sandy não teve coragem suficiente para deixar o marido e, depois da nossa única e mais perfeita noite de amor, ela foi embora, deixando apenas um bilhete me desejando felicidade e pedindo perdão por ter estragado a minha amizade com o marido dela. Não suportei. Passei dois dias bebendo e chorando pelo amor verdadeiro que nunca poderia viver, fato que me lançou em uma profunda e dilacerante depressão, largando tudo lá e voltando para a minha cidade. Reencontrei Ariella e lhe contei tudo que havia acontecido. Aparentemente, ela estava mudada e passou a insistir para que ficássemos juntos. Não sei se por desespero, solidão, raiva ou que diabo foi, a verdade é que acabei casando com a sua mãe, achando que resolveria os meus problemas existenciais e os dela.

Havia pesar em sua voz.

— Essa talvez tenha sido a pior decisão que tomei em toda a minha vida. Com o casamento, as coisas só pioraram. Passamos a beber muito, não conseguia esquecer Sandy, fato que tornou a situação insuportável. Quando falei em nos separarmos, Ariella engravidou. A criança passou a ser o grande trunfo que usava para me prender ao seu lado. No fatídico dia do acidente, aniversário de um irmão dela, eu estava muito irritado por vê-la continuar bebendo mesmo estando grávida, foi aí que tudo começou a desmoronar. Ariella jogou na minha cara que não era problema meu porque o filho que estava esperando também não era meu. Disse olhando nos meus olhos. Ainda tentei relevar, achando que só queria me humilhar, me magoar, por saber que eu sofria por outra mulher. Ela foi muito firme e contou que voltou a se deitar com o velho ex-patrão, com quem já tinha uma história antes... seu pai. Que só descobri porque você apareceu.

Puta que pariu! Não posso acreditar numa situação fodida dessa.

— Estava cansado, confuso, com raiva, não consegui falar nada com ela, apenas virei um copo de bebida atrás do outro. Queria esquecer aquela vida infernal. Quando me afastei para ir embora, Ariella foi atrás, fez um escândalo, queria tomar a chave do carro da minha mão e eu só queria que me deixasse em paz. Entrei no carro e ela quebrou o vidro da janela do carona com uma pedra e abriu a porta, se jogando no banco. Não pensei na merda que estava fazendo, apenas queria fugir dali e comecei a dirigir. Ela continuou gritando, batendo em mim, mesmo eu gritando que parasse que estava dirigindo. Então, ela pegou no volante e girou...

Puta merda! O homem fica pálido como se estivesse vivendo o momento. As mãos começam a tremer, ele levanta, começa a chorar.

— Não fui capaz de evitar. Estava muito bêbado. O carro rodopiou e capotou várias vezes, jogando sua mãe para fora. Estava sem o cinto de segurança e a janela estava quebrada. Eu... Eu não queria... nunca. Preferia que eu tivesse perdido a vida ali. Não Ariella e muito menos o bebê que eu já amava. Eu sinto muito, rapaz... Sinto muito que tenha acabado dessa forma. Não aguento mais carregar uma culpa que... afinal, não foi só minha. Meu grande erro foi ter saído naquele maldito carro estando bêbado, com Ariella dentro. — Já mais contido, Peter Ferrara me olha nos olhos. — Eu paguei pelas leis dos homens, quando fui julgado. E você me fez pagar, acredito que, pelas leis de Deus, quando raptou a minha filha.

— Parece que tivemos o mesmo infortúnio. Estarmos ligados a uma mulher infeliz, vencida pela dor, pelos vícios e pela violência. A minha mãe biológica não teve infância, não teve juventude, menos ainda uma família descente. Provavelmente o senhor teria sido sua única chance de mudar de vida, de ser feliz. A mulher que me criou morreu quando eu tinha quatorze anos, foi no seu leito de morte que contou toda a minha história. O meu pai biológico bancou os meus estudos, as minhas despesas. Por ser um homem muito rico e muito conhecido, que não teve filhos homens no casamento, resolveu cuidar do meu futuro, me mantendo em segredo.

Era minha vez de falar.

— Estudei nas melhores escolas, tive os melhores brinquedos, as melhores roupas, mas não tive amor. A mulher que se intitulava como a minha mãe, era na verdade uma babá. Não havia sentimentos envolvidos. O meu verdadeiro sobrenome só pude conhecer, passando a usar, quando o velho morreu e deixou uma herança extraordinária em testamento. Foi quando fui atrás das minhas raízes e só encontrei dor e sofrimento. Os fatos que me contaram davam conta que o senhor era o maior culpado e responsável por tudo que a minha verdadeira mãe sofreu. Fiquei cego em busca de vingança. O resto o senhor já sabe. Acredito que agora estamos livres... o senhor das suas culpas e eu... de uma procura.

— Do que está falando, rapaz?

— Por favor, doutor. A nossa conversa acaba aqui.

— E quanto a minha filha? O que pretende com ela?

— É um assunto entre mim e ela. Não tem mais com o que se preocupar, já concluímos nossos assuntos. Definitivamente.

Sigo até a porta, abrindo para que entenda que não haverá mais conversa entre nós. O senhor Ferrara me olha em expectativa. Antonella resolve se aproximar. Acredito que deva ter ouvido alguma coisa da nossa conversa.

— Querido... — Usa o termo de forma íntima, no seu sotaque ainda carregado. — Temos uma reunião nos aguardando nesse momento.

Arrogante e intrometida.

— Aguarde-me na sala de reuniões, Antonella — digo, ríspido.

— Acho bom não procurar mais a minha filha com falsas promessas. Estou lhe avisando, rapaz! Se a fizer sofrer novamente, vai precisar fugir daqui porque eu vou transformar a sua vida num inferno.

Encara-me com ódio.

— O senhor não me conhece, Sr. Ferrara. Não sabe nada sobre mim. Mas temos muitas coisas em comum: a minha mãe, a sua filha e um pouco da nossa história. Encontrei Pietra num momento errado da minha vida, exatamente como o senhor encontrou a mãe dela. O futuro... é algo que não posso antecipar. Passar bem, Sr. Ferrara!

Estendo a mão dessa vez pedindo que vá embora da minha empresa. Ele o faz sem mais nada dizer.

CAPÍTULO 35

Pietra

— Vai sair, Pi?

A mulher sempre me assusta. Parece que fica espiando cada passo que dou.

— Vou, sim, Altina. Por quê? Precisa de alguma coisa da rua?

— Vai com seu carro ou alguém vem te buscar?

Parece mesmo muito interessada em saber da minha vida.

— Desembucha, criatura! O que você quer saber afinal?

— Se vai sair com o seu noivo ou, com o outro rapaz, o italiano?

— Que conversa é essa, Altina? Ficou louca? Que ideia é essa de se meter na minha vida? — indago, sem paciência.

— Não precisa ficar brava comigo, Pietra. Foi seu pai conversando com a sua mãe...

Que safada!

— E você ouvindo? Não perde esse hábito horrível.

— Pietra, como eu já disse, vocês conversam onde estou fazendo as minhas tarefas. Não sou surda, ora. — Bela desculpa. E faz cara de santa. — Tem uns dias já, os dois estavam falando de você. Seu pai estava muito bravo, dizendo que o tal italiano só quer brincar com você, porque tem até uma loira muito bonita que parece ser a mulher dele. — Isso realmente me abala. Droga! — Já a dona Sandy acha que você é que tem que resolver o que quer para sua vida, mesmo que isso não seja o que eles querem.

— Está bom. Já deu seu recado. Veja se da próxima vez, quando estivermos conversando assuntos que não sejam do seu interesse, apenas vá cuidar de outro lugar.

— Sei que ficou com raiva, mas não adianta querer descontar em cima de mim. Estou te contando porque sei que se ficar com o tal italiano vai fazer seus pais sofrerem.

Isso eu já sei.

— Ok, recado dado. Não se dê ao trabalho de falar para a mamãe, que saí. Já liguei pra ela. Tchau!

Enquanto dirijo para encontrar com Marco, penso na grande confusão que está a minha cabeça. Preciso dar um fim ao meu relacionamento com ele, no entanto, não existe a mínima possibilidade de ficar com Giuliano. Por mais que esteja apaixonada por ele, jamais me uniria ao homem que odeia o meu pai.

Quando me aproximo da mesa no restaurante ocupada por Marco, vejo que ele está, como sempre, muito elegante no seu terno grafite, camisa branca e gravata prata. Quando me vê, levanta-se, como bom cavalheiro, e me cumprimenta com um beijo leve nos lábios.

— Por que veio me encontrar aqui? — Olho em volta, o restaurante sofisticado com todas as mesas ocupadas. — Poderia ter ido almoçar comigo lá no meu apartamento. Seria mais privativo.

— Achei que você não fosse gostar se aparecesse em seu apartamento sem avisar. A verdade é que tem me evitado, Pietra. Sempre que tento ficar a sós contigo, arranja uma desculpa qualquer para evitar. — Fala num tom de reclamação. — Até hoje não me respondeu, qual o seu envolvimento com o italiano dono da revendedora de automóveis? — Arregalo os olhos, surpresa, e ele esclarece, arrogante. — Não cheguei aonde estou sendo passado para trás por meninas ingênuas, Pietra. Quando quero muito uma coisa, faço o que tiver que fazer para conseguir.

— Não sou uma coisa! — esbravejo, irritada.

Quem ele pensa que é?

— Claro que não, meu amor. — Muda o tom e pega a minha mão beijando carinhosamente. — Você é a minha princesa linda. Eu só quero protegê-la, trazer você para a minha vida, sem sombra alguma, a nos atrapalhar.

— Marco, não envolva ninguém em nosso relacionamento. Eu me afastei porque não sei se o que quero para minha vida agora é um compromisso mais sério. Tenho planos que não envolvem casamento agora, não quero apressar as coisas.

— Escuta, boneca. Posso esperar o seu tão precioso momento, porém jamais vou aceitar você vendo esses amigos inconvenientes.

— Como é?

Ele arqueia uma sobrancelha e me olha como se não tivesse paciência com a minha indignação.

— Pietra, aguento você não querer falar sobre o cara que te segurava pelo braço, com toda intimidade, só não aceito que continue com essa amizade, que me enfrentou claramente em desafio. — Fecha a cara, considerando-se o ofendido.

— Marco, gosto muito de você, sabe disso. O que não gosto é de ser pressionada, isso nem os meus pais fazem.

— Não é pressão, meu bem, é amor. Você é linda, meiga, educada. Muito especial. Não quero perdê-la, ainda mais para um carinha que brinca de ser empresário só para se dar bem com as meninas mais ingênuas.

— Para com isso, Marco. Está sendo ridículo, falando de alguém que nem conhece e me tratando como uma criança burra.

— Posso não conhecer bem o malandro, mas sei que vive com a loira que ele não fez a menor questão de respeitar e que a trouxe junto da Itália.

— Chega!

Marco conseguiu me irritar de verdade. Levanto e saio rápido do restaurante, sem dar a chance dele me impedir.

Dirijo de volta para casa mais, confusa e perdida do que nunca. Minha vida se transformou num verdadeiro inferno desde que o infeliz do Giuliano voltou. Não sabia mais que rumo tomar. Sei que o certo é manter a minha relação com Marco, que pode ser um tremendo machista arrogante de vez em quando, mas gosta de mim de verdade.

A questão é que o meu coração não estava se entendendo com a cabeça. Não parava de pensar no filho da mãe italiano, com quem até sonhos eróticos estava tendo. Só em pensar nele, meu corpo todo treme, minhas mãos suam, meu coração dispara, sinto uma quentura incômoda, lá embaixo, que me enlouquece.

Ouvir falar do infeliz com a loira me deixa irritada até a última potência. E é por estar assim que não penso duas vezes e sigo direto para a loja de carros do maldito. Sei que estou fazendo besteira, só que não consigo me obrigar a parar. Paro o carro no mesmo lugar que deixei há muito tempo atrás, quando achava que ele estava morto. Deveria ter continuado morto mesmo.

Vou direto para uma recepção, no hall, próxima ao elevador.

— Boa tarde. Giuliano Montanari, por favor!

— Seu Giuliano não está. Se o assunto for sobre algum carro, seu Marconi pode atender a senhora.

— Não. O assunto é pessoal. Sabe dizer se ele vai demorar?

— Acredito que não. Seu Giuliano saiu para almoçar com a dona Antonella, já devem estar voltando.

A raiva me engolfa e sinto o estômago revirar. Como ele tinha coragem de ficar me agarrando e me beijando se estava no maior *love* com a loira modelo? Cafajeste!

Cega de raiva, dou as costas para a pobre moça da recepção e estou voltando para o meu carro, quando bato de frente com o casalzinho feliz.

— Pietra?! Veio aqui falar comigo? Aconteceu alguma coisa?

Totalmente natural na frente da mulher dele, que por sinal está mais bonita e imponente do que nunca. Filho da puta!

— Por que eu viria aqui falar com o senhor? Não temos assunto algum para tratar, senhor Montanari!

Desvio-me do casal para fugir daquela humilhação. Não dou nem um passo e ele agarra meu braço.

— Espera. Eu quero conversar com você.

— *Giuliano, abbiamo degli impegni, amore.* — A loira fez questão de ser esnobe.

— Larga meu braço, droga! Mania horrível que você tem de ficar agarrando meu braço! — brado com raiva.

— Antonella, cancele todos os meus compromissos agora à tarde. O meu único compromisso é com essa brava jovem aqui.

— Giuliano! Não pode cancelar a reunião com o pessoal da revendedora lá do ABC. Eles vieram para capital só para essa reunião.

— Peça para Cléo providenciar hospedagem para todos e remarque a reunião para amanhã às 10h. — Depois de cuspir as ordens para a namorada, vira-se para mim. — E quanto a você, vem comigo.

CAPÍTULO 36

Giuliano

Estava na hora de ter uma conversa definitiva com a garota que vinha tirando meu sono e a paz. Pietra era a última escolha que eu faria para ter qualquer tipo de relacionamento, porém era por ela que *il mio cuore* clamava dia e noite, enlouquecendo-me Filha do homem que levei parte da minha vida odiando, muito jovem e mimada, tinha todos os requisitos para me fazer fugir para o mais longe que pudesse, ao contrário, estava ali agora ansioso para tê-la ao meu lado, para beijar a boca carnuda e gostosa, ou mesmo só para ouvi-la esbravejar e xingar feito um caminhoneiro, como estava fazendo agora.

Só depois de colocá-la sentada no meu carro é que abri a boca.

— Se continuar berrando desse jeito, vou levar você para onde eu quiser e depois seu pai que me processe mais uma vez... — Paro em tempo de não falar a palavra que traria gatilhos terríveis para mim e para ela. — Bem, pode, por favor, sugerir um lugar onde possamos conversar sossegados?

— É você que está me levando contra a minha vontade, então não tenho nada a sugerir.

Porra! Desse jeito não dará certo.

Encosto o carro, não muito distante da minha loja.

— Está certo. Pode sair e ir embora se quiser, mas se veio à minha procura é porque precisava, também, resolver as coisas entre nós. Essa é a hora, Pietra. Não vou ficar brincando de gato e rato correndo atrás de você indefinidamente — falo muito sério e cansado de tudo isso.

Ela fica calada e depois vira para me olhar.

— Vim, sim, conversar com você. Pedir para me deixar em paz, eu estou noiva e nada disso vai mudar — fala, depois se vira para olhar pela janela.

Suspiro, impaciente.
— É isso mesmo que você quer? Pietra, olha pra mim. — Espero que me olhe e vejo o brilho das lágrimas que tenta conter, nos olhos lindos.
— Giuliano... Me leva para um lugar onde possamos ficar sozinhos.
Arregalo os olhos com o pedido inusitado.
— *Ragazza*, não me enlouqueça. Acabou de dizer que quer se livrar de mim e um segundo depois pede pra ficarmos juntos e sozinhos? Sabe o que isso pode representar, não sabe? — digo num tom claro para que não fiquem dúvidas.
— Por favor, não faça eu me arrepender.
Olha-me em súplica.
— Certo. Só para ter certeza, seus pais sabem onde você está?
Coloco o carro em movimento, mas olho rapidamente para ela, que está séria, olhando em frente.
— Não se preocupe. Tenho liberdade para ir onde quiser, sem precisar estar registrando cada detalhe para os meus pais. Não sou mais a garota boba de dezessete anos — diz, voltando-se para mim.
— Bem, tem alguma ideia de para onde a gente possa ir? Apesar de ter morado por mais de três anos aqui na cidade, não sou muito sociável e conheço poucos lugares onde possamos ficar tranquilos.
— Você mora com a sua namorada?
Olha para mim com uma sobrancelha erguida.
— Para começo de assunto, quero esclarecer que Antonella e eu não temos mais nada. Somos amigos que em um momento compartilhamos os mesmos prazeres, mas que acabou quando voltei ao Brasil. — Não quero que saiba que foi por causa dela. — E não, nunca moramos juntos. Trabalhamos juntos, há bastante tempo, e tivemos uma relação muito especial. E pra mim o que pesou mais sempre foi a amizade. A relação sexual acabou.
— Hum...
É só o que ela vai responder? Um suspiro?
— Estava curiosa para saber qual o meu envolvimento com a minha sócia?

— Sócia? Apenas queria saber o porquê de você estar querendo me envolver no meio de sua relação com a sua sócia — fala com desdém.
— Isso. É o que realmente a Antonella é, a minha sócia. Já fomos namorados, mas a paixão que tive por ela no início, acabou. E ela sabe disso. Por algum tempo foi apenas sexo entre dois adultos. A nossa relação é de amizade antes de tudo.
— Já entendi — replica, ríspida, cortando-me.
— Muito bem, doce menina. — Não seguro o riso curto. Pietra não consegue esconder o ciúme. — Para onde quer me levar?
Estou dirigindo sem destino. Deixando que ela tome o comando.
— Me leve para o seu apartamento — diz sem titubear e eu acabo dando um breque no carro, de susto.
— Pietra, eu...
— O quê? Está com medo de mim? Ou mentiu quando disse que não mora com a sua sócia?
A garota está debochando de mim e ainda me desafiando. Filha da mãe.
— Vamos lá, *la mia bella ragazza*. Vai conhecer o apartamento de um italiano solteiro.
Pela primeira vez na vida, sinto-me nervoso. Como é possível eu nem ter pensado duas vezes antes de formular um rapto de uma garota de menor e agora me sentir inseguro por levar a mesma garota para o meu apartamento.

Ver o brilho de admiração nos olhos da linda garota me deixa em completo êxtase. Pietra olha para tudo no apartamento e eu percebo o olhar da profissional em Arquitetura.
— Quem fez o projeto de decoração e design?
— Para ser sincero, foi Antonella quem cuidou dessa parte quando comprei o apartamento. Ainda estávamos em Roma e ela escolheu o apartamento dela, que é nesse mesmo edifício, e o meu, e contratou o serviço de arquitetura e decoração. Apenas fiz as aprovações.
— Parabenize sua sócia, ela tem bom gosto.
Sorrio mais uma vez, do tom azedo dela quando faz o elogio.
— Quer beber alguma coisa?

Dirijo-me para a cozinha gourmet que é inserida em modo aberto na grande sala, dividida em ambientes. Ela me segue e senta numa cadeira alta a frente do balcão de mármore.
— Água.
Vejo que olha para o fogão.
— Você já almoçou, Pietra?
— Na verdade, comecei, mas não terminei, Marco me estressou, acabei largando e saindo do restaurante — fala tudo num rompante de impaciência e só depois percebe que falou demais.
— Estava, então, com o engenheiro pedante?
Irrita-me saber que estava com ele.
— Até onde sei, você também é engenheiro e também é pedante.
Espezinha-me, divertindo-se com o meu aborrecimento.
— Engraçadinha. — Faço cara de zangado e me viro para geladeira. — Vou preparar um sanduíche para você.
Enquanto preparo o lanche, ficamos conversando sobre Arquitetura, ela fica genuinamente encantada com o meu apartamento, justamente por ser de um homem solteiro. Fala sobre o gosto pelo curso, que escolheu ainda quando criança. Lamento de verdade não ter tido a chance de assistir o ritual da formatura dela, que aconteceu pouco tempo atrás. Deve ter sido muito emocionante.
Ela garante que foi mesmo um momento que viveu com os pais e amigos íntimos e, claro, o namorado pedante, e que foi o momento de maior realização da vida dela. Comenta que está reformando o apartamento dos pais, que lhe deram carta branca para decidir. Falo sobre o meu trabalho, a minha empresa, sobre a minha paixão por carros desde moleque.
Quando ela termina o lanche, nós nos olhamos e o clima muda completamente. Caminho até ela e coloco os braços de cada lado, apoiando as mãos no balcão e a prendendo entre eles.
— Que tal falarmos agora sobre o que queremos, desde o momento lá na minha cabana. — Coloco uma mecha do cabelo atrás da orelha dela e aproveito para encostar o nariz levemente no pescoço cheiroso. Pietra suspira baixinho. — Tudo que eu quis lá, naquele dia, era te tomar pra mim. Já estava completamente apaixonado. Tomado de amor pela garota que usei como instrumento de uma vingança...

— Sórdida — ela sussurra.
— É. Talvez agora eu aceite que foi impensada, mas não injusta. — Ela retesa o corpo. — Escuta, não vamos falar sobre isso. Por favor! Já conhecemos os nossos sentimentos sobre o assunto. — Encosto-me um pouco mais, nela. — E não foi para falar disso que viemos aqui.
— Eu nem sei exatamente porque pedi para vir aqui.
O clima muda e Pietra me empurra, levantando da cadeira. Não deixo que se afaste. Envolvo o braço na sua cintura, puxando-a para que encoste as costas em mim.
— Nós queremos estar juntos, Pietra. Por isso estamos aqui. Eu quero tanto você, *mia ragazza.*
Viro-a e tomo sua boca num beijo apaixonado. De início ela resiste, mas depois se entrega e nos perdemos num beijo profundo, intenso, longo. Paramos alguns segundos para respirar e nos olhos dela vejo uma miríade de sentimentos: desejo, excitação, paixão, medo, insegurança e, amor. Sei que ela enxerga o mesmo nos meus olhos. Menos o medo ou a insegurança, eu a quero e vou lutar por ela. Nós nos agarramos com loucura e eu fico muito excitado. Puxo-a para cima, colocando as minhas mãos debaixo da bunda dela que cruza as pernas nas minhas costas. Encosto-a na primeira parede que nos batemos e passo a esfregar com fome o meu pau na calcinha que o vestido curto deixa à mostra.
— Quero você, minha menina. Quero você com loucura.
Estou quase gozando nas calças de tanto tesão que tenho por minha *ragazza.*
— Me tome pra você, Giuliano. Eu quero muito ser sua. Quero que seja o meu primeiro...
E eu paro. Ela falou o seu primeiro? Essa menina deliciosa ainda é virgem? Como pode? E aquele pateta? Ela se guardou para mim?
— Você é virgem, Pietra?

CAPÍTULO 37

Pietra

Ah, de novo, não! Por que esses homens acham que toda mulher tem que ter tido suas experiências sexuais ainda adolescentes, como eles? A surpresa na cara do Giuliano é de morrer de rir se não tivesse me deixado com raiva. Jogo minhas pernas para baixo e saio dos braços dele.

— Qual o problema de vocês homens? Acham que toda garota tem que já ter experiência sexual?

— Não é isso, *amore mio*. Apenas me surpreendi, uma vez que tem aquele palhaço lá, olhando para você como se fosse seu dono. Vocês já estão juntos há algum tempo, imaginei que tivessem mais intimidade.

— Não temos.

Sinto-me mal, com o olhar inquisitivo dele, e burra por ter deixado claro que o queria como o meu primeiro. Que ódio.

— Pietra, não deve se sentir errada por querer ter a sua primeira vez com alguém que você mesma escolha. Você é livre para decidir o que quiser da sua vida e do seu corpo. Essa decisão é sua! Nem eu devo me sentir o gostosão mais macho que os outros e nem o cara lá deve cobrar nada de você quanto a sua decisão.

Ele sempre tem as palavras certas. Além de me deixar com mais desejo ainda. O meu corpo arde por ele. Tomo a iniciativa e o puxo para um beijo que fala sobre o que decidi. Giuliano me acendia como um balão a gás, fazendo-me queimar como se fosse explodir a qualquer momento. Minha calcinha estava completamente molhada e eu precisava apagar todo aquele fogo ou morreria.

— Venha comigo.

Ele se afasta, apenas para pegar a minha mão, e me leva para o seu bonito quarto, onde uma cama King Size

elegantemente forrada com uma colcha preta com aplicações de carros esportes e luxuosos em diversas cores, linda, original e compreensivo em se tratando de alguém que ama carros.
— Que original. — Acabo comentando olhando a colcha em admiração.
— Foi um presente da esposa de um senador brasileiro a quem eu ajudei a escolher um carro para presenteá-la.
— Imagino que deva ter sido um carro bem bonito. — Faço um gesto com os dedos de valor em dinheiro. Ele sorri.
— Sim, um dos mais caros da minha revendedora. Mas, essa colcha bonita vai para o chão agora... Quero você nos lençóis brancos...
O entendimento daquilo me deixa um pouco constrangida, o que ao perceber, Giuliano me puxa para os braços, beijando todo o meu rosto enrubescido. E nos perdemos novamente naquela quentura que me dominava.
Tomo a iniciativa e vou abrindo os botões da camisa social que usa, no que ele me ajuda, puxando e tirando de qualquer jeito pela cabeça. Olho a tatoo esplêndida da fênix enorme de asas abertas, preenchendo todo o peito até próximo ao umbigo, e as asas pegando a parte de dentro dos dois braços que ele faz questão de abrir para que eu tenha uma visão maravilhosa como se o pássaro estivesse em movimento. Isso me deixa ainda mais excitada e me jogo sobre ele beijando e lambendo o corpo gostoso.
Giuliano aproveita para puxar o meu vestido solto de mangas longas, curto com cores leves de azul, rosa e amarelo, tirando-o, deixando-me com a lingerie de seda e renda verde. Logo ele puxa a minha boca para mais um beijo alucinado, abrindo o sutiã nas minhas costas, retirando. Eu tento abrir o cinto que prende a calça social azul-escuro.
— *Calmati, tesoro*... O meu desejo por você pode atrapalhar, precisamos ir com calma. Veja como eu estou, *la mia bellezza*...
Pega a minha mão e coloca em seu pênis por cima da calça que ainda está fechada. Está muito duro e pulsando. Aperto, e ele geme alto.
— Você é tão lindo... Quero te ver. — Nunca esqueci o momento em que o vi apenas de cueca boxer preta, quando surrou o infeliz do Miguel. Essa imagem ficou registrada na minha cabeça. — Preciso te tocar, Giuliano.

— Eu sei, amor, eu também quero muito, tocar em cada pedacinho de você. Linda! Linda demais... Esse corpo, esses peitos durinhos, do tamanho certo para as minhas mãos, a minha boca. — Ele imediatamente abocanha o meu seio, chupa o mamilo e eu grito de prazer. Minha vagina pulsa. — *Delizioso*.
Chupa e morde o outro mamilo e eu começo a tremer.
— Ahhh, Giuliano... Eu vou gozar... — A minha voz começa a falhar.
— Ainda não, amor. — Empurra-me para a cama, eu caio de costas no colchão, ele vem para cima, abre as minhas pernas e puxa a calcinha para o lado deixando a minha vagina aberta na cara dele. — Gostosa demais. Quero provar esse mel que está escorrendo aqui pra mim. Que boceta linda, amor.
E cai de boca, passando a língua por toda extensão em seguida prende o clitóris com os lábios e chupa vigorosamente. Grito, gemo, convulsiono num orgasmo alucinante.
Ele se mantém chupando cada gota do meu gozo, eu o puxo e beijo sua boca molhada e babada com meus fluidos. Nunca senti nada parecido por nenhum outro homem. Eu o quero dentro de mim, começo a abrir e puxar o cinto que jogo longe, Giuliano se levanta rapidamente e em um minuto retira a calça, as meias e a cueca, deixando a vista um pênis enorme, grosso, cabeça rosada, pelos aparados. Fico mais excitada com tamanha masculinidade, e ao mesmo tempo assustada. É a minha primeira vez e com certeza todo aquele tamanho vai doer para entrar.
Puta merda, não sei se aguento.
Parecendo perceber o meu receio, Giuliano vem para cama e paira sobre mim, retirando a minha calcinha. Começa a beijar desde o meu pé e vai subindo, beijando, lambendo, as mãos o tempo todo em movimento, apertando um seio, espalmando a minha vagina que volta a pulsar. Aproxima a boca das minhas coxas e logo está novamente me chupando sem parar enquanto coloca um dedo me sentindo, em seguida coloca mais um dedo me alargando para recebê-lo.
Fico louca de excitação.
— Vou foder tanto essa bocetinha linda, toda minha. — Minhas pernas tremem e ele beija minha barriga, meu pescoço, minha boca, nunca parando de me foder com os dedos.
— Quero você... Giuliano... Por favor — começo a ficar novamente a deriva de mais um orgasmo.

— Não tenha medo, amor, vai incomodar um pouco, mas logo passa. Serei cuidadoso. — Ele pega um preservativo sobre a pequena banca ao lado da cama e rasga a embalagem com os dentes. Retira a camisinha e começa a cobrir o pau enorme. — Abra bem as pernas pra mim, meu bem. Sua boceta é uma delícia e vai me caber direitinho.

Começa a passar a língua, em seguida volta a boca para a minha, vai colocando a cabeça do pau aos pouquinhos, sinto que estou bem molhada do meu gozo anterior, de mais excitação e de baba de Giuliano que deixou cair e molhar ainda mais. O pênis dele vai entrando, alargando-me e começa a incomodar um pouco. Reteso o corpo e ele para.

— Olha pra mim, querida... Não pense na dor, pense no prazer, sinta como sua boceta vai acomodando meu pau... Sinta, amor. Tão apertada, tão gostosa... Quero te foder bem gostoso...

Ele coloca um seio na boca e começa a mamar com vigor, e eu sinto as fisgadas lá embaixo. Contraio a vagina e ele entra com tudo. Grito e ele para. É uma pequena ardência, mas não demora a passar.

— Ah, Giuliano... Eu...
— Está gostoso, não é, amor? Que delícia... Ahhhh...

Giuliano começa a meter rápido, só consigo sentir um prazer me tomando e cada vez que o pau dele entra e sai de mim eu começo a rebolar e seguir o ritmo alucinado dele, os dois gemendo e gritando palavras ininteligíveis, cruzo minhas pernas na bunda dele o espremendo ainda mais para dentro de mim, até que explodo num êxtase inacreditável e ele me segue urrando enquanto goza.

CAPÍTULO 38

Giuliano

Ainda estou tonto do tanto de prazer que senti com essa *ragazza*. A primeira experiência dela, e foi memorável, também para mim. Acabou adormecendo, o rosto sereno, satisfeito, corado. É muito linda, sensível, carinhosa e entregue. Se eu mesmo não tivesse percebido a sua virgindade, duvidaria, tal o fogo e a entrega dela no sexo esplêndido que fizemos. Na verdade, no amor que fizemos. Porque durante todo o tempo que eu a fodia, que bebia seus gemidos, o meu coração se manteve presente. Querendo poupá-la da dor, querendo prendê-la agarrada a mim ainda com o pau todo enfiado nela. E agora velando o sono tranquilo.

Já anoiteceu e estou preocupado com os pais dela que a essa altura devem estar desesperados a procura da filha. Saio em silencio da cama, vou ao banheiro mijar e passar água no rosto. Visto um short de pijama, passo de volta na frente da cama e ela continua dormindo. Sigo para sala e pego a bolsa que deixou sobre o sofá. Abro e pego o celular que acende e mostra algumas ligações perdidas. Preciso acordar a minha bela ou a situação pode se complicar.

Volto ao quarto, sento na cama e passo a mão com delicadeza nos cabelos dela, os dedos roçando o rosto bonito. Pietra abre os olhos.

— *La mia principessa*, precisa falar com seus pais. Podem estar preocupados.

— Nossa. Nunca dormi assim.

Senta na cama puxando o lençol para se cobrir. Entrego a bolsa a ela.

— Fique à vontade. Vou à cozinha preparar alguma coisa pra gente comer.

Ela nada responde, olhando preocupada para o celular. Saio do quarto e vou para cozinha. Coloco uma panela com água no fogo para preparar uma massa. Pego uns queijos e outros ingredientes, para preparar um molho rápido.

Em menos de dez minutos, porém, Pietra aparece na sala. O rosto está pálido, os olhos inseguros. Saio detrás do balcão e me aproximo dela, beijo levemente os lábios, que estão frios. Puxo as mãos dela para as minhas tentando passar força e segurança.

— Está tudo bem? — pergunto baixinho.

— Sim... Meu pai ficou muito preocupado porque ligou e eu não atendi. Falei com a mamãe, ela disse que estão bem. — Olha nos meus olhos. Sinto um frio percorrer as minhas costas. Não quero perdê-la. — Preciso ir.

— Certo. Vou só apagar o fogo e vestir uma roupa. Eu te levo pra casa.

— Não. Eu fui de carro para sua loja. Tomo um carro por aplicativo e vou lá pegar.

Afasta-se já andando para a porta. Seguro novamente a mão dela, fazendo-a parar.

— Eu vou levar você até o carro. Me dê só um minuto. Por favor!

Ela assente com um leve balançar da cabeça e eu fico muito bravo por vê-la tão triste depois de momentos em que esteve feliz e realizada. Situação bem fodida a nossa. O que aconteceu antes nunca deixará que tenhamos paz. Visto-me em dois minutos com um jeans e uma camiseta.

Seguimos em silêncio no carro. Eu querendo matar o pai dela por ser tão egoísta e só estar pensando nos sentimentos dele. A mim mesmo, porque fui o causador de todo esse drama do inferno. Dessa situação do caralho que está me tirando a primeira possibilidade real de ter alguém que eu amo de verdade e que também me ama.

Quando paro o carro, ao lado do dela na calçada, viro-me e acaricio o rosto lindo.

— Não quero demorar de te ver, Pietra.

Ela nem olha nos meus olhos.

— Melhor não marcarmos nada. Deixa acontecer... Como hoje.

Abre a porta do carro e sai sem nem me dar tempo de responder.

Saio rápido e paro a frente dela.

— Pietra, não quero que se arrependa de tudo que vivemos no meu quarto. Foi muito real e especial pra mim.
— Pra mim também. Só que agora precisamos seguir a vida.
— Tenta soltar a minha mão que está no ombro dela. — Me deixe ir... Por favor — sussurra.
Percebo o rosto molhado. Puxo o rosto para mim e dou um beijo carregado das minhas emoções.
Ela se afasta primeiro e corre para o próprio carro, que já destravou com a chave e entra batendo a porta. Volto ao meu carro também e ligo para dar passagem ao carro dela, que sai pela avenida enquanto apenas fico parado observando a minha linda mulher se afastando.
Resolvo não voltar ainda para o meu apartamento, não quero me sentir sozinho. Olho para a fachada iluminada e cercada de vidro, deixando os lindos carros aparentes, da minha empresa. O que até agora era o meu grande amor. Até ela. Até a minha Pietra surgir na minha vida.
Sigo com o carro para a garagem particular, em seguida subo para a minha sala. Dois minutos depois um dos vigilantes vem ver quem está no escritório.
— Doutor Giuliano? Não sabia que o senhor ia voltar?
— Todo pessoal do escritório já foi embora?
Olho as horas no relógio no meu pulso. Já passa das 19h. O administrativo encerra às 17h. Apenas Antonella e eu sempre ficamos até tarde.
— A dona Antonella saiu a pouco mais de meia hora. Ela disse que o senhor não voltaria mais hoje.
— Ela não sabia. Obrigado por estar sempre atento, Santos.
— Meu trabalho, senhor — diz, orgulhoso. — Vou descer então para dar cobertura lá embaixo com Mineiro. Seu Marconi está com um cliente desde cedo.
— Fale pra ele que estou aqui, se precisar, pode me chamar.
— Sim, senhor.
Sento à minha mesa e abro o computador para colocar o meu trabalho, que deixei sem fazer à tarde, em dia. Aproveito, mando um e-mail me desculpando com o pessoal do ABC, que veio para reunião e reafirmando o compromisso para às 10h da manhã seguinte. Em seguida, ligo para Antonella. Sei que fui sacana, deixando-a e indo embora com Pietra.
— *Stronzo, è ora disponibile?*
Sou mesmo um idiota por fazer isso com ela.

— Me desculpe, Nella. Não tive intenção de ser babaca com você. É que precisava mesmo conversar com a Pietra e não podia perder a oportunidade.

— *Giuliano, não quero ouvir mais nada relacionado a essa ragazza. Para mim já ficou muito claro o que ela representa para você. Quero que saiba que só não vou embora amanhã mesmo, ritorno nella mia italia, porque antes de tudo sou uma profissional e sei perfeitamente o quanto dei meu sangue por tudo isso aqui. Com certeza vale mais que qualquer coisa que tenha sentido por você.*

— Você é a minha única amiga, Nella. A pessoa que mais me conhece na vida. Nunca vou querer te magoar. Por sermos antes de tudo amigos, jamais escondi de você o que estava acontecendo comigo. Não quero que vá embora. Tudo isso aqui não faz sentido sem você do meu lado.

— *Você está no escritório? Pensei que estava em seu apartamento.*

— Sim, estou na loja. Já confirmei a reunião amanhã com o pessoal. Vá descansar. E, Nella... Você ainda é a pessoa mais importante pra mim.

— *Sei. Dopo la ninfetta dagli occhi verdi.*

Desliga depois de me alfinetar.

Mas ela tem razão. Ninguém é mais importante, para mim agora, do que a minha menina dos olhos verdes. Pietra não é mais uma ninfeta e Nella não precisa saber disso.

CAPÍTULO 39

Pietra

Sentir a angústia na voz da minha mãe me tirou todo ar de felicidade da nuvem colorida em que estava flutuando, depois dos momentos mais felizes e apaixonantes de prazer, da minha vida. Eles nunca iriam entender e o meu pai jamais aceitaria. Essa é a minha realidade e o quanto antes eu aceitasse, menos sofreria e faria outras pessoas sofrerem.

Ao entrar no meu apartamento, não vi os meus pais, segui para a cozinha para beber água.

— Seu noivo esteve aqui, Pietra. — Altina solta de pronto, o semblante preocupado.

Isso mamãe não me falou.

— A que horas Marco esteve aqui, Altina?

— Umas duas horas depois que você saiu. Estava com a cara bem zangada quando falei que você tinha saído. Eu achei que tinha ido encontrar com ele.

— Ele falou mais alguma coisa, Altina?

— Não. Na verdade, nem entrou. Foi embora bem zangado. Até xingou uns palavrões quando estava na frente do elevador, que eu ouvi.

— Pietra? Por que não foi falar com a gente quando chegou, filha? — Mamãe nos surpreende entrando na cozinha.

— Oi, mãe. — Vou até ela e a abraço. — Acabei de chegar. Vim beber uma água. Onde está o pai?

— Lá no quarto. Ele está com dor de cabeça. — Vira-se para Altina. — Pode servir o jantar, Altina. Vou chamar Peter. — Volta a olhar para mim. Está muito séria. — Depois conversamos, Pietra.

— Vou tomar um banho antes, pode ser?

— Sim. Vá filha.

Pego a minha bolsa e corro para o quarto.

Mal entro, a dona Sandy entra atrás de mim e fecha a porta.

— Onde realmente estava, Pietra? Sei que não foi com Marco, Altina me disse que ele veio procurá-la, e nem com Levi, ele ligou te procurando. E sabe por quê? Seu celular simplesmente não atendia. Filha! Eu não me apavorei porque, sinceramente, imaginava com quem você estava, mas seu pai, ao chegar do trabalho e não conseguir falar com você, ficou bem estressado.

Estava cansada de tudo isso. A minha mãe estava bastante impaciente.

— Mãe! Quando vocês vão entender que não sou mais uma criança? Aos vinte anos a maioria das minhas amigas já mora sozinha. Sou maior de idade, poxa, e estou começando a ficar farta de todo mundo querer controlar cada passo da minha vida.

Mamãe senta na cama e fica calada, esperando que eu coloque toda revolta para fora. Sento ao lado dela e respiro fundo.

— Está certa, filha. Não são nem vinte e uma horas e nós fazendo um verdadeiro pandemônio na sua vida, como se tivesse passado a noite fora de casa. Está mesmo na hora de deixarmos o passado para trás e confiar em suas decisões.

Ela se levanta para sair do quarto.

— Mãe...

— Vou te deixar tomar banho em paz, querida. Depois vá jantar conosco.

Seguro a mão dela.

— Mãe... Preciso te contar uma coisa.

Mamãe segura o meu rosto com as mãos e me surpreende totalmente.

— Eu sei, meu bem. Você estava com ele, com Giuliano. Está com cheiro de homem impregnado em você, Pietra. E esse brilho nos seus olhos é da mais pura satisfação. A minha menina virou mulher, com o homem que ama.

Eu desabo. Tinha com certeza a melhor mãe do mundo. Uma mulher sensível e compreensiva, que tira um peso enorme dos meus ombros com a sua aceitação. Eu a agarro, aperto meus braços ao redor dela e choro muito.

— Obrigada, mamãe. Por aceitar as minhas inseguranças e decisões, mesmo que essas decisões possam fazer você e o papai sofrerem.

— Pietra, ninguém vai viver a sua vida por você. Só quero a sua felicidade, minha filha. Sei que seu pai quer você longe desse rapaz, por ele ter sido controlado por um sentimento ruim que nos causou tanta dor. Mas é você quem o conhece, Pietra. Só você pode saber se ele a fará feliz. Pelo que soube, existe uma história com uma moça que veio com ele da Itália. A questão, como você mesma disse, é a sua vida. Já não é mais uma criança. Agora é uma mulher e saberá tomar as próprias decisões, ainda que não sejam as que nos deixarão satisfeitos. — Anda até a porta e fala por sobre o ombro. — Não demore, querida.

Sigo para o banheiro e, depois de um banho relaxante, me visto e vou jantar com os meus pais. Cada palavra dita pela mamãe repetindo num *looping* na minha cabeça.

— Você está bem, Pietra?
— Sim, pai. Tudo bem comigo.

Parece calmo, mas sei que está tentando se conter para não magoar a mamãe.

— Sabe que não queremos te controlar, não é? — Para os talheres no prato, olha para mim e me sonda: — Como está a sua relação com Marco?
— Nos vemos algumas vezes.

Preciso ter cuidado com o que digo ao meu pai. Afinal, nem eu sei ao certo como está a minha relação com Marco.

— Ele é um bom rapaz e sei que gosta de você. O que não quer dizer que esteja querendo que se case com ele — diz, cuidadoso.

— Até porque essa é uma decisão exclusiva da nossa filha, não é, meu bem? E não vamos interferir. — Mamãe é firme.

— Não. Não vamos interferir... — fala, reticente, ainda me olhando.

— Mas...?

— Não é possível falar o mesmo sobre o outro rapaz — sentencia.

— Peter! — Mamãe tenta intervir.

— Não vou esconder a minha opinião só para a Pietra se sentir confortável, Sandy! — esbraveja. — Eu estive com esse rapaz. Tenho a minha opinião formada sobre ele e não é boa. Não sei o que ele disse pra você e, sinceramente, nem quero saber. — Os olhos não saem dos meus. — Porque a verdade é que ele não me parece alguém de sentimentos puros. Um homem que mereça ser amado por você, filha. Além do que, mantém um relacionamento com uma moça que trabalha com

ele. Não acho que está sendo honesto e muito menos que seja o homem certo para você, depois de tudo que aprontou.
— Ao contrário do Marco, não é pai?
Até posso entender os receios dele, só não posso aceitar que determine quem é o homem ideal para mim.
— Na verdade, é a sua vida e não vou interferir nisso. Não acho que homem algum seja merecedor da minha linda filha — diz ternamente, e eu corro para abraçá-lo.
— Sei que só quer o melhor pra mim, paizinho. Apenas me deixe resolver eu mesma o que é o certo. Está na hora de lutar as minhas próprias batalhas. Sei me defender.
Ele fica de pé e firma os dedos no meu queixo.
— Disso não tenho a menor dúvida. Só não me tire o direito de pai que se preocupa e gosta de cuidar da sua única e amada filha.
Aperta-me entre os braços e beija carinhosamente a minha cabeça.
Amo tanto esse homem, pois ele é meu herói, a minha referência de homem, de respeito, de amor. Jamais vou querer que o meu pai fique infeliz por uma decisão errada minha.

CAPÍTULO 40

Giuliano

Está muito fodido ficar sem ver Pietra. São três dias esperando um contato dela e nada. Eu e a minha ideia idiota de esperar que ela me procure para não fazer pressão. Inferno! A ragazza não sai da minha cabeça, o que já está começando a atrapalhar nas decisões da minha empresa. Vou precisar viajar para Roma, tenho de resolver pessoalmente problemas na montadora, e só de imaginar ficar duas semanas sem ver a minha garota, está acabando comigo.

— Ainda não decidiu se vai em voo comercial ou com a aeronave da empresa, Giu. Terá de viajar em dois dias, não pode deixar tudo para a última hora. Giuliano! *Sto parlando con te, infelice!* — Antonella berra na minha frente e só então eu a olho.

— O que você quer?

Ela não tem culpa, mas o meu humor está péssimo.

— Precisa decidir como vai viajar — fala em tom de raiva.

— Por favor, resolva isso, Antonella. Não estou com cabeça.

Levanto da minha cadeira atrás da mesa e saio quase correndo da sala. Nem fodendo que eu vou viajar para fora do país sem falar com Pietra.

Sei que estou fazendo uma grande merda. No entanto, o que será mais uma depois de tantas que já fiz. Paro o carro próximo ao prédio e sigo para a portaria.

— Por favor, quero falar com o apartamento do senhor Peter Ferrara.

— Quem é o senhor?

— Giuliano Montanari. Quero falar com a filha do senhor Ferrara, Pietra.

— Um documento, por favor. — Entrego minha habilitação para ele. — Um momento. — Olho em volta, enquanto o homem fala ao interfone. — Senhor, pode subir, é o apartamento 806.

— Certo. Obrigado!

Pergunto-me porque a Pietra me mandou subir para o apartamento dos pais dela e não desceu para falar comigo, como imaginei que faria. Deveria ficar alerta para isso, mas no momento só consigo me sentir ansioso para vê-la, para beijá-la, tê-la em meus braços.

Paro diante da porta que está fechada e toco a campainha. Em menos de um minuto, uma senhora vem abrir a porta. Olha-me como se fosse desenhar o meu retrato e com um pequeno sorriso nos lábios me pede para entrar.

— Queira aguardar, por favor. A minha patroa já vem falar com o senhor.

Segue por um corredor ao fundo da grande e elegante sala, sempre olhando por cima do ombro.

É um elegante e charmoso apartamento. Decoração bonita, pois, apesar da sofisticação, mantém um charme familiar em cada objeto da decoração. Inclusive um imenso retrato da Pietra, sorrindo lindamente. Ela foi fotografada de corpo inteiro, com um vestido um pouco acima dos joelhos na frente, e mais longo ao fundo, verde com grandes flores brancas em todo o tecido, abertura na frente com botões terminando até em cima com um babado cobrindo parcialmente os seios compondo mangas curtas. Cabelos soltos voando ao redor do rosto lindo. Impressionante.

— Linda, não é mesmo?

Assusto-me e pulo de lado com a voz da mulher às minhas costas. É a mãe de Pietra e, vendo-a tão de perto, consigo entender a paixão do engenheiro por ela. É com certeza uma mulher muito bonita. Embora Pietra tenha os olhos verdes do pai, certamente herdou a beleza da mãe.

Ela me observa com um olhar firme, direto.

— Senhora... Eu vim...

— Eu sei. Falar com a minha filha. Sente-se, por favor! Aceita alguma bebida? Água, café, talvez.

— Não, obrigado! Não quero nada. Só mesmo falar com Pietra.

— Bem, eu sou Sandy, como claro, já sabe. E você é o rapaz italiano, assim como o meu marido e a minha filha, que você raptou para se vingar do pai, por ter acidentalmente provocado a morte da sua mãe e do seu irmãozinho que estava na barriga dela.

Direta. Afiada. Mortal. Porém, educada e sincera.

— Com todo o respeito, Sra. Ferrara, não quero e não vou falar desse assunto com a senhora. Não vim aqui causar qualquer desconforto para a sua família. Preciso conversar com Pietra. — Ando rápido até a porta. — Pelo visto ela não está, eu estou indo.

— Essa sua atitude não representa a imagem que a minha filha descreveu para mim. O Giuliano, que a Pietra me "apresentou", jamais sairia correndo, fugindo de um assunto mais delicado. — Faz aspas com os dedos, e já sei de onde Pietra puxou a força. Mulher casca dura. — Bem, de qualquer jeito, foi um prazer conhecer o homem que mexeu no eixo da minha família. Pietra não está. Se quiser esperar, fique à vontade.

— Não. Agradeço, mas preciso ir agora.

— Certo. E, Giuliano... Espero não me arrepender sobre você. — Vem até a porta que abre, esperando-me sair. — Até logo.

Aceno e sigo para o elevador.

Do que ela se arrependeria sobre mim?

Com a cabeça ainda mais confusa, saio do elevador e acabo esbarrando na própria Pietra. Nem penso, apenas a puxo para os meus braços e a beijo com loucura. Um beijo de saudade, aflição, despedida e paixão. Quando ela consegue se recuperar da minha ação, empurra-me e arregala os olhos em me ver ali, no ambiente dela.

— O que está fazendo aqui, Giuliano? Estava no meu apartamento, é isso? — especula, destrambelhada.

— Por favor, vem comigo! Preciso falar com você num lugar tranquilo.

— Espera! Não me respondeu? Estava no meu apartamento?

— Estava. Tive o prazer de conhecer a sua linda e brava mãe. E agora, dá para vir comigo, por favor, meu anjo?

Ela me olha por alguns segundos, pega o celular e liga para a mãe.

— Mãe, encontrei Giuliano aqui embaixo. Ele me disse que esteve aí com você.

Ela ouve uns segundos e depois fala o que eu ansiava.

— Eu vou sair com ele, tá? Não se preocupe, não devo chegar tarde. Te amo, mãe!

— Vamos. — Começo a puxá-la pela mão.

— Calma, garoto. Deu sorte de eu não ter subido pela garagem. Onde está seu carro?
— Lá fora. — Continuo andando rápido e a levando comigo.
Precisava estar com ela onde pudesse beijá-la e apertá-la no meu corpo sem temer o pai dela nos flagrar.
— Para onde vai me levar?
— Para meu apartamento. Onde possamos conversar sossegados.
— Só conversar, ok?
— *Va bene.*
Definitivamente não foi o que aconteceu. Assim que fecho a porta do apartamento com o pé, já a agarro, beijando a boca gostosa e chupando a língua de Pietra, como um morto de sede no deserto ao encontrar um oásis.
— Preciso estar dentro de você, amor. Me deixa te amar com todo o tesão que estou sentindo agora. Depois a gente faz amor gostosinho.
— Está parecendo um tarado, homem. Se controle.
— Como posso me controlar, Pietra? Você simplesmente desaparece. Nem um mísero recado, uma mensagem, nada. Você não me quer?
Se ela disser que não, acho que terei uma síncope.
— Quero, Giuliano. Quero muito, também estava com muita saudade.
Ataco novamente sua boca num beijo esfomeado enquanto as mãos trabalham para tirar a blusa curta que está vestida, que jogo ao chão, em seguida abro o botão da calça jeans e me abaixo para tirar do corpo dela, enfio o nariz na bocetinha coberta por uma calcinha mínima de renda preta. Está molhadinha já. Puxo de ladinho e corro a língua, fazendo-a gemer alto e se segurar em minha cabeça, ao mesmo tempo que empurra mais de encontro a boceta toda lisinha.
— Encosta na porta pra mim, amor. Coloca a perna aqui no meu ombro e abre essa boceta deliciosa para eu chupar gostoso, anjo. — Ela rebola e geme sem parar, enquanto chupo com gosto o clitóris e enfio a língua dentro dela. — Está gostoso, não é? Goza pra mim, amor. Goza.
— E-eu... Eu... Ahhh... Giulianooo...
E ela goza gostoso, rebolando, enlouquecida. Bebo todo o seu mel.
— Vem aqui, gostosa, preciso meter em você.

Puxo-a até o recosto do sofá e a coloco com o corpo dobrado para baixo se apoiando no braço do sofá, a bunda maravilhosa empinada para cima, rapidamente abro a minha calça, abaixo a cueca e cubro o meu pau com uma camisinha que peguei no bolso da calça. Começo a colocar a cabeça, ela se empurra para trás para que a penetre de uma vez.

— Está tão gostoso. Pode ir mais rápido? Colocar tudo... — choraminga.

— Calma, amor... Não quero te machucar. Nossa! Tão gostosa. Rebola essa bunda linda pra mim, rebola.

Eu a penetro de forma enlouquecida, metendo e tirando o pau da boceta encharcada e apertada, urrando de prazer. A garota não tem noção do presente que está me dando, deixando-me ser o seu primeiro e único. Era sem dúvidas a mulher mais gostosa que já tive durante toda a minha vida. Acho que o fato de eu estar louco de amor por ela traz esse prazer enlouquecedor que me tira do chão e me leva ao Nirvana. Pietra grita e rebola, fora de si. Nossa conexão é surreal. Passo a penetrar mais fundo e com mais força, apertando um seio com uma das mãos e com a outra masturbando ferozmente o clitóris durinho. Ela grita alto primeiro, convulsionando ao gozar freneticamente, enquanto eu esporro gritando o nome dela, desfazendo-me em mil pedaços.

— Você ainda me mata, homem... — A voz não passa de um lamento enquanto o corpo desaba no sofá.

— E eu já me considero morto, amor. Só você consegue me deixar assim, exaurido, espremido até a alma.

Puxo-a para os meus braços e nos jogo ao chão, para ganhar ar. Ela só com a calcinha minúscula de lado, a boca inchada e a cara de bem comida. E eu, ainda com a camisa, a calça arriada, que chuto para fora dos pés e a cueca enganchada num pé. Mesmo assim, nunca me senti mais feliz e nós dois agarrados e entrelaçados naquele chão é o paraíso para mim.

CAPÍTULO 41

Pietra

Ficamos por um tempo grudados, no tapete que cobria toda a sala, calados, ouvindo a respiração um do outro, até normalizar. Sabia que minha relação com Giuliano seria assim, algo maior que um simples prazer. A nossa conexão ia além de um prazer, além de uma paixão, além da vingança.

Depois que levantamos, seguimos para o quarto e tomamos um banho na banheira enorme que ficava de frente para uma parede toda de vidro, dando uma visão excepcional da cidade lá embaixo. Giuliano me senta dentro das pernas abertas dele, recostada no seu peito e com uma bucha macia e um sabonete líquido com o seu cheiro maravilhoso, lava cada pedacinho do meu corpo, com delicadeza, sem parar de beijar a minha cabeça, o meu pescoço, o meu rosto, a minha boca.

Não me contenho, estou muito excitada, viro e me abaixo apoiada nas pernas dele, seguro o pau grande e grosso entre as mãos e passo a subir e descer na extensão, como vi várias vezes em filmes, li em livros eróticos, que, aliás, eu amo. Giuliano mantém os olhos semicerrados, às vezes fecha, sempre gemendo e dizendo que gostosa e sua. Começo a sentir o pau dele cada vez mais duro, e minha vagina a pulsar descontroladamente. Abaixo o rosto e tomo a cabeça rosada na boca, chupando como se fosse um picolé de morango com chocolate.

Delicioso demais!

— Ai, amor, que gostoso você chupando o meu pau... Assim... Ahh...

Começo a enfiar mais dentro da boca até onde aguento. Está muito gostoso chupar o pau dele. Sabia que logo também gozaria, mas não queria parar. Queria sentir o gosto dele na minha boca.

— Pietra... *Dio Santo*, desse jeito não vou aguentar, anjo... Caralho que chupada maravilhosa... Puta que pariu, amor. Vem aqui.

Giuliano me puxa me fazendo sentar nele e me penetra de uma vez. Nós dois gritamos. Segura dos lados da minha bunda me fazendo quicar com a vagina toda preenchida pelo pau duro. Estou tão excitada que começo eu mesma a subir e descer, rebolando do jeito que sei que o enlouquece.

— Giuliano, eu... estou perto, amor. Você está sem camisinha...

— Não sei se consigo sair de dentro de você, amor, eu gozo fora.

A questão é que estávamos tão encaixados, fodendo como se não tivesse amanhã, o orgasmo chega me explodindo por dentro e quando Giuliano tenta sair eu não deixo, ele não aguenta e jorra dentro de mim.

— Desculpa, amor. Não podia gozar dentro de você sem camisinha. Mesmo estando limpo, os exames em dia, não posso te pôr em risco desse jeito. Fui imprudente. Quando for te levar eu compro a pílula do dia seguinte.

— Relaxe, eu comecei a tomar pílula uns meses atrás.

— Mesmo assim, não posso deixar você correr riscos. Você era virgem e sou seu primeiro homem, já eu...

— Já sei. Não precisa jogar na minha cara que já comeu um monte de vacas por aí. Sendo que a vaquinha de estimação é a sua sócia, não é isso?

Meu Deus, como eu perdi a compostura dessa forma? Esse homem consegue me deixar louca de ciúmes. Saber que outras mulheres usaram tudo que estou usando agora, deixa-me insana.

Giuliano gargalha e me puxa para um beijo escaldante. Depois de mais uns amassos gostosos, terminamos o banho no chuveiro, visto uma camiseta dele, ele veste um short de pijama e vamos para a cozinha. Retira umas embalagens do freezer e coloca no micro-ondas. Conta que tem uma senhora que limpa e arruma o apartamento e, às vezes, faz comidas e congela para ele. Comemos um delicioso risoto de camarão enquanto conversamos de diversos assuntos, da vida dele, da minha vida.

— Vi um grande retrato seu na sala do apartamento, muito bonito. Parece ser recente — ele comenta.

— Sim, foi um presente do... — Não vou esconder dele que Marco me deu o retrato de presente.
— Sei, do namoradinho emproado.
Fecha a cara e tenta levantar de onde está sentado na cadeira do balcão ao meu lado. Eu o puxo para continuar onde está e dou um selinho nos lábios.
— E eu achando que era a ciumenta do casal.
— Casal? Gostei.
Agarra-me e beija minha boca profundamente.
— Foi Marco, sim, que me presenteou com o retrato. Depois dos festejos da formatura, não quis que meus pais fizessem festa no meu aniversário e apenas saímos para jantar, Marco foi também, assim como Levi, meu amigo. Quando saímos do restaurante em direção ao estacionamento, me virei rindo de um comentário engraçado do Levi e Marco tirou a foto com o celular. Mandou fazer o retrato e me deu de presente.
— Pelo menos o pernóstico tem senso de oportunidade. Você está excepcional e ele soube capturar isso. Você estava muito feliz com eles.
O rosto fica sério, uma nuvem triste cobre os olhos.
— Giuliano... — Tento o fazer me olhar, mas acaba levantando e se afasta.
— Pietra, preciso viajar para a Itália, pelo menos por umas duas semanas ficarei por lá. Tenho assuntos da empresa que não posso mais adiar.
Essa informação me deixa agoniada. Sinto um aperto frio no coração. Como se não fosse mais vê-lo.
— Você vai voltar? — Meu coração está acelerado.
— Claro que sim, amor. Nunca mais saio de perto de você.
Aperta-me entre os braços, o que apazigua um pouco, mas o friozinho no coração continua.
— A sua sócia vai também?
Tenho que saber. Ele sorri com o canto da boca e depois me beija, antes de responder.
— Não, anjo. A minha sócia ficará tomando conta dos negócios daqui.
Continuo calada, refletindo sobre a tristeza intensa que me domina. Um sentimento de perda muito grande. Ficamos quase três anos separados e cheguei a acreditar que nunca mais o veria. Essa mesma sensação volta forte. Solto-me dos braços dele e sigo para a sala de estar. Afasto as cortinas e olho a rua

lá embaixo, através dos grandes janelões de vidro que cerca a sala.
— Qual o problema, meu amor?
Abraça-me por trás, encosto a cabeça no peito dele.
— Você não me disse o que foi fazer lá no meu apartamento.
— Fui te ver, linda. Estava com saudade e, antes que esqueça, me dá aqui seu celular.
Eu me solto dele e vou até a bolsa que ainda está caída no chão, próximo a porta, pegar o celular. Entrego para ele depois de desbloquear. Giuliano digita rapidamente e ouvimos o celular dele tocar de algum lugar. Aponta para o paletó jogado de qualquer jeito no sofá. Nem reparei quando tirou a peça, horas antes, quando chegamos.
A verdade é que a minha pergunta tinha a ver com o fato de que esperava que fosse ao apartamento para ver os meus pais, para enfrentá-los e dizer que ficaria comigo de qualquer forma. Mas, não foi o que aconteceu. Mamãe me falou que estava à minha procura e saiu sem nem mesmo sentar para conversar com ela.
Essa atitude dele, ou a falta de atitude dele, me deixa bastante confusa e insegura. Não gosto também quando se referia ao Marco como meu namorado. É como se não tivesse interesse de mudar nada e tudo estivesse cômodo do jeito que estava para ele.
Não tinha mais como ficar ali. Estou sentindo uma enorme vontade de chorar.
— Pode me levar para casa? Não quero deixar mais os meus pais angustiados.
— Sua mãe sabe que está comigo, Pietra. Passa a noite aqui.
— Não posso. Eles não sabem que estamos nesse nível de intimidade. Para o meu pai, eu sou namorada do Marco. Não quero que ele pense que sou uma vagabunda leviana, que trai de forma descarada um cara que ele respeita e gosta.
Vejo Giuliano absorver o golpe e ficar com o rosto bem zangado. Não fala mais nada, apenas volta para o quarto e eu o sigo, vestimos nossas roupas, voltamos para sala, onde pega a carteira, o celular e a chave do carro, abrindo a porta me dando passagem.
Foram horríveis aqueles momentos com o homem que eu amava, tratando-me com frieza, quando eu é que devia estar zangada. Luto bravamente para não chorar. Quando chegamos

à frente do meu prédio, quero abrir a porta e sair correndo, Giuliano me segura. Não aguento olhar nos olhos dele.

— Pietra, não podemos nos separar assim. Vamos ficar longe duas semanas e preciso viajar com o seu sorriso, meu amor.

Fecho os olhos, viro-me e o agarro beijando com paixão a boca bonita, por minutos. Em seguida, saio do carro dizendo adeus, às lágrimas já correndo em meu rosto.

— Pietra! Amor, espera!

Não espero, não paro, apenas ando rápido para dentro dos grandes portões, do mesmo jeito que entro em casa e corro para o meu quarto, agradecendo aos céus não encontrar ninguém pelo caminho. Apenas me jogo na cama, aperto o travesseiro na boca, mordendo para que os meus soluços não sejam ouvidos. Choro horas seguidas. Acabo adormecendo.

CAPÍTULO 42

Pietra

Está tudo claro quando acordo. São 5h40 no relógio digital na banquinha de cabeceira. Dormi bastante e vejo que a minha mãe esteve no quarto, acendeu a luz do abajur, cobriu-me com o edredom e tirou as minhas sandálias. Levanto e faço a higiene matinal. Tiro a roupa que ainda estava vestida, visto um pijama e volto para cama. Há muitas mensagens de Giuliano, que prefiro ignorar e algumas ligações: dele e de Marco.

Não quero falar com nenhum dos dois, pelo menos, por agora.

Encarar Marco, depois de ter me envolvido com Giuliano, é a coisa mais difícil que vou fazer. Preciso ser honesta, devo isso a nossa amizade. Desde que nos falamos, há dois dias, pedi um tempo para que tivéssemos uma conversa franca e definitiva.

— Oi, linda. Desculpe, acabei me atrasando um pouco. Estava numa reunião e só agora consegui me liberar e vir correndo te ver. — Marco é um homem muito educado, carinhoso e me trata como uma princesa. — Pietra! Está tudo bem? Aconteceu alguma coisa, meu bem?

— Aconteceu uma coisa, sim, Marco. Por isso pedi para você vir me encontrar aqui.

— No Parque do Ibirapuera? — Sorri e olha envolta. — Por quê? Não era melhor um lugar mais privativo? Seu apartamento, ou o meu?

— Prefiro aqui, me traz calma.

Ele fica sério.

—O que você pretende falar comigo, Pietra? Não quero me separar de você, eu a amo, minha princesa.

— Marco, só me escuta, é importante. Sei que depois do que vou te dizer, nunca mais vai querer olhar na minha cara.
— Agora você está me assustando. Matou alguém? Eu espero que tenha sido aquele italiano idiota.

Ele ri e ao olhar para o meu rosto sério, logo para de sorrir e resolve prestar atenção em mim.

— Marco, tem a ver com Giuliano, sim, mas é... — Fica calado, olhando nos meus olhos. — Eu... Bem, eu dormi com Giuliano.

Até o ar em volta parece parar.

— Como é? Acho que não entendi. — Ele fica claramente confuso e me olha intensamente.

— Não sou mais virgem, Marco. Não sou mais a garota pura que você conheceu naquela viagem. Eu traí a nossa amizade, que era a coisa mais sincera que eu tinha.

— Não. — Sacode a cabeça em negativa. — Ele seduziu você, minha princesa. Cafajeste miserável!

Levanta e eu também.

— Não é assim, Marco. Não sou uma jovenzinha ingênua e Giuliano não é cafajeste. Eu estava muito consciente do que fiz.

— Você o ama.

Não foi uma pergunta. E decepção está nos olhos dele.

— Por favor, Marco, isso não importa. Eu só quero que você entenda que não deve perder mais o seu tempo comigo.

— Para de dizer bobagens, Pietra. Eu só preciso saber se você está com aquele playboy metido a empresário. Está? — Encara-me, feroz, segurando os meus braços. — Está com aquele cara, Pietra?

— Você não me ouviu? — grito para ele. — Eu transei com ele. Mais de uma vez.

— Vai se casar com ele? Responda, Pietra! Vai casar com ele?! — continua berrando para mim.

— Não! Não sei! Não vou casar com Giuliano. É isso que quer saber?

— Então não tem de se preocupar com nada. Virgindade é algo supervalorizado e brega. Estamos em pleno século 21, minha querida. Eu percebi que havia essa chama queimando em fogo baixo entre vocês. Aposto que foi ele, mais velho, experiente, que te seduziu. Mas isso não vai mudar em nada o que sinto por você, minha linda. Eu te espero e a gente casa quando você quiser.

— O quê?!
Meu Deus, será que o mundo enlouqueceu e eu não estou sabendo? Não é normal ouvir isso do Marco. Ele tentou uma vez e eu o rejeitei.

— Marco, estou cansada, quero ir pra casa. Conversamos outra hora está bem?

Acho que ele não está sendo coerente e é melhor deixar para conversar quando ele estiver com os pensamentos organizados.

— Meu bem, vou te dar um tempo para que reflita sobre o que representamos um para o outro. Somos amigos e, por isso mesmo, sempre haverá carinho e respeito entre nós. E eu te amo, minha boneca. Muito. Mas não vou pressioná-la, sei que, depois de pensar muito, compreenderá que sou o homem certo para fazer você feliz.

— Obrigada, por ser gentil e compreensivo comigo, Marco. Com certeza isso conta muito para mim.

— Podemos nos ver amanhã? — Arqueio uma sobrancelha e ele emenda: — Como amigos, claro. Podemos pegar um cineminha e depois jantar no restaurante japonês que você ama. Que tal?

Acabo aceitando, depois da reação inesperada do Marco sobre eu ter transado com Giuliano, não tive coragem de negar algo tão simples a ele. Há uma semana que estamos nos vendo quase todos os dias, mesmo depois de Marco garantir que não me pressionaria e me daria um tempo. Com o jeitinho educado e convincente dele, acabo saindo e, para ser sincera, tem me feito muito bem, até para esquecer o fato de que nesse tempo todo Giuliano só me ligou uma vez, que não atendi, e mandou duas mensagens pelo Whatsapp. Preferi não responder e nem ligar para ele.

Tenho estado ocupada com a reforma do apartamento dos meus pais, começando uma pós-graduação e talvez aceite a proposta de Marco para montarmos um escritório. Preciso trabalhar para comprar o meu próprio apartamento. Já está na hora de deixar os meus pais viverem a vida deles sozinhos.

Nessa noite eu vou assistir a uma peça com o Marco e estou feliz por ele estar conseguindo diminuir a opressão no meu coração pela falta de Giuliano. Sei que bastaria apenas ligar para ele e sufocaria a saudade que às vezes parece que vai me matar. Não posso ceder, não consigo entender que logo que voltou para a Itália o infeliz me esqueceu.

— Minha querida, você está linda. Se é que é possível você ficar ainda mais linda.

— Não seja exagerado, Marco. E pare de ficar me elogiando o tempo todo, vou acabar não acreditando que ache realmente isso.

— Tudo bem, sei que você é uma garota modesta e não liga para essa vaidade que a maioria das moças na sua idade tanto valoriza. É muito especial, Pietra. — Olha para mim com intensidade. — Será que um dia você me daria a mais completa felicidade aceitando ser a minha mulher?

— Marco, você é um homem maravilhoso, qualquer mulher adoraria ser sua esposa. Merece ser muito amado, meu amigo.

Ele coloca o dedo indicador sobre os meus lábios para que me cale.

— Só você me faria o homem mais feliz do mundo, Pietra. Você é a mulher da minha vida. A mulher que eu amo.

Não consigo evitar, Marco me beija com muito amor, não tenho coragem de rejeitar mais uma vez esse homem maravilhoso.

CAPÍTULO 43

Pietra

Duas semanas completas já se passaram e nenhuma notícia de Giuliano. Foram apenas duas mensagens e duas ligações e depois mais nada. Não respondi e nem atendi. Não sabia o que dizer a ele. Meu coração precisava entender que era algo fadado a dar errado. Crueldade insistir numa relação que fará tantas pessoas sofrerem. Não posso ignorar os sentimentos do meu pai, mesmo ele afirmando que me apoiará em qualquer decisão que eu tomar para a minha vida.

Giuliano me mostrou o que é prazer, fez-me trocar a pele de menina — a menina que ele também fez conhecer a dor e o sofrimento — para a pele da mulher que sou hoje. Ele trouxe os mais profundos sentimentos para a minha vida, o amaria para sempre, mas, uma vida em comum com ele, nunca daria certo, com tantos pontos negativos a considerar.

Com a minha decisão praticamente tomada, permiti que Marco voltasse a frequentar a casa dos meus pais, como meu namorado. Estamos saindo, estamos nos beijando, tendo envolvimento normal de namorados, só que ainda não consegui ter intimidade com ele e isso está sendo um ponto difícil de entendimento entre nós. Outra coisa na qual andamos nos desentendendo é quanto a minha amizade com Levi, que não abro mão de jeito algum.

Como nesse momento que estamos papeando e rindo no barzinho que a banda dele vai tocar mais tarde. Levi é alguém que deixa a minha vida com a cara da idade que eu tenho. Apenas vinte anos.

— Pi, olhe ali, não é aquele cara que foi motoboy no escritório de engenharia do seu pai?

Imediatamente me viro para ver se é mesmo Roberto, que não via desde que fui visitar na cadeia. É mesmo ele, com uma aparência ótima, mais homem, cabelos cortados sem os cachos que lhe davam um ar de menino, bem vestido e ao lado de uma menina bem bonita que está grudada nele.

— É mesmo Roberto. Vou lá falar com ele.

Não resisto, preciso saber como ele está, como conseguiu refazer a vida. Afinal, Roberto acabou sendo meu defensor no sequestro aterrorizante do idiota do Giuliano.

— Roberto! Oi, lembra de mim?

Ele se vira e a garota joga o braço no pescoço dele.

— Pietra? Claro que me lembro de você! Nossa! Quanto tempo. Você está espetacular, garota! — Ele está genuinamente alegre em me ver.

A garota dele nem um pouco.

— Quem é essa, Beto? — Torce a boca e ergue as duas sobrancelhas em evidente desgosto.

— Essa belezura é a garota mais bonita e mais gente fina que já conheci na vida.

Ele se levanta e vem me abraçar. Fico muito feliz com a atitude carinhosa dele. Abraço de volta.

— Você está muito bem, garoto. Estou feliz em vê-lo assim, maravilhoso. — Nós dois sabíamos muito bem do que estávamos falando. — Me conte o que está fazendo da vida?

— Tantas coisas, Pi, você nem imagina. Voltei a estudar, inclusive estou no primeiro semestre na faculdade de Economia. Estou trabalhando numa megaempresa. A revendedora de carros do Giuliano. O cara é dono de uma empresa e milionário, além de muito bacana, Pietra. Graças a Deus ele se livrou de tudo aquilo...

Está tão empolgado falando que não percebe que enrubesço e fico pálida em menos de um minuto.

— E está bem vivo. Não sei se você soube, o cara foi ferido e quase parte dessa pra uma melhor. — Eu assinto e ele continua falando com os olhos brilhando. — Acredita que o cara honrou todas as promessas que tinha me feito? Consegui comprar uma casa maneira para os meus pais e tenho um cargo de responsa lá na loja dele. Agora mesmo, que ele e a Antonella estão na terra deles lá na Itália, ela é a sócia e namorada dele...

Foram as últimas palavras que ouvi, agora é apenas um zumbido infernal nos ouvidos.

Preciso sair daqui. Preciso de ar. Preciso vomitar. Viro-me e saio correndo para fora do bar. Ainda bem que chego rápido num canto escuro e começo a vomitar com longos espasmos. Sinto uma mão segurando os meus cabelos e vozes se fazem ouvir. Além do Levi, Roberto também veio correndo atrás de mim e a namorada de reboque.

— Pi, o que houve, garota? Está passando mal? Foi alguma coisa que comeu?

— Pietra? Por que não falou que estava se sentindo mal? Pode ter sido um desses salgadinhos que servem aqui. Outro dia mesmo eu tive o maior piriri.

— Verdade, bem. Também já passei mal com um salgado que comi aqui. Sua amiga deve ter estômago fraco, ou pode ser muita bebida que ela tomou. Você nem me apresentou. Nem ela nos apresentou o namorado dela.

Depois de quase colocar o próprio estômago para fora e de ficar ouvindo aquela conversa, no mínimo, esquisita, levanto a cabeça e passo na boca um lenço que Levi estende para mim. Onde ele achou, não sei.

— Obrigada pela preocupação de vocês, mas já estou bem, estou indo, Levi, outro dia venho prestigiar a banda. Sei o quanto é importante e bacana, vocês sempre voltarem ao lugar onde tudo começou, veja como está cheio. — Abraço o meu amigo. Viro-me para Roberto e a interessante namorada dele. — Estou realmente feliz de te ver assim tão bem, Roberto. Nos vemos qualquer dia desses.

— Beto! — Ela tenta chamar a atenção dele. — Oi. Eu sou a Noêmia, namorada dele.

Como se precisasse tal apresentação, ela agarrada nele do jeito que está. Sorrio e aceno com a cabeça, em seguida, e sem mais conversa, me viro e caminho rápido para o meu carro. Estou passando mal de verdade, a cabeça a ponto de explodir, as pernas tremendo, as mãos geladas e as lágrimas rolando pelo meu rosto.

Ele mentiu para mim. Mentiu para mim, muitas vezes.

Disse que ela não ia. Mentiroso! Desgraçado falso.

Por isso não está me ligando. Devem estar muito ocupados se amando como dois animais no cio. Ou talvez já tenham até se casado por lá. Ele falou duas semanas e já estamos indo para a terceira semana. E eu feito uma boba. Uma menininha ingênua que é facilmente enganada.

Filho da puta!

Deve ter se divertido bastante da minha paixonite que me fez abrir rapidamente as pernas para ele. Talvez nem se importe, mas vai descobrir que eu também sei fingir e enganar muito bem.

Estou preparada para todos os argumentos dos meus pais e nada me faria mudar a decisão que havia tomado para a minha vida.
— Pietra, você não pode decidir algo importante, assim. Está com certeza tentando resolver suas emoções, com uma decisão que será para toda sua vida. — Meu pai passa a mão o tempo todo nos cabelos, do tanto que está nervoso.
— Sei exatamente onde está querendo chegar, Pietra Ferrara! E garanto que a única coisa que vai conseguir é machucar você mesma. Tenha paciência!
Mamãe não entende nem aceita minha decisão, porque sabe que estou ferida e para ela é só uma vingança. Contei a ela o que descobri sobre Giuliano. Pode até parecer, só que vai muito além da vingança, é a maneira que encontrei de enterrar de uma vez o que aconteceu comigo. A partir de agora, seguiria o planejamento que fiz para o meu futuro.
— Vocês dois parem de sofrer por cada decisão que eu tomar para a minha vida. Estou segura do que quero e nem percam tempo tentando me fazer mudar de ideia.
Saco! Estou cansada de eles me considerarem criança.
Volto-me para seguir para o meu quarto.
— Nem pense que para nós está tudo bem, Pietra. Ainda não sei o que fazer, mas com certeza farei alguma coisa para evitar que sofra no futuro. Nós te amamos demais, filha, para deixar que jogue sua vida no ar desse jeito.
Continuo seguindo para o meu quarto.
Talvez eles estejam certos. Mas, é a minha vida e vou jogar alto.

CAPÍTULO 44

Giuliano

— Eu não entendo o que quer para sua vida, Giuliano! Rapaz, pense no salto que será, para você como empresário, a união dessas duas empresas? Aliás, nunca entendi porque não casou com a Antonella. Vocês se dão tão bem em tudo e sei que ela te ama.

— Eu não amo Antonella, Carlo. Gosto muito dela, mas apenas como uma grande amiga e parceira profissional. Reconheço que é uma mulher linda, inteligente, deliciosa, só que não a amo.

— Bobagem. O que é o amor se não uma boa e tranquila convivência? E isso vocês já têm há muito tempo.

— Não. O amor não é uma bobagem e eu já encontrei o meu, não é Antonella. Quer saber? Já estou cansado de tentar enfiar isso na cabeça do filho da puta do pai dela. Nella não é uma coisa para ser barganhada numa transação na mesa de negócios. A minha empresa está muito bem, obrigada, e não é me vendendo como um marido que vou conseguir levá-la ainda mais alto, mas sim com o meu trabalho.

— Está bem. Está bem. Não se fala mais nisso. O que pretende fazer agora?

— Tentar fechar, na reunião de amanhã, o negócio com as Indústrias Vacchiano, para adquirir peças de maior qualidade para a minha Montadora. Se tudo der certo, voltar para o Brasil em, no máximo, dois dias.

— Nós nos vemos na reunião amanhã, então. Até lá, garoto.

— Até, Carlo.

Dizer que estou aborrecido é eufemismo. Estou total e completamente enfurecido. O jogo descarado que o velho Donatello Rossi tentou armar para me ver casado com a filha dele, a Antonella, foi a gota d'água para eu explodir de uma vez, sendo o mais fodido de tudo, ter que adiar o meu regresso para o Brasil. Além de enfrentar reuniões longas, cansativas e de ter de aturar uma velharia do caralho tentando me convencer que esse casamento era o melhor para a minha empresa.

Respeito demais Antonella para constrangê-la a esse ponto de ser usada como moeda comercial pelo inescrupuloso do pai dela, com quem aliás ela não deseja qualquer aproximação. Foi uma surpresa para mim, quando Nella chegou ao aeroporto lá em São Paulo para embarcar comigo. Ela foi ludibriada pela própria mãe, que ligou pedindo que ela viesse correndo porque estaria muito mal de saúde, justamente poucas horas antes de eu embarcar. Se não tivesse corrido a tempo, não conseguiria vir na aeronave da empresa comigo.

Desde que pisei na cidade, tem sido um problema atrás do outro me segurando por aqui, até mesmo falar com a Pietra eu não consegui. Logo que cheguei, liguei, mas, como não atendeu, acabei me ocupando com tanto trabalho. Confesso que a exaustão me fez ficar acomodado e fui deixando para falar com ela sempre depois e depois. De lá para cá, se vão quase um mês e não nos falamos em momento algum, fato que está me deixando seriamente preocupado e angustiado. O silêncio dela tem me deixado incomodado.

Finalmente bati o martelo e fui incisivo com os acionistas da minha empresa, inclusive Carlo Rossetti, que é também o meu braço direito e vice-presidente da Montadora Montanari, como também meu amigo e mentor. Quando herdei as empresas, ele, que era amigo e sócio do meu pai biológico, foi quem me ajudou a assumir e entender todo o funcionamento. Ele sempre soube da minha existência e se comprometeu com o meu pai a cuidar de mim e me ajudar a comandar o império que ele me deixou.

Não aceitaria me casar para unir a minha empresa com a maior montadora de Modena, para que essa se tornasse a maior do ramo no país. Sabia o quanto a velha raposa tentou se associar a Montanari para me tirar do comando. Achou que, por eu ser jovem, era ingênuo nos negócios. O velho se fodeu ao querer menosprezar o meu poder.

Graças a Deus, Nella continua sendo a amiga de confiança e leal que não está interessada em comprar um marido, ainda que esse marido fosse eu, que ela diz amar. Conversamos bastante, abri meu coração para ela, falei sobre estar fodidamente apaixonado por Pietra e que nunca a enganaria, muito menos por vantagens comerciais. Ela sabe o mulherão que é, em todos os aspectos, e merece um homem descente que a ame profunda e intensamente.

Estamos voltando para o Brasil, depois de vinte e oito dias de trabalho intenso, mas que acabaram gerando ótimos resultados, com fechamento de bons negócios. Não vejo a hora de chegar e correr para a minha menina, a minha ragazza linda.

Cheguei tarde e praticamente desmaiei na minha cama, nem a roupa que estava troquei, só despertando no início da tarde. Pelo menos estou me sentindo mais descansado. Tomei um banho longo e quente, para sentir os músculos descontraírem. Comi uma comida bem brasileira que a Janete, minha diarista deixou pronta: feijão, arroz, bife de carne de boi, salada e até umas batatinhas fritas.

Preferi vir para o escritório e ligar daqui para Pietra. Assino uns documentos e vejo como estão as coisas, porque Antonella só volta para o trabalho em dois dias. Ela se deu esse descanso e eu achei justo.

— Como estão as coisas por aqui, Cléo? Cadê Marconi?

— Está tudo tranquilo. Marconi saiu para almoçar, ainda não retornou. — Minha secretária é supereficiente e já deixou as pastas e os documentos que tenho para assinar separados. — Chegaram umas correspondências, que já abri e encaminhei para os devidos setores, as diretas para você estão aí numa pasta.

— Certo. Obrigado, Cléo, provavelmente só amanhã eu olho essas correspondências.

— Ah! Chegou também um convite, deixa ver. — Ela se curva sobre a minha mesa para pegar o convite, que está junto às outras correspondências. — Aqui, como chegou já fazem uns dias, pode ser que até já tenha acontecido.

Ela me passa o envelope elegante, bonito.

— Peter Ferrara?! Convida para o casamento da sua... Casar?! Pietra vai casar? Amanhã?

— Giuliano! Você...?

Não estava escutando mais nada, nem sei como consegui chegar ao carro, meu coração parece que vai explodir, há uma pressão dos diabos apertando tanto o meu peito, fazendo-me sentir que estou sem ar. Grito alto e desesperado. Deus deve estar me punindo pelo filho da puta que fui quando a tirei de dentro da casa dos pais e a fiz sofrer.

Eu nunca chorei em fodidos vinte e sete anos de vida. Nem quando a mãe que me criou morreu, nem o pai que me criou e que me deu um pouco de amor, nem o pai biológico que me botou no mundo, morreram. Mas não estou conseguindo parar as lágrimas que jorram dos meus olhos, nem a dor que tenta me paralisar. Bato muitas vezes no volante do carro e berro, uma, duas, muitas vezes. Preciso me acalmar. Preciso controlar o meu coração ou vou morrer aqui mesmo. Deus não pode me punir desse jeito. Eu não tinha noção do que sentia por ela, pela minha menina, minha Pietra... Não, até aqui e agora.

Estou morrendo...

CAPÍTULO 45

Pietra

O grande dia chegou, pelo menos para Marco, é um grande dia. Ele está tão feliz e animado que até consegue me animar um pouco, mesmo que por dentro eu seja apenas um oco, um total e completo vazio, sem pensamentos, planos, desejos ou mesmo um simples sonho. Nada. A nova Pietra é um nada em busca de encontrar um ponto, preto ou branco, não importa, apenas um ponto para ajustar o desequilíbrio e seguir sempre em frente.

Passei o dia todo num Spa com a mamãe, cuidando da pele, unhas, cabelos, sobrancelhas, depilação e mais umas infinidades de coisas que uma noiva precisa para estar perfeita para o marido. Ainda reviro os olhos para essa maldita palavra, falada repetida vezes, pela minha bruxa... Quero dizer, sogra. A velha, sim, porque é mesmo uma velha esnobe e autoritária, está possuída, desde o momento que Marco lhe comunicou do nosso casamento, rápido, num jantar na mansão deles. Ao contrário do filho, que sorri de alegria, apenas por saber que o buquê que vou carregar, será de rosas azuis raríssimas — exigência da mãe dele — para combinar com a gravata dele que será azul no mesmo tom.

Já a minha mãe é apenas silêncio. Silêncio este que está me deixando doente de angustia por ver a apatia e tristeza no rosto dela. Sei que a estou decepcionando de uma forma profunda, afinal qualquer mãe sonha com esse momento da sua única filha, por ser especial, de felicidade. Ela sabe tudo sobre os meus sentimentos, sobre as minhas desilusões e inseguranças, mas ainda assim não concorda que eu case para devolver, conforme palavras dela, a vingança, a Giuliano. É possível que ela esteja certa e eu vá me arrepender amanhã mesmo, na nossa lua de mel no Caribe. O que não me deixa esquecer que estou envolvendo Marco, um homem muito especial, nessa vingança particular contra o homem que me mostrou os dois lados: do amor e do ódio. Acredito que possa fazê-lo feliz apesar de tudo. Vou lutar para ter um casamento pacífico, prazeroso e duradouro.

— Pietra, tudo bem?

Volto ao presente, onde estou no carro com o meu pai indo em direção à mansão dos Rossi, por imposição da senhora Francesca Rossi. Na visão da bruxa, seria mais conveniente que os trâmites fossem realizados lá, já que não houve tempo para se preparar um casamento adequado e convidar o número de pessoas ideal. E eu, como diz a mamãe, a perfeita nora figurativa, pouco me importei. Tanto faz que seja numa mansão, numa igreja suntuosa ou numa capela da esquina.

— Está tudo bem, sim. Pai? — Espero ele olhar para mim — Por que você alugou um carro esportivo para me levar à mansão? Temos três bons carros em casa. Nem precisava contratar motorista.

— Não aluguei, filha. Na verdade, foi cortesia de um cliente, que coleciona carros, construí um pequeno shopping para ele, que acabou se tornando meu amigo. Por isso ofereceu o carro e o motorista, não tive como recusar.

— Bem, pelo menos não é só rápido, é bonito também. — Olho em volta. Estranho. — Pai?

— Diga, Pietra.

— Por que estamos pegando esse caminho para a mansão dos Rossi, se é mais demorado?

— Sua mãe falou que precisava atrasar um pouco. Você é sempre tão pontual, e não seria interessante acabar com essa tradição da noiva chegar um pouco atrasada.

— Hum. — Estranho a mamãe opinar justo numa coisa tão boba. Acho que no fundo ela quis me dar mais tempo para desistir. — Só que por aqui, vamos ficar horas presos em engarrafamentos.

— Calma, filha. Olha, eu vou dar uma olhadinha no que está acontecendo.

Desce do carro sem me dar tempo de refutar essa ideia ridícula.

— Pai! Não precisa. Precisamos ir juntos até o altar.

Ele já não me ouvia, andou rápido e se perdeu entre os carros. Para meu espanto, o motorista começa a fazer manobras, saindo rapidinho da rua onde nos meteu, e começa a

ganhar velocidade, indo direto para a Rodovia Anchieta. Começo a sentir uma forte falta de ar. Não consigo respirar.
— Moço! Pare o carro. Não estou me sentindo bem.
— Calma, senhorita. É um percurso rápido.
Um celular começa a tocar e graças a Deus é o meu, que estava com o papai e ele deve ter deixado em cima do banco do carro.
— Pai! Para onde você foi? *Papà*! Estou sendo levada para outro lugar! — grito, desesperada.
— Calma, Pietra! Calma, minha filha. Escute, olhe para a tela, filha. Estamos falando em videochamada.
Só então me dou conta que estou mesmo em vídeo com meu pai.
— *Papà*, o que está acontecendo? Para onde esse homem está me levando? Por favor, fale com ele para retornar e te pegar, temos de estar na mansão em instantes.
O choro já me toma por completo. Não sei o que está acontecendo, mas não me sinto tranquila apenas por estar falando em videochamada com o meu pai.
— Pietra! Pietra, me escute! Olhe pra mim, filha! Pietra! Droga! Droga! Filha, escute, o pai já vai estar com você.
Agora é ele quem se desespera me deixando sem conseguir falar nada. Não consigo respirar. O motorista me olha pelo retrovisor e diminui a velocidade.
— Senhorita, só estou cumprindo as instruções do senhor Ferrara. Não é um sequestro.
Estremeço e choro ainda mais. Um celular toca no carro e ele atende com fones de ouvido. Continua seguindo só que mais devagar. Dou-me conta de para onde está me levando.
O meu celular volta a tocar e vejo novamente o meu pai.
— *Meu amor, é o papai idiota, porque só sendo idiota para concordar com uma ideia absurda dessa. Ouça o papà, filha, estou num carro poucos metros atrás do seu. Quando seu Nonato parar, esse é o nome do motorista que está com você, meu bem. Estarei parando junto, está bem?*
— Por que me trouxe de volta aqui, papai? — É só o que consigo perguntar.
— *Porque a sua mãe me convenceu que era para a sua felicidade, meu amor. Sabe que acabo concordando com tudo que a sua mãe fala, não é? Não consigo desobedecer a ela.*

E eu rio. Começo com uma risada pequena e logo estou gargalhando. É uma mistura de nervoso, medo, expectativas, esperança, alegria, dor, esperança novamente e... saudade.

— Pai... Estou bem, e é bom mesmo obedecer dona Sandy, como sabe, ela é bem brava quando zangada. — Eu que o diga.
— Acredito em você, paizinho, mas só vou sair do carro quando o vir, certo?
— *Muito certo, minha princesa. E, filha...*
— Diga, paizinho.
— *Perdoe seu pai por fazer você passar por isso... novamente. Eu não pensei nas consequências para você, meu amor. Me perdoe.*
— Eu te amo, papai. É o melhor do mundo.
— *Também te amo, filha. É a melhor do Universo todo.*

É assim, nós dois olhando um para o outro e falando palavras melosas, que o carro para à entrada da chácara, onde estive há três anos. Logo outro carro para atrás e vejo o meu pai descer apressado e correr para abrir a minha porta e me puxar. Ele me aperta entre os braços e chora. Choramos juntos. Ficamos por longos minutos assim, chorando agarrados.

— Devo estar com cara de louca — falo quando nos soltamos.
— Está linda — ele replica.
— Como conseguiu convencer você?

Ele sabe do que estou falando.

— Chorou, pediu perdão, e a melhor parte, se ajoelhou a meus pés. Sua mãe, que é uma manteiga derretida, se emocionou e me obrigou a perdoar.

Como se ele também não fosse, um manteiga derretida. Sorrio.

— Posso imaginar. E agora? — Estou insegura.
— Vá ser feliz. Feliz de verdade, com o homem que realmente ama.
— Acha que ele merece a sua filha?
— Acho que homem algum merece a minha linda e amada filha. — Beija minha testa. — Então, prefiro que ela escolha com o coração... — Coloca o dedo indicador a altura do meu peito. — Do que com a cabeça. — Coloca a mão na minha testa. — E estará tudo certo. Tenho um pressentimento que logo alguém vai ter a vida mais feliz do mundo, e também a mulher mais doce e forte. Ele terá uma réplica perfeita da minha Sandy, para

fazê-lo feliz pela eternidade. E, *figlia*... Estava com saudade de você me chamando de *papà* na nossa língua raiz.

Nem me dei conta. Falei *papà* até os doze, treze anos. Depois me acostumei à Língua Portuguesa e virou só papai.

Dito isso ele se afasta e vai soltando a minha mão aos poucos. Quando chega à porta do carro que eu vim, o outro devia ser de aplicativo, já tinha ido. Olha-me intensamente.

— Agora vou ali apagar um grande incêndio, apenas algo que já estou preparado para fazer. Nos dê notícias.

Não consigo dizer mais nada. As lágrimas não param mais de escorrer pelo meu rosto. Balanço a cabeça concordando e ele entra no carro que sai logo em seguida. Permaneço ainda uns dois minutos virada para a estrada, vendo o carro que está levando o meu pai sumir.

Vou me virando aos poucos. Devo estar parecendo um espantalho: rosto vermelho, olhos inchados de chorar, véu torto na cabeça, vestido de noiva todo amassado, mãos suadas e frias.

Logo o vejo. Parado pouco à frente da porta aberta da cabana, rosto sereno, olhos de âmbar um pouco inseguros, amedrontados talvez, cabelos despenteados jogados na testa, quase cobrindo os olhos, braços largados ao lado do corpo, mãos fechadas, revelando nervosismo, calça jeans azul-escuro, coturnos nos pés, suéter de lã cinza coberto por jaqueta marrom telha. Perco-me nessa visão. Ficamos nos olhando.

Não tinha noção exata da saudade que estava sentindo até aquele momento ali, de pé, olhando para ele.

CAPÍTULO 46

Giuliano

Faria tudo de novo só para poder ter esse momento. Eu me humilharia mil vezes, até para aquele *bostinha* com quem ela ia casar, mas, nunca, em hipótese alguma eu a perderia de novo.

Agora, aqui, olhando para a garota que invadiu o meu coração, a mulher que literalmente dominou a minha vida, vestida de noiva, para casar com outro homem, absolutamente linda, de véu comprido preso por uma tiara de pedras brilhantes, faz-me voltar para um dia atrás quando peguei o maldito convite nas mãos e li a minha sentença de morte.

Depois de minutos passando mal dentro do meu próprio carro, sem nem conseguir sair para pedir ajuda, olhando para o celular e as mãos tremendo a ponto de também não conseguir segurar o aparelho menos ainda acionar os contatos. Começo a contar até mil, como me ensinou o primeiro psicólogo que tive, quando a minha mãe adotiva morreu e revelou minha verdadeira história.

Já me sentia mais coerente quando recomeçava a contagem e parei no cento e três. Respirei várias vezes, calma e longamente, até perceber o controle do meu corpo vir para o meu racional novamente. No momento que pude girar a chave na ignição do carro, já sabia o que precisava fazer.

Ao entrar no escritório do pai de Pietra, não era mais o homem quebrado de minutos antes.

— O que veio fazer aqui, rapaz? Achei que estava viajando.

— Cheguei nessa madrugada. Vi o convite que me enviou do casamento da Pietra.

— Não lhe enviei convite algum. Mas isso não vem ao caso, já que alguém deve ter feito, só que o casamento é amanhã, e imagino que no envelope estava o endereço de onde será realizado a cerimônia.

— Sr. Ferrara, sei que tem todo o direito de me odiar, de querer me ver bem longe da sua família, mas precisa conhecer a verdade dos fatos que acredito o senhor não esteja sabendo.

— Do que está falando, rapaz? E antes que continue com essa ideia negativa de ódio na sua cabeça, esqueça. Não o odeio, apenas sinto incômodo por saber que por muitos anos sofreu com uma ideia de vingança, por ter sido envenenado por pessoas cruéis, que certamente não conheciam a verdade e não deviam gostar de você.

— Muito bem, confesso que depois que conversamos, também não existe qualquer rancor para com o senhor. Apenas, arrependimento por ter feito a sua família sofrer.

— Se era isso o que queria dizer, então saiba que me sinto mais leve que as nossas diferenças tenham ficado para trás. Acabou.

— Sr. Ferrara. Eu amo a sua filha e sei que ela também me ama.

— O quê?

Eu então contei tudo. Tudo sobre os meus sentimentos, de como e onde começou, de nossos encontros depois que voltei e, até de ter dormido com a filha dele quando ainda era virgem. Não escondi nada, mesmo a minha viagem para a Itália e o que aconteceu por lá.

Ele me ouviu em silêncio, apenas enrijecendo o maxilar e apertando as mãos em cima da mesa de trabalho. A primeira reação foi pegar o celular na mesa e ligar para a esposa pedindo que fosse ao escritório dele com urgência. Em seguida, pediu à secretária que trouxesse água e café.

Quando a Sra. Ferrara chegou me fez passar por um verdadeiro interrogatório, antes mesmo de explicar ao marido como sabia de tudo que eu tinha contado, e não tenha falado para ele.

As horas seguintes foram tentando convencê-los a não deixar a Pietra casar com o infeliz do engenheiro. Sabíamos que ela não mudaria de ideia só na conversa, a Sra. Ferrara disse que já tinha esgotado todos os argumentos possíveis. Acabei dando a ideia louca de desviá-la do casamento e trazê-la para cá. A princípio os dois acharam um absurdo, mas acabei sendo convincente.

— *Por favor, eu imploro a vocês. Não a deixem casar com outro homem. Sei que fui um filho da puta arrogante e burro,* sim, porque só pode ter sido burrice me deixar contaminar por aquelas conversas cheias de ódio e de vingança, daquelas pessoas, no passado. Peço perdão...

Pus-me de joelhos em frente a eles. Não tive vergonha, apenas a certeza que até pediria para andarem sobre mim se preciso fosse, para trazer a mulher da minha vida de volta.

Eles me olharam, assustados, olhos esbugalhados. Não achavam que pudesse ter uma atitude extrema por amor a filha deles. A Sra. Ferrara correu até mim e estendeu a mão, para que levantasse.

— Já entendemos, garoto. —Peter falou com a voz embargada. — Faremos o que nos pede. Tudo indica que pela felicidade da nossa filha... — Olhou para a esposa. — Nós nos uniremos.

Nada me faria desistir da mulher que amo. E caso eles não me ajudassem, faria sozinho e do meu jeito.

Só que quando o pai dela me ligou berrando um monte de palavrões por ter deixado a filha em choque no meio da estrada, sozinha com um desconhecido, dei-me conta da merda que tinha feito. Poderia perdê-la definitivamente. Precisei implorar para que ele corresse ao encontro dela, mas não a deixasse retornar.

Graças a Deus acatou o meu pedido, lá está ela. O meu amor, a minha paixão até o infinito.

Não dá mais para esperar.

Corro até Pietra.

Eu a envolvo nos meus braços e giro com ela, tonto de alegria.

— Eu te amo! Pietra, eu te amo! Eu te amo!

Grito o mais alto que consigo. Tenho que botar para fora todo esse amor que está explodindo dentro de mim. Deslizo-a pelo meu corpo, beijo-a. Profundamente. A emoção é muito forte.

— Por que você está chorando? — ela pergunta.

Os dedos correndo o meu rosto e enxugando as lágrimas.

— Achei que ia te perder.

Eu a beijo novamente.

— Você que arquitetou tudo isso, não é? Tem know-how em raptar garotas indefesas.

Meu coração dispara e eu olho para ela que está séria.

— Na-não é isso... Pietra, me perdoe, só queria ter certeza que você não se casaria. Nenhum dos nossos esforços foi suficiente para fazê-la desistir. Se eu tivesse ligado ou mesmo te procurado, com certeza encontraria uma forma de fugir de mim.

— Esperto você — fala, debochada.

— Amor, sei que está assustada ainda, com raiva, mas podemos entrar? Aqui fora tá muito frio. Contarei tudo o que você quiser saber.

Preciso garantir que ela não tente fugir.

Ela se vira e segue em direção à cabana. Entro e fecho a porta, Pietra olha em volta e percebe pequenas mudanças em relação a quando esteve aqui antes.

— Por que me trouxe justamente para cá?

Continua de costas para mim, olhando em direção ao corredor que leva aos quartos, acredito que se lembrando de quando a beijei pela primeira vez, aqui na cabana.

— Foi aqui que tive certeza que havia me apaixonado por você, que, pela primeira vez, bateu a esperança de que também pudesse gostar de mim. Foi aqui que desejei com todas as forças que me perdoasse.

Ela se vira e me olha intensamente.

— Você mentiu, viajou com a sua sócia... Sócia. — Revira os olhos e fala com desprezo. — Está mais para namorada, não é mesmo?

Tento abrir a boca para responder, ela me impede, levantando a mão.

— Um mês, Giuliano! Você me disse que seriam duas semanas e ficou fora por um mês! E ainda foi com a sua sócia, ex, namorada, o que quer que seja, a gostosona modelo. Gostou de me fazer de palhaça, de brincar com a garotinha ingênua. E está me fazendo humilhar Marco, o cara que sempre me respeitou, que aceitou casar comigo mesmo sabendo que havia trepado com um idiota egoísta que me abandonou depois que muito se divertiu. Um amigo. Meu Deus, eu o deixei fazer papel de palhaço na frente da família e dos amigos dele.

Ela se vira e segue em passos rápidos para a porta.

— Pietra! O que está fazendo? Para onde vai?

Fico desesperado. Paro a frente dela.

— Não vou deixar o meu pai apagar um incêndio provocado por mim. Me dê a chave do seu carro ou chame um carro pelo aplicativo. Dessa vez vim sem celular, sem bolsa, documentos, dinheiro, nada.

Estende a mão e me olha, resoluta.

— Pietra, espera, seja razoável, fiz tudo para impedir você de se casar com aquele idiota e quer que eu facilite para voltar para ele? Não vou fazer isso! Olha, vou te explicar tudo que aconteceu e acredite de uma vez! Não tenho mais nada com Antonella e você sabe disso. Vamos conversar, te explico tudo que queira saber.

— Se tem um mínimo de consideração por mim, vai me dar a chave do carro e me deixar ir fazer o que é certo. Não posso e nem vou ser essa pessoa canalha que brinca com os sentimentos dos outros. Marco não merece isso. Eu mesma vou conversar e me desculpar, devo isso a ele.

Nesse momento eu a amei ainda mais. Tão jovem e com um caráter firme, personalidade forte. Teria que lutar pelo amor dela novamente, mas faria isso nos termos dela. Pego a chave do carro, o celular e seguro na mão dela para levá-la até o carro. A princípio tenta puxar a mão. Seguro firme.

— Vou levar você e, não se preocupe, não deixarei que o engenheiro me veja. Ficarei no carro te esperando o tempo que for preciso. Ela assente e entra no carro. Logo seguíamos de volta para São Paulo.

CAPÍTULO 47

Pietra

Durante o trajeto até a casa da família de Marco, Giuliano conta em detalhes tudo que aconteceu, a partir do dia que estava no aeroporto para embarcar, na aeronave da sua empresa, e seguir para a Itália. Conta como Antonella foi enganada pela mãe para que seguisse com ele até a cidade deles, onde o pai dela tem uma empresa também do ramo de automóveis. Falou sobre a proposta indecorosa que o pai da sua sócia fez, humilhando-a diante de homens mais velhos, conservadores e misóginos. De como ele defendeu a amiga e se recusou a entrar no jogo sujo de poder e injustiças. Falou também das muitas horas que quase nem dormiu, sustentando longas reuniões para se manter firme no cargo de presidente e CEO das empresas que o pai lhe deixou de herança e que, graças ao seu trabalho árduo e competente, já havia crescido muito ao que era.

Pede desculpas por ter confiado que bastava imaginar que estava tudo bem entre a gente, que não faria diferença não ter me ligado mais e me procurado, mesmo estando com pouco tempo para fazer isso.

Ao pararmos em frente à grande mansão da família Rossi, tenta me convencer a deixá-lo me esperando.

— Agora é a sua vez de confiar em mim. E depois do que aconteceu, não acredito que Marco ainda vá querer casar comigo.

— Será muito burro se não implorar para você casar com ele — replica, emburrado.

— É o que quer que ele faça? — sondo arqueando uma sobrancelha.

— Não me interessa o que ele vai fazer. Só peço que, por favor, não case com ele. Eu posso implorar, Pietra. Posso até mesmo me ajoelhar se você quiser, não quero perdê-la. Sou louco por você, meu anjo.

Puxa-me para um beijo desesperado, que preciso interromper. Peço que vá para o seu apartamento, pois o encontraria lá, quando estivesse pronta para isso. Percebe que eu não voltaria atrás e vai embora.

Era hora de enfrentar as minhas decisões ou a falta de cumprimento delas. Entro pelos grandes portões e sigo a alameda de pedras, ladeada por plantas e flores coloridas, sendo observada por algumas pessoas que ainda estavam saindo do não-casamento.

Avisto meu pai, diante do pai de Marco, e percebo que os ânimos estão bem agitados. Ando rápido até eles e seguro firme no braço do meu pai.

— Onde está Marco, pai?

Ele se assusta e olha em volta, certamente achando que Giuliano estaria comigo.

— Pietra! O que... O que está fazendo aqui, filha?

— Provavelmente veio acabar de uma vez com a vida do meu filho, depois de tê-lo humilhado diante da família e dos amigos dele! — O velho Rossi não poupa rancor.

Não respondo e continuo olhando para o meu pai.

— Sabe onde Marco está, papai?

— No quarto dele, com a sua mãe e a mãe dele.

Não espero para ver o velho bufar de raiva. Sigo firme por dentro da casa, sob os olhares de surpresa e curiosidade de alguns poucos convidados, que ainda se encontram por ali. Chego à porta do quarto de Marco e, antes de bater, respiro fundo. Fico satisfeita em ter tirado o véu com a tiara, a saia sobreposta do vestido e os sapatos altos. Estou descabelada, rosto vermelho, olhos inchados de chorar, boca sem batom e inchada dos beijos de Giuliano, descalça, mas determinada a não fazer Marco sofrer mais do que já sofreu. Dou duas batidas e espero, alguém pede que entre.

Vejo a mamãe de pé, ao lado da cama em que Marco está deitado com a cabeça no colo da mãe. A cena seria ridícula se não me deixasse ainda mais aflita com o sofrimento dele.

— Marco, podemos conversar? — peço e ouço exclamações de surpresa.

— O que você veio fazer aqui, sua menina traiçoeira? Não vou deixar fazer mais o meu filho de trouxa. — A velha se

exaspera, levantando e se colocando a frente do filho, que agora está se pondo de pé.
— Pietra... Você veio... — Ele está muito abatido, os olhos vermelhos.
— Não deixaria você passar por isso sozinho. Antes de tudo, somos amigos.
Viro-me para as duas e falo com firmeza.
— Deixem-nos sozinhos, por favor!
— Claro, filha. Estarei lá embaixo, com o seu pai, te esperando.
— Não vou deixar você sozinha com o meu filho, coisa nenhuma.
Eu a entendo, mas não posso vacilar. Só que Marco foi firme.
— Saia, mãe. Vou conversar em particular com Pietra. — Com um olhar mortal em minha direção, a senhora Rossi deixa o quarto. — Sua mãe me explicou o que estava acontecendo, antes que seu pai chegasse. Dona Sandy não me deixou fazer papel de bobo na frente de todas as pessoas que estavam esperando por uma cerimônia de casamento. Ela teve a decência de me explicar o que estava acontecendo. O que não diminuiu em nada a minha dor, eu ainda tinha esperança de que você me escolhesse, que optasse por mim. Mas, olhando pra você agora, vejo que sua decisão já está muito bem tomada.
— Marco, eu não sabia de nada, juro. Fui pega de surpresa, tanto quanto você, que estava aqui. Me perdoa, não era minha intenção que passasse por tamanho constrangimento.
— Pietra, só fala pra mim, você ama mesmo esse playboy? A ponto de deixar um homem que te ama e que te daria o mundo, por ele?
— Marco, não foi para falar dele que vim aqui. Eu preciso saber que vai ficar bem, sabe o quanto gosto de você.
— Vou sobreviver, sim, sabe por quê? No fundo, no fundo já estava esperando por algo assim. Apenas acreditei que conseguiria casar com você antes que o maldito voltasse. — Arregalo os olhos com a forma fria com que falou. — Pietra, você perdeu sua virgindade com ele — fala como se eu fosse burra e tivesse que explicar algo tão óbvio.
— Não sei o que dizer...
— Não precisa dizer mais nada. Sua mãe me explicou que você também seria surpreendida. E, sinceramente, Pietra, não suportaria estar casado com uma mulher que suspira por outro

homem. Mas, saiba que essa sua atitude de vir aqui e me encarar, só fez com que eu a respeite ainda mais. Você é uma mulher muito especial, Pietra, e se aquele empresário de araque não a fizer feliz, vai se haver comigo.

— Obrigada...

A atitude dele me emociona. Corro e o abraço apertado.

— Chega de tanto choro por hoje. Já esgotamos a nossa cota. Pode ir sossegada, minha linda, eu vou ficar bem.

Saí da casa do Marco, surpresa com a aceitação dele, embora eu saiba que muito disso se deva à atitude da minha mãe, em ter evitado um mal maior. Tirei um grande peso das minhas costas. A sensação de liberdade era tudo que sentia, quando cheguei à minha casa, depois de ter saído de lá com os meus pais, que compreenderam o meu silêncio e não me perguntaram nada.

Dali em diante me prepararia melhor para cada passo em direção ao meu futuro, a minha vida.

CAPÍTULO 48

Giuliano

Desde que me vi sozinho na vida me acostumei a resolver todas as coisas: minhas ou da empresa; de forma objetiva, direta, sem emoções, num controle total de mente e coração. Até esbarrar numa armadilha criada por mim mesmo, que se chama Pietra Ferrara.

No momento que pus os olhos na garota, que já havia visto em fotos, compreendi que nada se comparava a olhar nos grandes olhos verdes diretamente, nem olhar para o rosto lindo, a boca perfeita para beijar, e estava perdido, perdido em uma paixão que me virou de cabeça para baixo e até agora estou em órbita.

E dessa vez a porrada foi forte. Acreditei que estava tudo resolvido, que era só esperar um ou dois dias e a Pietra estaria aqui no meu apartamento, dormindo e acordando agarradinha comigo. Até acordar, e ver uma mensagem dela no celular, informando que estava viajando para os Estados Unidos, onde faria um curso de extensão e, quando voltasse, veria como ficava a nossa situação.

Dizer que fiquei muito puto é eufemismo. Fui tomado por um ódio, uma tristeza e nunca na vida tinha me sentido tão só, nem mesmo quando de fato perdi os meus pais adotivos e fiquei sabendo que também não tinha mais os biológicos.

Respondi a mensagem dela, sim, também não liguei, mesmo tendo considerado que ela foi covarde em se despedir por mensagem, desejei uma boa viagem e sucesso no curso. Sou mesmo patético. A quem queria enganar? Estava sofrendo, triste, me sentindo abandonado.

Hoje faz exatamente quatorze dias que Pietra foi para os Estados Unidos e não mantivemos contato algum. O problema é que estou inquieto, com muita saudade dela, sentindo uma necessidade de vê-la, de abraçá-la. Preciso fazer algo.

E fiz. Saí direto do trabalho, apenas com o celular, a carteira e o passaporte, que estava na gaveta da mesa do escritório, e vim atrás do meu amor, da mulher da minha vida. Talvez ela nem me receba ou brigue pelo meu impulso, mas não volto para casa sem tê-la em meus braços. Sem ouvir a sua voz, direto ao meu ouvido.

Consegui saber com Sra. Ferrara onde Pietra está, e a fiz prometer que não contaria nada a ela. O curso de seis semanas é na Universidade de Chicago e está hospedada num apart-hotel próximo à universidade.

Estou parado, encostado no carro que aluguei ao sair do aeroporto, em frente à Universidade. Uns quarenta minutos de espera e a vejo. Linda, como nunca, e elegante, num vestido preto à altura dos joelhos, onde chegam as botas canos longos, pretas da cor do vestido e um casaco sobretudo que chega até as botas, na cor mostarda. Cabelos longos, de reflexos dourados e brilhantes aos raios do sol do final de tarde. Morro por ela. Ela olha em volta, óculos escuros, e retorna os olhos para o celular. Não me viu ou não achou que pudesse ser eu. Estou com o terno que fui trabalhar e comprei um sobretudo preto aqui mesmo. Também estou de óculos escuros.

Percebo que ela está esperando um carro por aplicativo e resolvo me aproximar antes do carro chegar.

— Oi...

Ela se assusta ao som da minha voz. Vira-se, tira os óculos e os olhos brilham.

— Giuliano...

É quase como ouvir uma música, o som do meu nome saindo dos lábios dela. E Pietra começa a cair como uma boneca de pano.

Assusto-me e corro em tempo de ampará-la. Pego-a no colo e carrego até o carro, que abro e a coloco deitada no banco traseiro.

— Pietra! Fale comigo, amor, Pietra! — Dou batidinhas leves no rosto dela e em poucos minutos começa a abrir os olhos. — Ah, *Grazie Dio*, amor, você voltou.

— O-o que aconteceu? O que você está fazendo aqui? Os meus pais?

— Estão ótimos. Nada aconteceu, eu que não aguentava mais ficar longe de você, meu amor. Implorei para sua mãe e ela me deu seu endereço. — Ajudo-a a sentar no banco e sento junto,

com as mãos dela entre as minhas. — Se assustou tanto com a minha presença que desmaiou.
— Não sei... Não sei o que aconteceu, apenas me vi desabando.
— Vamos a um hospital. — Prendo o cinto de segurança nela, lá atrás mesmo, e saio para ir pro banco do motorista, enquanto ela protesta que não vai a hospital algum e berra que se eu insistir ela desce do carro e segue andando.
Resolvo atender ao seu pedido e sigo direto para o apart onde ela está hospedada. Assim que entramos no bonito apartamento vou até a geladeira, pego um copo e encho de água para ela.
— Beba tudo, ainda está pálida.
— Veio aqui só para me ver?
Olha-me, desconfiada.
— Não suporto mais ficar longe, Pietra. Quero ficar com você até o curso acabar e aí voltamos juntos ao Brasil.
— Você é muito louco mesmo, não é? Precisa deixar de ser tão impulsivo.
Tenta levantar e eu a seguro no lugar.
— Descanse mais um pouco.
— Preciso trocar de roupa e providenciar o nosso jantar. — Ela não brigou por eu dizer que vou ficar. Sorrio feliz. — O que foi? Tá rindo do quê?
— Vamos jantar fora. Não precisa fazer nada, nem trocar de roupas, está linda.
— É um convite? — ela pergunta e vai deitando no sofá de três lugares, onde estamos sentados.
Deita a cabeça no meu colo e um minuto depois está dormindo.
Fico quieto, feliz, tendo o meu mundo bem ali, ao redor dos meus braços.
Pietra dorme por pouco mais de meia hora, acorda com os olhos arregalados me olhando e, um segundo depois de lembrar que estou ali, levanta num pulo me puxando para ir jantar, dizendo que está morrendo de fome.
Levo Pietra a um restaurante elegante. Ela olha metade dos pratos no menu com cara de nojo e a outra metade com cara de fome. Acho engraçadas as caretas que faz. Quando a comida é servida, come com disposição. Conversamos bastante, ela não se desculpa por ter deixado apenas uma mensagem de

despedida, dizendo que estava ainda com raiva de mim na época, e eu confesso que mandei uma mensagem fria porque estava magoado e triste dela me deixar mais uma vez. Rimos de algumas coisas, e ficamos nos olhando profundamente, em outras.

Quando chegamos ao apartamento, ela pede um minuto e vai para o banheiro tomar um banho. Ando ao redor do espaço pequeno, mas confortável, até que escuto um barulho e corro para o banheiro, dou duas batidas na porta e, como ela não diz nada, entro às pressas, a encontro abaixada com o rosto na privada, vomitando sem parar. Abaixo-me e seguro os cabelos firmemente, enquanto ela continua colocando tudo o que comeu para fora.

Já refeita, depois de escovar os dentes e lavar a boca, Pietra me pede um minuto de privacidade para tomar um banho. Quando acaba me encontra ainda sentado na cama, assustado, esperando por ela, está novamente abatida e eu me dou conta que está mais magra. Ela veste um pijama simples de calça e blusa de mangas longas.

— O que está acontecendo, Pietra? Acha que a comida lhe fez mal?

Estou seriamente preocupado.

— Não foi o jantar, já aconteceu antes, na verdade tem acontecido, devo estar com alguma indisposição estomacal.

Senta-se encolhida ao meu lado na cama.

— Mais um motivo para irmos a uma clínica, um hospital. Você está abatida, amor. Ainda teve aquele desmaio sem motivo. Por favor, não quero ter que falar para seus pais que te encontrei doente e não fiz nada.

— Nada de falar essas bobagens para os meus pais, está sendo exagerado. De todo modo, já estava tendo esses enjoos e vômitos lá no Brasil.

Levanto-me decidido.

— Ou vamos a um atendimento médico agora ou ligo e conto a seus pais que está doente e não contou nada a eles.

— Tá! Para de me chantagear. Vou me trocar.

Pouco menos de uma hora estamos na sala de um médico de meia idade, sério, que examina Pietra minuciosamente, mandando coletar sangue e urina para exames, além de recomendar um exame do estômago posteriormente.

Saímos da sala do médico e ficamos sentados numa sala de espera do hospital, que foi indicado por uma colega do curso de Pietra. Uma hora depois, somos chamados de volta à sala do médico. Ele abre os resultados e olha longamente para nós. Não consigo adivinhar nada no rosto sem expressões. Até que ele diz sem preâmbulos.

— Você está grávida.

Olho para Pietra que continua sem ação olhando para o médico.

— Como? O senhor disse...?

— Que a senhorita está grávida. Estou lhe encaminhando para a ala de obstetrícia, onde será examinada por um obstetra que deverá fazer um exame de ultrassom que precisará o tempo e demais informações. Agora, por favor, aguarde lá fora a enfermeira vai conduzir vocês. Boa sorte!

Eu não sei se choro, se grito, se a agarro e acabo me decidindo pelo último, assim que deixamos a sala do doutor robô. Giro com ela em meus braços, feliz de um jeito como nunca tinha me sentido antes.

— *Dio Santo. Amore, um figlio...* Vamos ter um filho. Eu te amo!

— Eu... — E ela começa a chorar. — Eu... Eu não sei cuidar nem de mim, como posso ter um filho? — Chora, depois começa a rir e bater em meu braço. — Olha o que você fez, seu safado. Vamos ter um filho, você ouviu, Giuliano? Seremos pais...

— Te amo tanto, minha *ragazza*, tanto. Podemos casar aqui mesmo, o que acha?

— Está me pedindo em casamento só porque vou ter um filho seu, *maledetto?* — Ela me bate no braço mais um pouco. — Nada romântico, homem sem coração.

— Você vai se casar comigo porque é o meu amor, a mulher da minha vida, e será a mãe do meu filho, antes, porém, vamos fazer tudo do jeito certo, como você merece, minha rainha. Minha vida.

— Eu te amo. Eu te amo muito, amor da minha vida!

Depois de passar pelo médico obstetra, fazer alguns exames, inclusive um exame transvaginal para saber o tempo de gravidez, batimentos e outras informações, Pietra, ainda mais assustada que animada, fica calada até entrarmos no apart.

— Amor, você está bem? Não ficou feliz com a chegada do nosso bebê?

Amparo o rosto dela com as mãos para que olhe nos meus olhos.

— Feliz como nunca pensei ser possível... É que, a mamãe e o papai... — Lágrimas começam a escorrer dos lindos olhos verdes. — Eles vão surtar, vão se preocupar e... vão querer que eu volte amanhã mesmo. — Solta-se de mim e anda de um lado a outro na pequena sala. — Quero terminar o meu curso. Preciso terminar.

— Essa então é a sua preocupação?

Confesso que fico preocupado com a determinação dela. Pietra está precisando de cuidados agora, e não de estresse com estudo.

— Giuliano... A minha mãe vai ficar muito emocionada e eu não vou estar ao lado dela.

— Amor, vem aqui. — Sento, colocando-a no colo. — Aqui. — Entrego o celular dela, que pego na bolsa, que ainda está pendurada no ombro. — Ligue logo. Sei que é o que você mais quer. Lidamos com o resto depois.

Pietra

Giuliano me entrega o celular e eu tremo um pouco. Não será fácil dar essa notícia aos meus pais estando tão longe deles.

— Oi, mamãe...

— *Filha! Está tudo bem? Não costuma ligar a essa hora!* — Sempre tão atenta.

— É, sei que andou falando demais para certo alguém, que anda conseguindo tudo de você.

Ela ri feliz. Sabe que estou com Giuliano. Ele aproveita e beija meu pescoço.

— *Que bom que Giuliano esteja aí com você, minha boneca. Seu pai e eu ficamos aflitos com você sozinha, longe da gente.*

— Mamãe, temos uma notícia para você e o papai. Ele já está dormindo?

— *Estávamos dormindo, sim, meu bem. Tem noção que já é madrugada aqui, filha? Mas seu pai também acordou. O que houve para nos ligar agora?*

— É que... Vocês vão ser avós. Eu estou grávida, mamãe.

— O quê?! Peter! Amor, acorda! Filha, repete! Você disse que vamos ser avós? É isso? Peter, a nossa filha, ela está grávida. Vamos ganhar um neto.
— Filha! Pietra, como assim? Você está aí todo esse tempo, e sei que nem estava vendo o Giuliano. Filha, espera. Vamos ligar pelo aplicativo, para te ver e sua mãe também te ouvir senão fico sem um braço.
— Nossa, eles são bem explícitos nas emoções, não?
— Meus pais são os melhores do mundo.
— Com certeza, meu amor. E você não merece nada menos que isso.
Atendo a chamada de vídeo dos meus pais.
— Oi, meus amores, vou contar tudo a vocês. Mãe, não chora. Você também não, pai. É hora de alegria. Descobri hoje, porque eu vomitei e Giuliano se preocupou e me levou numa clínica. — Claro que o belisquei para não falar demais e assustar os meus queridos. — Estou entrando na nona semana, o bebê está bem, e vou começar a seguir uma dieta apropriada para os muitos enjoos. Já fiz alguns exames, e quando chegar ao Brasil, procuro um médico para acompanhamento do pré-natal.
— E antes que vocês digam qualquer coisa, quero informá-los que vou me casar com Pietra aqui mesmo se ela quiser.
— Filha! Precisa voltar amanhã mesmo. E nada de casar aí. Eu proíbo. Tem de ser aqui com seus pais juntos. — Papai olha feio para Giuliano que está com o rosto colado ao meu.
Muito bocó esse homem.
— Calma, Peter. Aqui ninguém proíbe nada. Filha, quais são seus planos, querida? Está mesmo bem?
— Estou bem sim, mãe. Falta apenas uma semana para concluir o curso, então vou ficar aqui. Giuliano vai ficar comigo. — Olho para ele que concorda, sorrindo. — E pai, vamos casar aí, com você e a mamãe do meu lado. Não se preocupe. E olhem! Não quero que fiquem preocupados. Prometo que se não ficar bem, peço a Giu para me levar para casa. Eu amo muito vocês e... o meu filho terá os melhores avós do mundo.
Começamos todos a chorar até que quase uma hora depois de responder o longo interrogatório do casal Ferrara, desligamos e eu me entrego ao amor do meu homem.
— Você é a mulher mais linda que já vi, amor. Eu te amo tão desesperadamente. Nem sei como expressar em palavras o quanto estou feliz. Você está me dando o maior presente que

um homem pode ter. Um filho é a certeza de um futuro para mim. Eu era completamente sozinho, anjo. Até Deus me dar você para trazer luz e sentido a minha vida.

— Também te amo demais, meu amor. E agradeço a Deus o ter colocado na minha vida. De um jeito errado, mas com o amor certo. Seremos uma família, meu amor.

Estávamos deitados, enroscados e saciados depois de fazer amor de forma plena e calma. Nossos corpos celebrando a vida que trago no meu ventre.

Isso é felicidade e vou cuidar para que seja eterna.

Epílogo

Pietra

Vou contar aqui como ficou a minha vida, a partir daquele momento bem lá atrás, sim, porque hoje, dois anos depois, ainda recordo em detalhes tudo que aconteceu. O meu atordoamento diante de uma notícia tão impactante. Eu estava grávida.

Nossa! Tantos sentimentos diferentes num único minuto. Felicidade, medo, insegurança, decepção comigo mesma, e, com certeza, amor.

Sem dúvida que Giuliano estar ao meu lado tão feliz e animado me ajudou a achar um equilíbrio, manter a calma e entender que, sim, estava sendo abençoada, não poderia achar que a minha pouca idade era inapropriada para ser mãe, não! Os meus vinte anos seriam o combustível para encarar as dificuldades, porque o principal eu já tinha: pais maravilhosos, que me amavam e me apoiavam em tudo, e um homem que me amava de forma intensa e completa.

No ultrassom ficou determinado que já estava com quase nove semanas, o que me surpreendeu totalmente de não ter percebido antes. Aconteceram tantas coisas, a menstruação não veio e nem notei.

Quando chegamos ao apart, ligamos para os meus pais, que ficaram surpresos e eufóricos como Giuliano, que já queria casar lá mesmo nos Estados Unidos. Bati o pé, conclui o curso com ele lá colado em mim, e voltamos para o Brasil, onde casamos de forma simples e bem informal, três semanas depois. Foi um momento inesquecível pela emoção dos meus pais e também do Giuliano, que conseguiu chorar mais que eu.

O casamento aconteceu numa sexta-feira, na Igreja Nossa Senhora do Brasil, com pouco mais de duzentas pessoas. Isso porque tinha amigos dos meus pais e também de Giuliano, que não poderiam ficar de fora. Fiz todo o ritual da noiva, só que desta vez no apartamento dos meus pais, pois já estava morando no apartamento de Giuliano desde que voltamos dos Estados Unidos. Optei por um vestido simples, porém maravilhoso. Todo em renda, off-white, forrado de cetim, longo e reto e em cima estilo tomara que caia. Sem véu, os cabelos presos numa trança estilizada com pequenas flores e pedras preciosas.

Ainda em Chicago, meu amor formalizou o pedido com um lindo anel de ouro branco com o aro todo cravejado de pequenas pedras de diamantes e uma grande pedra de esmeralda no centro.

O meu marido estava mais lindo ainda no seu terno completo azul-marinho e gravata vinho. E entrar com o papai todo emocionado e andar até o altar olhando nos olhos âmbar de Giuliano, inundado pelas lágrimas e por muito amor, me deixou ainda mais apaixonada.

Durante toda cerimônia nossos olhos se buscavam...

— Você é o amor da minha vida. Vou te amar até o infinito. Te amo! — falei entre lágrimas.

— Você trouxe luz para a minha alma que estava perdida nas brumas da escuridão e do rancor. Quero que saiba, que ao olhar nos seus olhos, no momento mais difícil das nossas vidas, eu soube que acabava de mudar a minha vida em definitivo. Me perdoa a dor que a fiz passar. Vou te amar com a minha vida a cada dia da minha existência, para esquecer que a fiz chorar. Eu te amo até além do infinito!

As últimas palavras do meu amor foram em meio às lágrimas.

Passamos a lua de mel na Grécia e quando voltamos o nosso apartamento nos abrigou com muita felicidade.

Nem se percebe a barriga nas fotos do casamento.

A felicidade plena eu conheci na madrugada de um dia de domingo, sete meses depois, ao lado do meu apaixonado marido, quando minha pequena Mia nasceu. Linda, com os olhos dourados do pai, que a mima de um jeito que sei vai estragá-la e ainda tem a cara de pau de dizer que eu também fui muito mimada.

Quando Mia fez um aninho, mudamos do apartamento dele para uma linda casa com muito jardim e área verde, para a nossa pequena correr e brincar à vontade.

Não abri mão de fazer tudo que tinha planejado, como a pós e o meu escritório de Arquitetura e Design, sempre contando com o apoio da minha mãe que junto ao meu pai, passam todo o tempo babando a neta, por quem são muito apaixonados.

Meu grande amigo e primeiro namorado, Levi Duarte, padrinho — depois de insistir muito com o meu marido — de nossa menina, é completamente louco por ela, e às vezes briga com os meus pais para levar Mia para a casa dele, que há um ano divide com a linda Aurora, sua noiva e nova cantora da banda Decibéis, que ele é o guitarrista.

Ah, e a madrinha — tive que aceitar — é a sócia dele, Antonella que tem sido uma grande amiga.

Giuliano é a grande razão dessa vida plena e assustadoramente feliz. O homem traz fôlego e oxigênio novo a cada dia para as nossas vidas. Como nesse momento, que estamos na cama do hotel em Veneza, depois de horas fazendo amor e nos perdendo um nos braços do outro.

Essa viagem teve uma razão quase inacreditável e vou deixar que o meu marido conte.

Ah! É claro que a nossa pequena, hoje com um ano e meio, está dormindo lindamente num berço providenciado pelo hotel, ao lado da nossa cama. Preferimos não trazer a babá e nós mesmos cuidarmos da nossa bebê.

Giuliano

O destino pode nos surpreender tantas vezes, até de forma inusitada. Conhecer e me apaixonar por Pietra me parece algo programado lá em cima, pelo Senhor de todas as coisas. Porque, sem dúvida, quando arquitetei o plano de vingar a minha mãe biológica, jamais haveria sequer a intenção de me aproximar da família do homem que escolhi odiar sem nem mesmo conhecer.

Às vezes penso que, de qualquer forma, nos encontraríamos em algum momento da vida. Era para ser ela e sempre será ela, a mulher que dá sentido à minha existência, a mulher que me presenteou com o bem mais precioso, que é a nossa filha, e que me faz orar pedindo a Deus todos os dias que jamais coloque na vida da minha filha alguém que possa machucá-la.

E generoso como é, o destino resolveu uma conta que estava pesando, mesmo que inconscientemente no meu coração e no de Pietra. Duas pessoas ficaram tristes, magoadas e feridas, para trás: Antonella, minha grande e querida amiga, e Marco, o também querido amigo da minha esposa.

No primeiro aniversário da nossa Mia, resolvemos fazer uma festinha de comemoração, já que o nosso casamento foi simples, contando com poucos convidados e, claro, Antonella não quis comparecer, o que entendemos perfeitamente, embora não demorou muito ela e Pietra acabaram se aproximando e mantendo uma relação de amizade. Já Marco, preferiu se afastar. Minha mulher inconformada com o afastamento do amigo, resolveu convidá-lo para conhecer a nossa princesa, no aniversário dela. E, para nossa total surpresa, e deles, Antonella e Marco descobriram que eram primos. Conheceram-se, conversaram muito na festinha da Mia, surpreenderam-se das famílias de ambos serem Rossi da mesma cidade na Itália. Marco comentou com os pais que informaram a ele que o pai de Antonella era primo do pai dele, sendo então, os dois primos em segundo grau. Passaram a se verem a partir da descoberta e no final se apaixonaram.

Viemos para Roma para o casamento dos dois, que foi feito aqui na Itália. Estão muito felizes, eu muito tranquilo e sem ter mais ciúmes que nunca consegui esconder, e a minha Pietra conseguiu superar há muito tempo e se tornou amiga da minha sócia, que até batizou a nossa filha.

Resolvemos esticar a viagem até aqui, em Veneza, onde estamos vivendo na forma mais intensa o nosso amor.

— Amor... — Depois de uma maratona de sexo e de poucas horas de sono, sei que a minha *ragazza* quer me pedir para olhar a nossa pequena. — Olha Mia.

— Já levantei, já troquei a fralda e dei mamadeira. Como a mãe, a minha princesa resolveu dormir mais um pouquinho. — Ela sorri, satisfeita, e empurra a bunda gostosa se esfregando mais em mim. — Sabe que se continuar a esfregar essa bunda gostosa no meu pau vai ter de me deixar entrar com tudo, não é?

Ela gargalha e se vira, deitando-se totalmente em cima de mim.

— Promessas... Promessas...

Minha linda mulher adora me provocar, pois sabe que não recuo de uma provocação, ainda mais se envolve fazer amor horas seguidas com ela.
— Amor, lembra da nossa lua de mel?
— Como vou me esquecer? Fiquei pelada por mais tempo que em toda a minha vida, ainda tive uma laringite de tanto que gritei nos momentos que você me virava pelo avesso com esse seu pau monstruoso.
— Engraçadinha. — Gargalhamos como dois bobos. — Estava pensando que com a nossa princesa aqui no quarto, não posso comer você como gostaria, para você gritar muito.
— Ela também estava lá na nossa lua de mel.
— Está mesmo engraçadinha, né, amor? Lá a nossa bebê estava aqui dentro... — Passo a mão na barriga plana dela.
— Coloca a mão mais abaixo, amor... Vai, me pega gostoso... Assim...
— Você é tão deliciosa, amor.
Minha linda esposa se encaixa em mim e começa a cavalgar no meu pau, enquanto chupo os peitos dela, mamando gostoso em cada mamilo. Coloco as mãos na bunda de Pietra, fazendo com que ela quique loucamente no meu pau até explodimos num orgasmo alucinante.
— Eu te amo, meu marido gostoso!
— Eu te amo mais, minha linda esposa!
Nós nos beijamos, apaixonados, agarrados debaixo do lençol.
— Ma... Mama... Mama...
E a nossa maior felicidade acorda.
— Papa, Papa... Vem papa...
Pietra corre para o banheiro para um banho de dois minutos e eu visto o short do pijama e pulo da cama para entreter a minha bonequinha até a mãe dela estar com a vitamina dela pronta para alimentá-la.
Não consigo imaginar uma vida mais maravilhosa que esta.
Obrigado, Deus! Por ter me perdoado e me deixar ver que existe felicidade Além da Vingança.

AGRADECIMENTOS

AGRADEÇO A DEUS EM PRIMEIRO LUGAR, por ter me dado o amor incondicional pelos livros e inspiração para contar as lindas histórias que preenchem a minha cabeça, minha alma e coração.

Aos novos amigos que estou conquistando e cativando nessa nova jornada de autora de livros, como os do grupo FC Tatiana Amaral, em especial à própria Tatiana Amaral pela generosidade em prestigiar o nosso trabalho e permitir que usemos o seu grupo para apresentar e divulgar as nossas obras.

A querida Janaína Ferreira — nossa autora Jana Perla — dona do grupo JanaLoversOficial, o qual eu faço parte, onde de forma carinhosa incentiva e coloca sua vitrine para que o nosso trabalho também possa brilhar.

A todos os maravilhosos grupos literários e as gloriosas meninas bookstagrans que me trazem cada vez mais o encantamento desse mundo dos livros.

Agradeço às amigas Vera Lúcia Jesus, Dorisnei Conceição, Rosangela Brandão, Débora Nunes, Dilma Lima, Malena Lima, Aline Morais, Kátia Góes, Dani Fagundes, que são leitoras vorazes como eu e já são minhas fãs de carteirinha, sempre ansiosas pelo próximo livro.

Agradecimentos especiais as minhas amadas betas: Tamara Nascimento, que mais uma vez me deu a honra de betar esse livro e a querida Aline Morais que, não apenas betou, mas criou brilhantemente o título atual do livro. Meninas, com certeza vocês fizeram toda a diferença com um trabalho dedicado e precioso, melhorando ainda mais a qualidade da versão final do livro.

E, sempre, o meu agradecimento muito especial e com todo o meu amor aos meus filhos: Murilo Júnior e Dan Meireles. Primeiro por terem entendido, desde a infância, que a mãe deles, às vezes, se distanciava da realidade para o mundo da fantasia, da magia, dos romances. E, atualmente, por me apoiar e incentivar incondicionalmente em cada projeto, e me ajudar incansavelmente com as minhas divulgações e publicações nas redes sociais.

E, sem jamais esquecer, agradeço a vocês, queridos leitores, por prestigiarem o meu trabalho e deixarem lindas avaliações que só me incentivam a querer melhorar cada vez mais.

Leila Meireles

www.lereditorial.com

@lereditorial